Cocoon5

瑠璃の浄土

夏原エヰジ

講談社

黒　羽　屋

〈瑠璃〉
主人公。唯一無二の美貌を誇る花魁。
実は鬼退治の組織の頭領。

〈楢紅〉
瑠璃が使役する生き鬼。
強力な力を持つ。

お内儀。どこかから、鬼退治の依頼を受けてくる。
〈お喜久〉

〈錠吉〉

眉目秀麗な若い衆。瑠璃の髪結いを担当。鬼退治の際は錫杖で戦う。

〈権三〉

料理番の大男。上野で板前をしていた。金剛杵を操る。

〈豊二郎〉

双子の兄。弟とともに若い衆見習いとして働いている。栄二郎と結界を作る。

〈栄二郎〉

双子の弟。兄より楽天家。豊二郎と結界を作る。

妖たち

〈露葉〉
山姥。若作り。

〈白〉
尾が二本に裂けた猫又。

〈長助〉
袖引き小僧。

〈油坊〉
怪火を操る油すまし。

〈炎〉
さび柄の猫。
その正体は、実は……。

〈がしゃ〉
髑髏。瑠璃によく殴られている。

〈お恋〉
狸の姿をした、信楽焼の付喪神。

鳩飼い

〈惣之丞〉
瑠璃の義理の兄。黒雲と敵対する組織のリーダー。

〈こま〉
鬼の中から出てきた狛犬。お調子者だが、なぜか憎めない。

〈雛鶴〉
瑠璃の友人であったが、生き鬼として、今は惣之丞に使役されている。

〈柚月〉
鳩飼いで結界役を果たす子供。

キャラクターイラスト：皐月にく

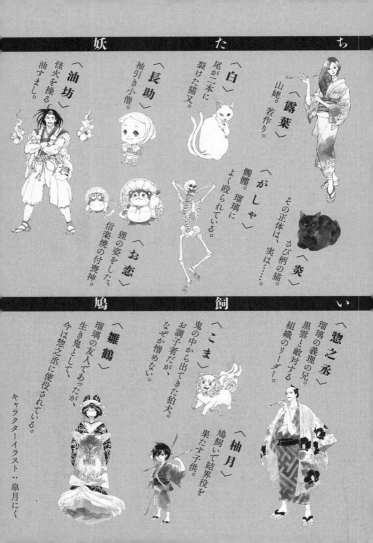

COCOON 5

瑠璃の浄土

Lapis Lazuli Pure Land

序

椿座《つばきざ》の裏には、座元《ざもと》一家が住まう小さな家があった。

庭に植えられた椿の木を眺めながら、ミズナは縁側に腰かけそっと耳を澄ます。聞こえてくるのは春の興行に向けて稽古《けいこ》をする役者たちの声。暖かな風が吹き渡り、ミズナの白い頰をくすぐる。

と、家の奥から自分を呼ぶ声がして、ミズナは軽くため息をついた。

返事をしないでいるうち、またもや声が響いてくる。

「ミズナぁ。ミぃズぅナあぁあっ、ひっく」

隣で香箱を組んでいたさび柄の雌猫、炎《えん》が見かねて声を上げた。

「そろそろ行ってやれ。あやつ、終《しま》いには本当に泣きだすぞ。図体はでかいが中身はただの童《わらべ》じゃからな」

「どうせ嘘泣きだろ」

そう返したものの、家の中から聞こえる涙声は次第に大きくなってくる。何度もしつこく呼ばれたミズナは心ならずといった風に重い腰を上げた。

「お、来た来た。無視すんなよミズナ、呼んだら返事くらいしろっていつも言ってるだろ？」

やっとのことで居間に顔を出した娘に向かい、義父の惣右衛門《そうえもん》は座ったまま口を尖らせた。予想したとおり涙は一滴たりとも流しておらず、あっけらかんとしている。

もうすぐ四十になる惣右衛門は浴衣《ゆかた》の袖をまくり上げ、肩には一体どこで買ったのだろう、象に乗る達磨大師《だるまだいし》が描かれた奇抜な羽織を引っかけていた。二枚目というわけではないものの目鼻立ちはくっきりしており、瞳には少年のようならんらんとした輝き。どこか独特の圧を感じさせる風体だ。

義父から座るよう促されたミズナは、渋々といった面持ちで腰を下ろした。

「しっかしお前、まだ十二だってのにもう俺の胸元まで背が伸びてよぉ。お前を拾った時はこんくらいのチビ助だった、それが小憎らしい感じに育っちまって」

惣右衛門は娘の成長ぶりを見てカラカラと笑う。一方でミズナは照れ隠しにそっぽを向いた。

「毎日顔をあわせてんだから同じことばっか言うなっての。つか何なんだよ、でかい声で呼び出して……」

　用件を尋ねようとした時、居間の襖《ふすま》がすっと開いた。

ミズナは密かに舌打ちをした。入ってきたのが義理の兄、惣之丞《そうのじょう》だったからだ。

呼び出されたのが自分だけでないと気づくと、惣之丞もミズナ同様うっとうしそう
に舌を鳴らし、踵《きびす》を返そうとする。

「待てぇい倅《せがれ》よ、来たばっかでどこ行くんだ？　せ、せ、せっちんか？　大か小か？　なは
は」

「うるせえ、放っとけ。俺はこいつと同じ空気を吸いたくねえんだ」

惣之丞は邪険に言ってミズナを指差す。

途端、惣右衛門は素早く立ち上がるが早いか、息子の頰に拳骨《げんこつ》をお見舞いした。

「とうっ」

「い……ってえな、何するんだよっ。女形《おやま》の顔を殴るなんて……」

「愛の拳だ、問題ねえ。いいからお前もそこに座れ」

惣右衛門は澄まし顔で言うと再び腰を下ろした。

惣之丞は殴られた頰を手で押さえながら仏頂面《ぶっちょうづら》で座りこみ、横にいる義妹を睨《にら》む。

対するミズナも横目で義兄を睨み返し、二人は同時に顔を背けた。

子らの険悪な様子に、惣右衛門はやれやれと首を振っていた。

「あのよお前ら、もうすぐ新しい興行が始まるんだぜ？　〝二人椀久《ににんわんきゅう》〟に至っちゃお前らしか出演しねえ舞台だってのに、そんな調子じゃ客に呆れられっちまうぞ」

「二人椀久」とは江戸《えど》の市村座《いちむらざ》にて初めて演じられた、二人芝居の演目である。大坂《おおさか》は新町《しんまち》の豪商、椀屋《わんや》久兵衛《きゅうべえ》は、遊女の松山《まつやま》と深い仲にあったが、放蕩《ほうとう》の限りを尽くしたため勘当され、座敷牢に閉じこめられてしまう。錯乱して牢を飛び出した久兵衛は当てもなくさまよい歩き、松山に会いたいと祈るうちにまどろみ始めた。するとどこからともなく松山が現れ、久兵衛への想いを語りだす。二人は桜の木の下で美しく舞いながら、在りし日の思い出話に花を咲かせる。しかしこれは久兵衛の夢、松山の姿は幽《かす》かに遠くなっていき、夢から覚めた久兵衛は再び現実に打ちのめされる、という場面で幕となる。

この久兵衛をミズナが、そして松山を惣之丞が演じる予定であった。

「互いに愛を確かめあいながら舞うのが二人椀久の肝《きも》だ、けどお前らときたら何だ？　しっとり見つめあうどころか、隙《すき》を見てぶん殴ってやろうみてえな目ぇしてよ」

俺ぁ哀しいぜ、と惣右衛門は大仰な口ぶりで苦言を呈する。が、当の兄妹は未だ互いを見ようともしない。

そのうち、面倒くせえな、と惣之丞がつぶやいた。

「親父だってこいつの下手くそな舞いを見ただろ？ 松山と久兵衛の二人であわせにゃならねえのに、一人どたばた酔っ払いみてえな舞いをされちゃあ、俺まで恥をかいちまう」

この言にミズナはかっ、と顔が熱くなるのを感じた。

自分が義兄に劣っているというのは、言われるまでもなく自覚している。惣之丞の舞いは誰が見ても一流だった。場の空気をいっぺんに支配する圧倒的な存在感。真の女子《おなご》よりも美しく儚《はかな》げな舞いは、観客の心をもれなく鷲《わし》づかみにした。

何をどうすれば義兄を追い越せるのか。ひとり夜中に起き出し、寝る間も惜しんで稽古に励めど、義兄の出来には程遠い。その差を改めて身につまされたミズナは、悔しくてたまらなかった。

唇を噛《か》んで俯《うつむ》く娘に、惣右衛門は陽気に語りかける。

「おいミズナ、そんなにしょぼくれんなよ。お前の舞いにもいいところはあるんだぜ？ 力強いし、磨けば光るってやつさ。あっそうだ、惣之丞にもコツを教えてもらったらどうだ？」

「うるせえよ親父、こいつに教わるのなんか死んでも嫌だ」

よりにもよって義兄の目の前で慰められる己が惨《みじ》めに思われ、ミズナはつっけんどんに言い放つ。

するとは惣右衛門はいきなり切なげな叫び声を上げた。

「親父じゃないっ、〝父さま〟って呼んでえっ。ついでに惣之丞はこいつじゃなくて〝兄さん〟だろ」

わあわあと駄々っ子のように騒ぐ声に、ミズナはげんなりした。

「はあ、はあ……まあいいや、話を戻そう」

父親の威厳を保とうと思い直したのか、惣右衛門は大きな咳払いを一つしてみせた。この男はいつだって気忙《きぜわ》しいのである。

「お前ら、何だってそんなに喧嘩ばっかりなんだ？　一つ屋根の下で一緒に暮らしてるんだから、角突きあわせるんじゃなくて支えあわねえと寂しいじゃねえか。なあ惣之丞、ミズナ、もし気に入らねえことがあるんなら今ここで、腹ぁ割って話せ」

さあさあ、と張り切って場を仕切る惣右衛門。だが惣之丞は気怠《けだる》げに吐息をこぼし、ミズナに至っては口をへの字に曲げてだんまりを決めこんでいる。

キラキラした瞳で子らを見比べていた惣右衛門だったが、しばらくして話しあわせるのを諦めたらしい。やおら立ち上がると床の間に向かい、小さな棚から何かを取り出した。

どっこらしょ、と先ほどの場所に座りこみ、子らに向かって握った拳を差し出す。

「……何だよそれ」

ミズナは好奇心を隠しつつ問うた。

横目でちらちら拳を見やる娘に、惣右衛門はにかっと笑って手に持っていたものを見せた。

それは、小さな繭《まゆ》だった。

蚕《かいこ》は蛹《さなぎ》になる際に白い糸を吐き出して身を覆い、楕円形《だえんけい》の繭を作る。そうして繭の中で眠り、やがて羽化《うか》して繭から出てくるのだ。

羽化した蚕はそりゃあ白くて可愛らしいんだぜ、と惣右衛門は言った。どうやら知り合いの呉服屋に頼んで仕入れ先を辿《たど》り、養蚕《ようさん》を営む農家から繭を譲り受けてきたらしかった。

「わあ……」

ミズナは思わず目を輝かせていた。たった一寸ほどしかない小さな繭が、まるで美しい宝石かのように光って見えた。

「こ、これ、中はどうなってるんだ？」

渋面を保つのも忘れ、興味津々で尋ねる。すると惣右衛門は黙って懐《ふところ》から小刀を取り出し、繭に一筋の切れ目を入れた。

さぞ中身も美しいのだろうと期待したミズナは、身を乗り出して義父の手元を見つめる。ところが繭の中身が見えるや否や、引きつった声を発してのけぞった。

実際に繭の中にあったのは、美しいとも可愛らしいとも言いがたい、濁《にご》った茶色の蛹。ミズナは昔から虫が苦手であった。

「ただの蛾《が》だろ、飛ぶこともできねえ蝶の出来損ないだ。気持ちの悪い」

惣之丞が繭を一瞥《いちべつ》して冷たく鼻を鳴らす。

「そうか、惣之丞は気味悪いと思ったんだな。ミズナはどうだ？」

義父に意見を聞かれたミズナは目を強く閉じ、まぶたの裏に焼きついた蛹の姿を振り払おうと、頭をぶんぶん振った。

「そうかそうか、嫌だったか。でもなあ二人とも、この小さい繭が絹になるのは知ってるよな？　お前たちが舞台で着る衣裳も絹でできてる、つまりはこいつが懸命に作ってくれたものなんだ」

そう思うと愛おしく見えてこねえか、と惣右衛門は微笑んだ。

「けど蚕のほとんどは、羽化する前に死んじまう。羽化して出てくる時に繭を傷《いた》めちまうから、繭ができ上がったら釜《かま》で茹《ゆ》でられて殺されちまうんだ」

「えっ……」

人間の手で育てられ、人間の都合で蚕は死ぬ。成長した眼《まなこ》で浮世《うきよ》を見ることも許されず、翅《はね》を広げて飛ぶこともできない。ミズナは蚕の運命に胸がちくりと痛むのを感じた。

怖がりつつも蚕に見入っていると、惣右衛門がふっ、と目尻を下げた。

「俺はなあ、思うんだよ。人間も繭と一緒じゃねえかってさ」

不思議そうに顔を上げるミズナの横で、惣之丞が不満げな声を漏らす。

「わけわかんねえ、何をどう見たら人と繭が一緒なんだよ」

「姿形はまるで違うさ。でもよ、どんな人間も、目に見えねえ心の奥底には、こんな虫を潜ませてるモンだ」

惣右衛門は静かに言って、手の中の繭へと視線を落とした。

「その虫は時に気味悪くて恐ろしくて、遠ざけたいものに見えるかもしれねえ。でも、その虫にだって懸命な〝想い〟がある。そうやって綺麗な絹を生むのさ……俺はお前たちに、この蚕の想いに寄り添ってやれるような、そんな大人になってほしいんだ」

小さな繭を慈《いつく》しむように指でなぞる姿に、ミズナは胸を衝《つ》かれた。いつも冗談めいたことを言ってふざけてばかりいる義父が、真剣に話をしていると気づいたからだ。そして義父が、心を痛めているのだということにも。

惣右衛門は繭から目を離し、我が子たちをじっくり見つめた。

「惣之丞。ミズナ。お前たちは俺の大事な家族だ。きっとお前たちにもそれぞれの想いってやつがあるんだろう。どっちが正しくてどっちが間違ってるかなんてことは、俺は言わん」

ただな、と声に力を入れる。

「血が繋がってなくても、お前たちは兄妹だろ。こうして一緒に暮らすようになったのは縁があったからだ。人は誰かとの繋がりがなきゃ、まっすぐには生きていけねえモンさ……だからこの縁を終生、大事にしてほしい」

兄妹同士、互いの気持ちに立って仲よくしろよ。噛んで含めるような言葉に、ミズナは我知らず下を向いた。

義父の言いたいことはよくわかる。普段は気恥ずかしくて態度に出せないが、ミズナは義父が大好きだった。惣右衛門は大川を流れていた身元もわからぬ自分を、本当の娘として扱い、手塩にかけて育ててくれた。男やもめで三食の飯を作り——見た目や味がひどいのはともかくとして——この上ない愛情を注いでくれた。ミズナも惣右衛門を、本当の父親のように心で慕っていた。

とはいえミズナは、惣之丞と事あるごとに衝突してしまうのをどうにも避けられなかった。本音では義兄と笑いあってみたい、義兄から芝居を教わってみたいと思うものの、肝心の惣之丞は義妹となったミズナを露骨に忌み嫌っていたのだ。

かような関係がよい方向に転じる時が、本当の兄妹のようになれる時が、いつの日か来るのだろうか。ミズナは自信が持てなかった。

黙りこんでいるミズナの隣で、惣之丞は繭を横目に見つつ、やはり義妹と同様に口を閉ざしていた。

一

吉原《よしわら》は江戸町一丁目にある大見世《おおみせ》、黒羽屋《くろばや》の自室で、瑠璃《るり》はぼんやり鏡を見つめていた。

床の間には禿《かむろ》のひまりが買ってきてくれた鬼灯《ほおずき》が飾られている。盂蘭盆会《うらぼんえ》の時期が近くなる度、吉原の遊女はこぞって鬼灯を買い求めるのが定番だった。

鬼灯の実は死者の霊魂の拠り所となり、さまよう魂を天界へ導いてくれるという言い伝えがある。妓《おんな》たちが鬼灯を求めるのは、若くして命を落とした朋輩《ほうばい》や堕胎によって死した水子《みずこ》の成仏を祈り、そして何より、苦界《くがい》にいる己の秘めたる哀しみを、天に託すからなのかもしれない。

やかましく響き渡る蝉《せみ》の声が、五丁町《ごちょうまち》の空気を震わせる。

瑠璃は心ここにあらずといった面持ちで、鏡に映った己の顔を眺めた。

「やだ瑠璃ったら、化粧をするんじゃなかったのかえ？　刷毛《はけ》持ったまんまじゃ夜見世に間にあわないよ？」

蝉の声に、たしなめるような女の声が重なった。思案にふけっていた瑠璃は首だけで見返る。

部屋には馴染みの妖《あやかし》たちが集まっていた。

座敷の出窓で日向ぼっこをしながらうつらうつらしているのは、猫又《ねこまた》の白《しろ》。その横では袖引き小僧の長助《ちょうすけ》が七夕の短冊と睨めっこをしている。布団の間には付喪神《つくもがみ》のお恋《れん》とこまが、いつになく真剣な顔つきで将棋を指していた。

髑髏《がしゃどくろ》のがしゃ、油すましの油坊《あぶらぼう》の姿はここになかった。妖たちいわく、二体はどうやら油坊の住む山にいるらしい。山で何をしているのかは、誰も知らなかったが。

瑠璃は声の主である山姥《やまんば》に向かい笑ってみせた。

「あ、ああ、露葉《つゆは》か……」

露葉は乳鉢と乳棒を手に、何やら草らしきものを入念にすり潰している最中だ。

「何だか顔色が悪いじゃないの。暑気あたりかえ？」

言うなり袂《たもと》をごそごそ探り、小さな袋を取り出す。

「これ、あたしの山に自生してた香薷《こうじゅ》で作ったの。暑気あたりによく効くからお飲み」

「げ、もしや香薷散ってやつか？　お前こんなのまで作れるのかよ」

思い返せば露葉は昔、山を訪れた木こりに手製の薬を渡してやったと話していた。

山を住み処とする山姥は、植物を用いた知恵を人以上に持っているらしかった。

苦い薬が大嫌いな瑠璃は、丸薬を強引に口に入れようとする露葉にたじろぐ。が、いくら嫌だと断っても露葉は一向に退《ひ》かない。

瑠璃は根負けして口を開けた。

「う、ぐえぇっ」

予想を超える苦さに、とても花魁《おいらん》とは思えぬ声でえずきながら薬を呑みこむ。不思議なことに薬が腑《ふ》へと流れていくにつれ、頭に立ちこめた靄《もや》が晴れるような爽快さを覚えた。

露葉は瑠璃の頬に血色が戻ってくるのを見て幾分ほっとした顔をしたが、まだどことなく心配そうだ。山姥の視線から逃れるべく、瑠璃は鏡台へと向き直る。

「はあ、おかげで何だかすっきりしたよ。さあて仕事、仕事っと」

すると露葉の横にいたさび猫の炎が、勘ぐる目つきをした。

「表の稼業に精を出すのもよいが、お前、本当に大丈夫なのか」

「大丈夫だって何度も言ったろ。ったくお前も心配性なんだから」

瑠璃はため息をこぼしながら刷毛を持ち、白粉《おしろい》を肌に塗り始めた。白い真珠のごとき肌に、さらなる白が重ねられていく。

と、鏡で己の目を見た瞬間、瑠璃は思わず刷毛を落とした。

鏡に映った両目が、蛇の目に見えたのだ。

——飛雷《ひらい》……。

瑠璃の動揺を見てとったのだろう、炎はひっそりと嘆息《たんそく》した。

「空元気はよせ。お前の心が今も死に直面しているのを、儂《わし》が見抜けんとでも思うたか」

鏡に映った目が人の目に戻り、抑えようもなく揺れ動く。

長い吐息を漏らしつつ、瑠璃は己の顔を震える手で覆った。その胸元にある三点の印は、鉤爪《かぎづめ》に似た形をしてさらに大きく、濃くなっていた。

吉原の最高級遊女、花魁である瑠璃は、裏では鬼退治組織「黒雲《こくうん》」の頭領という顔を持つ女子だ。

今、瑠璃は呪いを受けている。使役《しえき》していた生き鬼の傀儡《くぐつ》、楢紅《ならく》の呪いである。見たものを消滅させる呪力を持つ生き鬼の目。偶発的に見てしまった瑠璃は、しかし生き延び、体には何の不調もない。これは心の臓に棲《す》む龍神、飛雷が瑠璃の体に加護を施《ほどこ》したからだ。

だが飛雷はあえて瑠璃の「心」に加護を与えなかった。呪いによって心を死滅させ、空になった体を乗っ取る腹積もりである。

瑠璃は一度、完全に失った意識を取り戻したが、飛雷の圧は日増しに強くなっていた。ふとした時に視界が歪み、意識が朦朧《もうろう》とするのだ。五感に薄い膜が張られたような感覚。心と体が乖離《かいり》する不安は、言い知れぬ恐慌となって心を苛《さいな》むばかりだった。

帝と将軍の代理戦、すなわち義兄との決戦を果たす以前に、このままでは心が死に絶え、邪龍に体を奪われてしまう方が先だろう。真綿で首を絞めるように、じわじわとその時は近づいてくる。

「今が正念場だってのに、ちくしょう……」

瑠璃は指の隙間から苦悶《くもん》の声を漏らす。焦燥に駆られるも、呪いを解くためにどうすればいいか、策は何一つとしてないのが現状だ。

「でもさ、前に意識を失っちまった時、お前さんは自力で目覚めたじゃないか。お前さんの心が丈夫な証《あかし》なんじゃないかい？」

露葉が気遣わしげに瑠璃の背中をさする。片や瑠璃は首を横に振った。

「違うんだ、自力で目覚めたわけじゃねえ。夢で父さまに、起こされたんだ」

「何、惣右衛門にか」

訝《いぶか》しげな声を上げたのは炎だ。さび猫は椿座にいた頃から瑠璃とともに過ごし、深酒で死んでしまった惣右衛門のこともよく知っている。

「ああ。忠《ちゅう》さんの屋敷で倒れた後、ずっと夢を見てたんだ。父さまに拾われた時のこと、椿座で稽古に明け暮れてた頃のこと……」

昔から朝が苦手だった瑠璃は、いつも惣右衛門に叩き起こされていた。大川で拾われた時も、昏睡していた瑠璃の頰を義父がしつこいほど叩いて起こしてくれた。その声が、在りし日の思い出が、闇に閉ざされかけた瑠璃の心に呼びかけたのである。

「内容は夢というよりか、記憶そのものだったけどな。目が覚めてから今までも、日ごと夢を見るようになってさ」

その中に時折、妙な夢がある。

夢の中で瑠璃は空を飛んでいた。

雲の峰に沿うようにして飛び、遥か下にある海原へ目を向ける。一気に海面まで下降していったかと思えば、縦横無尽に風を切り、海原の向こうにどこまでも続く水平線を眺める。どれだけそうしてからか、ふと思い立って岸を目指す。

岸辺には、自分を待つ人々の姿があった。誰なのかはわからない。ただ深々と辞儀をして迎えてくれた彼らを見て、瑠璃の心は温《ぬく》もりに満ちあふれるようだった。

「瑠璃、それは……龍神の、蒼流《そうりゅう》の記憶じゃ」

「何だって？」

声を上ずらせる瑠璃に対し、炎は考えこむように顔を伏せた。

「呪いで過去世の記憶が刺激されておるのじゃろう。もしくは蒼流の魂が、夢という形でお前に訴えかけておるのやもしれん」

瑠璃は激しい胸の動悸《どうき》を感じた。夢ならではの突拍子もない内容なのだろうと推していたのが、実際は、前世の記憶の追体験だったのである。

「でもわっちは、夢の中で幸せな気分だった。迎えてくれた人たちだって皆、笑顔で平和そうで……」

古《いにしえ》より存在する三龍神、廻炎《かいえん》、蒼流、飛雷。蒼流は龍神同士の戦いの最中、飛雷によって消滅させられたのだと、廻炎の現在の姿であるさび猫から聞かされていた。

だが件《くだん》の夢の中に、怒りや哀しみといった「負の感情」を感じることは一切なかった。飛雷の天変地異に苦しめられていたはずの人々も、不安など何もないといった顔をしていた。

「お前が夢で見たのは、蒼流が幸せと感じたであろう記憶の断片に過ぎん。儂も同じように感じていたからよくわかる……じゃがその後に起こることを思えば、とても幸福とは言えまいよ」

「どういうことだ」

炎の口ぶりから察するに、以前に聞かされた三龍神の経緯は、ほんの一部だったらしい。

「おい炎、教えてくれ。龍神たちに、何が起きたんだ？」

さらに深刻な顔で問い詰めるも、炎は言い渋っていた。まるで遠い日々を、思い出したくないとでもいうように。

しばらくの後、小さく息を吐き出してから、さび猫はぐいと顔を上げた。

「……よかろう。龍神の過去に何があったか、仔細《しさい》を今こそお前に伝える。記憶が戻り始めておるのなら遅かれ早かれ、わかることじゃろうからな」

炎は猫の瞳で瑠璃を見つめると、重い口調で昔語りを始めた。

それは古代王朝時代よりも遥か昔のこと。かつて三体の龍神は、日《ひ》ノ本《もと》を守る守護神であった。廻炎は火、飛雷は雷、そして蒼流は風を司り、各々の力を結集させて人と大地を守っていた。

民は人智を超えた存在たる龍神を崇《あが》め、感謝し、供物《くもつ》を欠かさなかった。龍神も期待と祈りに応え、民をあまねく愛した。幾度となく巡る季節。冬を見届け、春を迎える豊かで平穏な時が続くことを、龍神たちは心から信じていた。人々の祈りが、敬虔《けいけん》なものばかりではないとも知らずに。

時代は下り、遠く海の向こうから、日ノ本の侵略を目論む異国が攻め入らんとした時。龍神たちは天変地異を起こして大群の船を沈め、異国の侵入を防いだ。しかし力を使いすぎたために疲弊《ひへい》し、見るも痛々しいほど衰弱してしまった。

異国は怒り狂い、さらに多くの船を出して再び日ノ本へと向かってくる。一方の龍神は動くことができずにいた。

自分たちの傷を癒《いや》してほしい。ともに戦ってほしい。龍神たちはここに至って初めて、民らに救いを求めた。これまでの龍神と民の関係性から、必ずや応じてもらえるだろうと信じて。

ところが民は救うどころか、戦えなくなった龍神を悪し様に罵《ののし》った。役立たずと叫びながら供物を投げつけ、龍神にさらなる祈りを捧げた。

――戦え。

――殺せ。

――死んでも守るのが務めだろう。

無垢《むく》だったはずの祈りは、いつしか龍神を縛りつける呪いに変じていたのだ。

龍神は民の呪詛《じゅそ》に操られるようにして立ち上がり、異国の船を完膚《かんぷ》なきまでに打ちのめした。恐れをなした異国は、二度と攻め入ってこなかった。務めを果たした龍神はついに倒れた。されど民のために命を懸け、弱りきった彼らに、手を差し伸べる者はもはや誰もいなかった。

「……あれから何とか力を取り戻せたものの、蒼流と飛雷は、変わってしもうた」

押し殺すような炎の声を、己の前世が経験した壮絶な過去を、瑠璃は痛ましい思いで聞いていた。

「儂は蒼流と飛雷が変わっていくのを止められなんだ。何を言うても聞く耳を持ってもらえなくてな。兄弟じゃのに、儂らは互いを痛めつけるようになってしもうた」

人によって性分が様々であるのと同様、三龍神もそれぞれ性分がまったく異なっていたらしい。炎は比較的、平和を好んでいたが、元から荒っぽい性分だった飛雷は、民の裏切りを受けて以降は破壊を好むようになった。そして蒼流はといえば、加虐《かぎやく》を好むようになってしまったという。

「命をいたぶり弄《もてあそ》ぶのが楽しみである蒼流にとって、何もかも見境なく壊してしまう飛雷は厭《いと》わしい存在じゃった。ついでに、悪道を止めようとする儂のこともな」

後に蒼流は、炎から知恵を授けられた瑠璃の先祖とともに飛雷を倒し、戦いの中で消滅することになる。人と協力したのは実のところ、疎《うと》ましい飛雷を殺すためであり、飛雷の暴虐を善意から止めようとしたのではなかったのだ。

「そんな……それじゃあ蒼流も、邪龍だったっていうのか……？」

蒼流が悪しき心を持っていたなど、瑠璃は思いもしていなかった。

いたぶり、弄び、苦しむ様を見て楽しむ。

——昔のわっちと、同じ。

臓腑がずるずるとなし崩しに滑り落ちていくような、不快な感覚が全身に広がっていった。

黒雲頭領に就任して鬼と向きあうようになった瑠璃は初め、鬼を痛めつけることに高揚感を覚えている節があった。

鬼をいたぶらんとする衝動。鬼の痛みに感応する気持ち。どちらも紛《まご》うことなく己の心であるからこそ、相反する二つの想念に幾度となく矛盾を感じ、悩み苦しんだものだ。

しかし瑠璃の心は、親友だった津笠《つかさ》との戦いをきっかけに大きく変容した。鬼が抱く葛藤《かっとう》、鬼となるに至った哀しみを思うことに、心の比重を傾けるようになったのだ。そして自分の体内に飛雷の半分が封印されていると知ってからは、嗜虐《しぎゃく》性が飛雷によるものだと思うようになった。

だが実際に嗜虐の心を持っていたのは飛雷でなく己の前世、蒼流だった。蒼流の魂が記憶する恨み、憎しみの情念が、瑠璃という人間に転生してからも、無意識の境地でくすぶり続けていたのである。

「よく聞け、瑠璃」

言葉を失っている瑠璃に向かって、炎は静かに言葉を紡ぐ。

「龍神の生まれ変わりでもお前はお前。瑠璃という、一人の女子じゃ。それをゆめゆめ忘れるな」

瑠璃は沈んだ瞳をさび猫へと向けた。

炎が龍神の過去を今まで詳《つまび》らかにしなかったのは、自らが思い出したくなかったのもあろうが、無闇に瑠璃の心を揺さぶる必要もないと考えたからに違いない。

「龍神も、辛い思いをしてきたんだね」

瑠璃と一緒に話を聞いていた露葉は涙声になっていた。心優しい山姥もまた、龍神の過去に心を痛めているのだろう。

「瑠璃の夢に幸せな場面しかないのは、辛いことを思い出したくないって、蒼流が願ってたからなのかもね」

「ああ、そうだな……」

瑠璃は炎の滑らかな毛並みを撫《な》でた。顎《あご》を掻いてやると、さび猫はグルグルと心地よさそうに喉を鳴らす。

炎の胸中には今なお痛みを伴うしこりが残っているだろう。が、猫の体と気質を得たことで、少しでも穏やかな心持ちになってくれていればと、瑠璃は切に願った。

「あ、そういえば」

炎を撫でつつ再び夢へと思いを巡らすうち、ふと、あることが想起された。

「もう一つ、不思議な夢があるんだよ。見たこともない山の中にいるんだけどさ、何でか景色が、やたらとぼやけてるんだ」

これも龍神の頃の記憶なのだろうか。されどこの夢だけはいつも朧《おぼろ》げで、目が覚めてもはっきり思い出すことができない。

「……夢というのは得てして不可解なものじゃろう」

そう言って炎はぶるる、と頭を振る。猫にはあまり表情の変化がないのが普通だが、長きにわたり生活をともにしてきた瑠璃はさび猫の顔が、やや曇っているように感じられた。

と、瑠璃の袖に、突如として重みが加わった。

「ねえねえ花魁。短冊に願い事、書けたよお」

声の主は長助だった。

瑠璃は七夕祭に向けて書く短冊を、面倒だからと長助に丸投げしていたのだ。

「おおそうか、どんな感じに書いて……」

引っ張られた左袖の方を向いた途端、瑠璃は声を詰まらせた。

「長、助……？」

視界に映るのは宙に浮く短冊ばかり。肝心の長助の姿は——見えない。

瑠璃は目の前が真っ暗になった。

袖引き小僧は無垢な心を持つ者の目にしか映らない。長助の姿が見えないということはすなわち、瑠璃の心が今まさに澱《よど》み、死にかけていることの、疑いようもない証と言えよう。

「どしたの花魁、大丈夫？」

様子がおかしいのを察し、長助がさらに瑠璃の袖を引く。

長助の声に目が覚めたのだろうか、猫又の白が頭をもたげて瑠璃に視線をくれる。

露葉は異変の原因がわかったようだが、しかし無言で青ざめ、うなだれてしまった。

瑠璃の耳に長助の声が響く。袖には確かな重みを感じる。だがいくら目を凝らしてみても、長助の輪郭はどこにも見つけられない。

心配そうな長助の声を聞きながら、瑠璃はしばしの後、笑顔を作った。

「大丈夫だよ、長助。わっちは、大丈夫だから……」

その弱々しい笑みを見て、炎は静かに嘆息していた。


麻布《あざぶ》の大黒坂《だいこくざか》を上りきった地点には、立派な松が立っていた。道沿いにぽつぽつと茶屋が並んでいるものの、辺りの民家は茅葺《かやぶ》き屋根で、町並みは至って長閑《のどか》だ。

黒の着流しに身を包み、泥眼《でいがん》の能面を装着した瑠璃は一本松の前に立った。三叉に分かれている坂の一つを面越しに見下ろす。

暗闇坂《くらやみざか》。左側は崖となり、樹木が覆い被さるようにして生い茂る、急勾配の坂である。道幅は狭く途中で緩めに曲がっているため、夜であるのも相まって見通しは極めて悪い。ここは追《お》い剝《は》ぎが出るとも、妖や幽霊が出るとも噂される地だった。

「頭《かしら》、やはり今回は俺たちに任せて休んでください」

「もし次に倒れることがあれば、今度こそ危ないですよ」

瑠璃は後ろを顧《かえり》みる。

錫杖《しゃくじょう》を手にした錠吉《じょうきち》、金剛杵《こんごうしょ》を肩に担ぐ権三《ごんぞう》が、硬い表情で瑠璃を見つめていた。

二人の横で双子の兄弟、豊二郎《とよじろう》と栄二郎《えいじろう》も口々に言い募《つの》る。

「お内儀《かみ》さんも言ってたろ、今回の鬼はそんなに強くないみたいだって」

「ねえ頭、今回だけでも錠さんと権さんに任せよう？」

栄二郎の肩には炎の姿があった。

普段は吉原で待つのみだが、炎にはわずかながら龍神の力が残っている。瑠璃を案じた炎はこの日、任務に同行すると自ら名乗りを上げたのだった。

瑠璃は黙ってさび猫と目をあわせる。すると瑠璃の意思を汲《く》み取ったのか、炎はかぶりを振った。

「お前たち、今こやつに何を言っても無駄じゃ。儂も再三やめておけと言うたのじゃが、まったくもって聞きゃあせん」

男衆が呪いを受けた頭領を案じるのは至極もっともだ。以前は義父の声で意識を取り戻すことができたが、次も無事であるという保証はどこにもない。

が、瑠璃は頑《がん》として聞き入れなかった。

「呪いを受けてからも何度か任務に出たけど、何事もなかったろ？　今回だって大丈夫さ」

軽い口調で言ってみせ、前方へと視線を戻す。

大丈夫。大丈夫。何度この言葉を繰り返しただろう。瑠璃は右手に持つ妖刀をぐっ、と握り締めた。

本音を言えば、もう飛雷を抜きたくない。鳩飼《はとか》いが切り札とする平将門《たいらのまさかど》に勝つには飛雷を手懐《てなず》け、力を完璧に掌握《しょうあく》せねばならないとわかっていても、邪龍に対する畏《おそ》れはぬぐいきれぬままだ。

さりとて男衆の言葉に甘えて職を放棄すれば、呪いに負けたも同然ではないか。

瑠璃は使命感と同じくらい、焦りに突き動かされていた。

「……瑠璃。もう儂はお前を止めん。じゃがよいか、決して鬼の声を聞くな。心を傾《かし》けるな。もし心が少しでも鬼の抱く闇に傾げば……わかるな」

炎の言葉が重く、腑に沈みこんでいく。

夜空に赤く光る旱星《ひでりぼし》を仰ぎ見てから、わかってるさ、と瑠璃は小声で答えた。

「さあ行くぞ。お内儀が言うように力の弱い鬼だってんなら、すぐにでも終わらせられるだろう」

不安げに顔を見あわせる男衆を背に、瑠璃は暗闇坂に向かって一歩を踏み出した。

暗闇坂に出没する鬼の正体は、すでにお喜久《きく》が当たりをつけていた。坂のそばには備中足守藩《びっちゅうあしもりはん》、木下《きのした》家の下屋敷があり、そこで働く女中が怪死する事件があったのだ。

女中の死にはよからぬ噂があった。

どうやら女中は家長に美しさを見初められてお手つきとなり、嫉妬《しっと》した妻女にいびり殺されたらしい。死因は毒であろうといわれているが、当の妻女は役人に金を渡し、この事実を握り潰した。

女中には互いに想いを寄せあう男がいた。だがお手つきとなったがゆえ恋心を諦めるしかなくなり、挙げ句の果て、妻女の悋気《りんき》によって殺されてしまった。

女中の死から数日後、今度は妻女が不審死を遂げた。おそらくは殺された女中が鬼となって妻女に復讐したのだろう。以後もこの辺りでは鬼が目撃されるようになったという。

しばらく坂を下ったところで、瑠璃は立ち止まった。

「おかしいな、鬼の気配なんかないじゃねえか」

夜更けにあえてこの暗闇坂を使う者はいないだろうが、鬼はおろか、追い剝ぎすら一向に現れない。

その時、頭上の崖で何かが動く気配がした。

瑠璃は視線を上げる。

何者かが崖から飛び降りてきた。見る見るうちに瑠璃の脳天へと迫り来る。

——鬼だ。

「頭っ」

瑠璃は即座に鬼をよける。片や鬼はダン、と勢いよく坂に降り立った。屈んだ姿勢のまま、こちらに薄ら笑いを向ける。

空洞の眼窩《がんか》。三日月の形に耳元まで裂けた口。額に二寸ほどの角を持つ、女子の鬼であった。

瑠璃は鬼の風貌に目を見開いた。

「こいつ、融合鬼《ゆうごうき》か」

一体どれほどの怨念と融合しているのか、鬼の背からは無数の黒い腕が生えていた。輪郭《りんかく》は千手観音《せんじゆかんのん》を思わせる。四方八方に伸びる腕が、鬱屈《うつくつ》した邪気を放つ。

瑠璃たちは直ちに臨戦態勢に入った。

双子が黒扇子《せんす》を開き、結界を張る経文を唱える。上空に純白の注連縄《しめなわ》が浮かび、紙垂《しで》が格子のごとく地に伸びていく。

檻《おり》の結界が完成するより早く、鬼は弾みをつけて跳躍《ちようやく》した。

錠吉と権三が前に出る。錫杖と金剛杵を振りまわす。二方向からの迅速な攻撃が、まともに鬼の胴体に入った。鬼は坂の上方へ吹き飛ぶ。

「炎、双子と一緒にいろよ」

瑠璃は意を決して飛雷を鞘《さや》から引き抜いた。

注連縄の白い光に照らされる飛雷は、いつもと何ら変わった様子もなく、鈍い輝きを放っていた。

——よし、大丈夫だ。今日もいける。

「ぐ……」

錠吉と権三のうめき声がした。瑠璃は視線を妖刀から離す。

鬼の背中に生えた腕が数本、長さを増して錠吉と権三の首を捉えていた。

瑠璃は急いで地を蹴った。鬼の正面まで来て踵を返す。錠吉の首を絞める腕を斬《き》り落とす。さっと身をひるがえして刀を振るい、権三をつかまえていた腕を斬る。

鬼はひび割れた悲鳴を上げた。背中からさらに数本の腕が伸長して瑠璃に襲いかかる。しかしこれを、自由になった錠吉と権三がしたたかに打ち払った。

ひるんだ鬼の腕が背に収縮していく。と同時に、鬼は坂の上へと後退した。再び屈んで助走をつけ、三人に向かい躍りかかる。背中の腕が、山荒《やまあらし》の針のごとく伸びてくる。

瑠璃たちは各自の武器を操り、鬼の腕を速やかにいなした。捌《さば》ききれぬと思われるほど多かった腕が、妖刀に斬られ、法具にちぎられ、徐々に本数を減らしていく。

——お内儀さんの見立てどおり、そこまで強い鬼じゃねえ。

瑠璃は苦しげに歪む鬼の顔を見やる。

「もう少しだ、押せっ」

刹那《せつな》、鬼は鬼哭《きこく》を発した。

怨念を孕《はら》んだ衝撃波が突風となって押し寄せる。結界を張ってあるため威力は弱いが、問題は怨念の数だった。

——イタイ、イタイヨ。

——オネガ、イ、コロ、サ、ナイデ。

——シネ。ミンナ、ミンナ、シンジマ、エ。

融合鬼は似た恨みを持つ者同士が融合するものだが、聞こえてくる呪詛の質は明らかにばらばらだ。

現在、江戸には平将門の怨毒が蔓延《まんえん》している。怨毒に影響された低級の鬼たちが、恨みの種類にかかわらず集い、女中の鬼を本体として融合したのかもしれない。

「くそ、どんだけの数が集まってるんだよ」

耐えられぬほどではないが、いかんせん数が多い。瑠璃は絶え間なく浸食してくる怨念に、能面の内で歯ぎしりした。

——ねえ、どうしてあたしは死ななきゃならなかったの？

本体である女の呪詛が聞こえた気がして、瑠璃はほんの一瞬、刀を握る力を緩めた。その隙を突き、鬼の背から伸びてきた腕が一本、泥眼の面をつかんだ。瑠璃は声もなく地面に倒される。

なぜ気が緩んでしまったのか、なぜこうも簡単に押し倒されてしまったのか、自分でもわからなかった。

——まずい、まずい、早く立たねえと……。

だが動こうにも体が鉛《なまり》のように重い。ぴし、と鬼の握力で面に亀裂《きれつ》が走った。

——あんたなんかに、あたしらの何がわかるの？　同情なんていらない。同情するくらいなら一緒に死んでよ。あたしらの苦しみを、あんたも少しは味わいなさいよ。

面越しに見える鬼の指が、ぐにゃ、と曲がった。

「おい権、後ろだっ」

知らぬ間に倒れていた頭領に気づき、錠吉が声を張り上げる。権三もすぐさま振り返り、瑠璃をつかむ腕へと目を留めた。

つかまれているのは能面だけにもかかわらず、瑠璃はなぜか動こうとしない。

権三の重い一撃を受け、黒い腕が瑠璃から離れた。頭領の様子をうかがおうと権三は腰を屈める。が、新たに腕が伸びてきて、やむなく鬼へ向き直る。

「錠、真言《しんごん》をっ。俺たちの手で倒そう」

権三と錠吉は同時に真言を唱えた。法具に金色の光が宿る。

戦意も新たに法具を構えた時、二人の横を瑠璃が通り越した。

「よかった頭、無事、で……」

瑠璃は妖刀を振るう。伸びてきた腕をざんと斬り落とす。素早く体勢を変えて次の腕。さらに次の腕。間を空けずに足を踏み出し、ますます攻勢を強めていく。

鬼はうめき声を上げる暇も与えられず、ただ斬撃を受けるばかりだ。反撃の隙など微塵《みじん》もない。一方で瑠璃は無言で妖刀を振り続ける。妖刀を右手から左手に持ち替え、上下左右、あらゆる方向から斬撃を畳みかける。瞬《また》く間に鬼の腕は一本残らず斬り落とされ、残るは脚と胴体のみになった。

瑠璃は体を回転させて勢いをつける。鬼に蹴りを食らわせる。蹴り飛ばされた鬼は地面に仰向けになった。おびえたように立ち上がろうとする。

しかし瑠璃は鬼に近寄り、足を上げたかと思うと、垂直に鬼の胸を踏みつけた。残った鬼の脚を付け根から斬り落とす。

鬼の絶叫が暗闇坂にこだました。

「や……やめてください頭、そこまでする必要はないでしょうっ」

尋常でない猛攻に絶句していた男衆が、慌てて頭領を諌《いさ》める。

ところが瑠璃は聞かなかった。持ち方を変えると四肢を失った鬼に妖刀の切っ先を向け、垂直に突き刺す。鬼は抵抗する術《すべ》もなく、消え入りそうな声を切れ切れに漏らす。角が砕け、体がすべて黒い砂山になっていく。魂の浄化に成功した証だ。

それでも瑠璃は刺すのをやめない。

「はは……あはははは」

途端、栄二郎の肩に乗っていた炎が地面に飛び降りた。

姿を赤獅子に変化《へんげ》させ、鋭い牙を剥いて瑠璃を睨みつける。

「お前たち、ここから離れろ。今すぐにじゃっ」

男衆はわけがわからずその場に立ちすくんだ。

「……ふふ」

嘲《あざけ》るような笑い声がした。瑠璃は首を傾げて赤獅子を見つめる。黒砂となり風に流れていく鬼を背に、泥眼の面を緩慢な動きで外す。

その両目は、人のものではなかった。細く冷徹な、蛇の双眸《そうぼう》。胸元にあった三点の印が、消えていた。

「まさか」

瑠璃らしきものは首の骨を鳴らしながら男衆をゆったりと見渡し、再度、赤獅子へ目を据える。

「久しぶりじゃの、廻炎。こうして言葉を交わすのは何百年ぶりじゃろうか」

男衆はようやく事態を把握した。

今の瑠璃は、瑠璃ではない。邪龍、飛雷がついに瑠璃の体を乗っ取ったのだ。

「う、嘘だ、じゃあ頭は……」

「ふうむ。おぬしは確か、栄二郎とか呼ばれておったな。刀の中からよっく見聞きしておったぞ」

飛雷は栄二郎に向かい、薄く笑ってみせた。

「おぬしが尊ぶ女はもうおらん。心が死してしもうたからな」

さらりと放たれた言に、一同の胸を戦慄《せんりつ》が掠《かす》めた。

と、飛雷は右腕を上げた。宙を軽く撫でるようにして、す――と刀を横一線に振る。

刃が裂いたのは空気ばかりのはずだった。

しかし刃の軌道上、切っ先から距離があった錠吉と権三の胸には、うっすら赤い太刀筋《たちすじ》が入っていた。

二人は呆然と胸板に手をやる。

「何、で」

斬られた実感などまるでない。だが着流しの下にあった皮膚《ひふ》は見紛うことなく裂け、赤い血が流れ出ている。

一方で飛雷は顎をさすりながら、右手に持つ刀を不服そうに眺めた。

「やれやれ、かようななまくらに我を閉じこめておったのか。これではうまく切り刻めんではないか」

「飛雷、やめるのじゃ。こやつらを殺して一体何になる？」

炎が咆哮《ほうこう》を響かせる。すると飛雷は目だけで赤獅子を捉え、ニタリと笑みを広げた。

次の瞬間、飛雷は炎の眼前に移動していた。疾風《しっぷう》のごとき敏捷《びんしょう》な動きは誰の目にも留まらなかった。

飛雷は赤獅子に蹴りを食らわせる。ためらいの欠片《かけら》もない蹴り。炎はすぐそばにいた双子もろとも吹き飛ばされた。

「ああ廻炎よ、お前は昔から阿呆じゃった。人なんぞの味方をして、我に歯向こうて。だから力を失った。変化してみたところでただの猫ではないか、情けない」

高く振りかざされた飛雷の脚には、バチバチと稲妻《いなずま》が走っていた。

飛雷は雷を司る龍だ。体に雷をまとわせることも自在らしい。

強烈な蹴りを食らった炎が、伏したまま吐血する。双子が苦しげな様子で上体を起こす。

ふん、と飛雷はつまらなそうに鼻を鳴らした。

「殺して何になる、と言うたな。我は殺すのを楽しむのでない。砕き、あるいは裂き、とことん壊すことにこそ楽しみを感じておるのじゃ」

言って、今度は錠吉と権三に目をくれる。

「おぬしらはまだ動けるじゃろう？　せっかく久方ぶりに体を手に入れたのじゃ、肩慣らしくらいはさせてくれ……我を楽しませろ」

口の端を歪めたかと思いきや、飛雷は地を蹴った。驚異的な速さで錠吉へと迫る。

錠吉は辛うじて錫杖をかざす。が、飛雷が振るった刀に弾かれ、崖肌に激しく身を打ちつけた。衝撃で大量の血を吐き出す。

飛雷は視線を走らせた。

すでに死角へまわりこんでいた権三が、金剛杵を飛雷の脳天めがけ振り下ろす。

しかし権三は、すんでのところで躊躇《ちゅうちょ》してしまった。

「たわけめ」

飛雷は身をわずかに屈め、ぐるりと一回転した。

刃が金剛杵に衝突して火花を散らす。ふわ、と権三の大きな体が宙を飛んだ。錠吉と同じようにして崖に叩きつけられる。

シャン、と金属音が鳴る。立ち上がった錠吉が錫杖を振る。だが飛雷は軽い身のこなしで錫杖をよけると、崖に向かって跳んだ。

「あはははっ」

崖肌に草履の裏をつける。足に力を入れるが早いか、地面と水平に跳躍する。左右の崖と樹木の間を電光石火の速さで往来する。目に見えるのは飛雷の残像ばかりだ。

たちまちにして、錠吉と権三の体にいくつもの切り傷ができていく。二人は飛雷の姿を視界に捉えることすらままならない。甲高い哄笑《こうしょう》を聞きながら、その場で斬撃を受けることしかできなかった。

二人がついに倒れたと同時に、飛雷はすた、と地面に降り立った。

「つまらん、つまらん。この体を気遣っておるのじゃろうが愚の骨頂、まったくもって意味のないことよ。おぬしらが知っておる女はもう死んだというに」

聞き分けの悪い童《わっぱ》らよ、と首を振りつつ、二人の方へと歩み寄っていく。

そこに炎が立ちふさがった。

「ほう、まだ動けたか。じゃが今のお前に我が止められるのか？」

「錠吉、権三、手を緩めるな。全力で戦え。さもなくば死ぬぞ」

「……わかった」

伏していた二人が立ち上がる。

彼らの瞳には葛藤とともに、確たる戦意が宿っていた。

「何言ってるの、二人ともやめてっ。その体を傷つけたら……」

「栄、何も言うな」

飛び出そうとした弟の体を、豊二郎が押さえこむ。

「何でだよ兄さんっ。頭は死んでなんかいない、また眠ってるだけに決まってるだろっ」

されど豊二郎は絶望の差した顔で、首を横に振った。

錠吉と権三が法具を飛雷に向ける。炎も飛雷に牙を剝く。

「やめて。皆、やめてよ……」

か細い声で訴える栄二郎を、飛雷は一人、冷ややかな目で見つめていた。

「おぬしより、こやつらの方が賢明のようじゃな？」

栄二郎から顔を背け、炎たちを順々に目に留める。

けたたましい音をさせる稲妻が、飛雷の体を覆うように光った。

「そうでなくては面白くない。さぁて……どいつから、壊してやろうかの」

蛇の目を細め、飛雷は悪意に満ちた笑みをたたえた。

二

どこからか、呼ぶ声がする。

「ミズナ。おーいミズナ、どこ行ったんだー？」

自分を呼ぶその声に、ミズナは屈みこんだ姿勢のまま振り返った。

急いで立ち上がり、声のした方へ駆けていこうとする。と、忘れ物をしたのに気がついて再びしゃがみ、土の上に置いてあった薄紅色の石楠花《しゃくなげ》を、さも大切そうに手に取った。

初夏の風を切りながら息を弾ませ、急な山の斜面を一目散に駆け下りる。さらさらと木の葉がこすれる音が、優しく笑いかけるかのごとくミズナの耳に届く。

木々の間を縫《ぬ》うように駆けていくうち、視界が突如として鮮明に開けた。

「お父ちゃん、お母ちゃあんっ」

広々とした里の中に父母の姿を見つけるや、ミズナはぱあっと顔を輝かせた。

「あ、いたいた、どこまで行ってたんだ？　そろそろ晩飯の支度をするぞ」

「お父ちゃん、見て見て、これっ」

意気揚々と父に向かって石楠花の束を掲げてみせる。強く握り締めていたせいで茎はぐにゃりと垂《た》れてしまっていたが、ミズナ自身はまったく気づいていないようだ。

「ああっ。こりゃいけない、元気がなくなっちま……」

「まあミズナ、お花を摘んで来てくれたの？　とっても綺麗ね。どうもありがとう」

花が萎《しお》れかけていると指摘しようとした父の後ろから、遮《さえぎ》るように母が顔をのぞかせる。

褒められたミズナは笑顔を弾けさせた。片や父はといえば、娘のあどけない笑顔を凝視したまま、ぷるぷると体を震わせていた。

「……くうう可愛いっ。何で娘ってなこんなに可愛いんだっ」

いきなり両腕を広げたかと思うと地面に膝をつき、幼い我が子をひしと抱き締める。横では母が、夫の親馬鹿っぷりを見て呆れ顔をしていた。

ここは甲斐国《かいのくに》、武蔵国《むさしのくに》、信濃国《しなののくに》の境《さかい》をまたぐ、雄大な山脈に連なる山だ。一度入れば出てこられぬと言われるほど険しく、開拓もほとんどされていない。しかし険しい地点を越え、洞窟を抜けた先の中腹には、平坦で暮らしやすい里が隠れていた。

あたかも下界から距離を置くようにして存在する隠れ里。ここには五十人ほどの民が暮らしている。ミズナはこの里で父の東雲《しののめ》、母のさわのもとに生を受けた。

産まれたばかりの頃はよく父親似だと言われたものだが、五歳となった現在、ミズナの顔立ちは里で一番の美人と言われる母と瓜二つである。

「お父ちゃん、苦しいよう」

東雲はミズナを抱き締めてなかなか離そうとしない。さわも夫を止めるでもなく、目を和ませて微笑んでいる。

いい加減に息苦しくなってきたミズナは嫌々をして、父の腕からようやっと抜け出した。

「ねえお母ちゃん、炎は？　炎にもお花をあげようと思ったのに」

「儂ならここにおるぞ」

ミズナは足元にいたさび猫の姿を目に留めるや、すかさず手を伸ばして柔らかな体を抱き上げた。

降ろせ、と炎が不機嫌な声を上げる。体の小さなミズナに抱かれるのは不安定で苦手なのだ。だがミズナは炎を抱いたまま、持っていた石楠花の花弁をさび猫の頭に置いた。

「あ、ミズナ、そのお花は……」

さわが焦って言いかける。石楠花は猫にとって毒になりうるからだ。

案の定、炎は頭に薄紅色の花を乗せたまま、顎を引いた格好で固まった。猫の黒目がこれ以上ないほど大きくなっている。ところが娘の満面の笑みを見たさわは、つい先を言いあぐねた。

「こらっ、駄目だろう」

意外なことに、厳しい口調で叱ったのは東雲であった。先刻とは打って変わって発せられた大きな声に、ミズナはびく、と縮こまる。

「お前が綺麗だと思っても、炎にとっては違うんだ。前にも同じこと言ったのを覚えてるよな？」

幼子の笑顔がたちまちにして泣き顔に変わる。が、東雲は厳とした態度を崩さなかった。

ミズナはさび猫を地面に降ろし、頭から花を取り除いた。しょんぼりした声で、ごめんなさい、と首を垂れる。

「む……別によい」

当の炎はどこか気まずそうだ。

娘が口をすぼめているのを察し、東雲は眉を下げた。

「お前はまだまだ泣き虫だなあ……さ、家に帰ろう。今日はミズナの好きな山鯨鍋《やまくじらなべ》だぞ」

山鯨とは猪《いのしし》のことだ。この時分は幾分か脂《あぶら》が少ないものの、あっさりして食べやすいのが特徴である。

ミズナはおずおずと顔を上げた。父に叱られ涙目ではあるが、好物の話を聞いて頬が緩み、何とも言えぬ微妙な表情をしている。

東雲は思わずさわと顔を見あわせ、そのうち力が抜けたように破顔した。

小さな山小屋の中で一家は囲炉裏《いろり》を囲んだ。隣の小屋からも夕餉《ゆうげ》を支度する物音や、子どものはしゃぐ声が聞こえてくる。

「またお代わり？　これで三杯目じゃない。ミズナったら本当に食いしん坊ねえ」

頬に食べ物を詰めこんで茶碗を突き出す娘に、さわは驚いて目を丸くする。ミズナの傍らでは炎が猫まんまにかぶりついていた。

「いいんだよ、気にせずたんとお食べ。米ならまたもらってくるから」

東雲は言いながら妻に向かって目で頷いてみせる。

するとと猫まんまを平らげた炎が、ふと思い出したようにミズナへ鼻先を向けた。

「お前、今日は川へ行くと言うておったろう。なぜ濡れておらんのじゃ」

白飯を一心不乱に掻きこんでいたミズナはぴた、と箸を止めた。食欲が失せてしまったかのように、白飯を億劫《おっくう》そうに呑み下す。

「お隣のあきちゃんとまさちゃんが川に行くって聞いて、あたしもついてこうと思ったの。でもね、二人とも〝ミズチと遊ぶのは嫌だ〟って言って……」

「何っ、またか。あのガキんちょどもめ、その呼び方はやめろとあれだけ言ったのに」

憤慨する夫を、あなた落ち着いて、とさわがなだめすかす。

ミズナは俯いたまま、この日浴びせられた言葉を思い返した。

――やあいミズチ、ミズチ。

――うちのお母ちゃんが言ってたぞ、ミズチは乱暴者だから気をつけろって。

「……ねえお父ちゃん、お母ちゃん。どうして皆、あたしのことをミズチって呼ぶの？」

哀しげな声で問われた父母が、同時に困り顔になる。

やや間を置いて、東雲が深々と吐息をこぼした。

「お前が龍神の生まれ変わりだってことは、前にも話しただろう。蛟《みずち》ってのは蛇って意味だ」

この里では龍神を、畏怖の念をこめて「蛟さま」と呼んでいた。東雲とさわの間に産まれた赤子が蒼流の宿世であるとわかった時、名付けを任されていた里の長老は「ミズチ」の名を提案した。

しかしながらミズチとはどうも愛嬌がなく、女子につけるには可哀想でないか。おまけに蛇は古来、王権から邪悪な物の怪と目され、忌むべき存在と捉えられてきた経緯がある。そう考えた東雲は、ミズチから一つ点を取った「ミズナ」と命名することに決めた。

されどミズナは、里の長《おさ》たる東雲が退かなかったため、長老も渋々ながらに引き下がった。

ミズナは、里の大人たちから陰でミズチと呼ばれ続けていた。大人の言を耳に挟んだ子どもが、口さがなく揶揄《やゆ》するのも当然と言えよう。ただ、子らの揶揄は名前だけが理由ではない。

ミズナは産まれた時から力が強かった。里の畑仕事を手伝う際も加減がわからず道具を破損させ、子ども同士で遊ぶ際も悪意なく怪我をさせてしまうことがしばしばだ。だからこそ子らは、ミズナと遊ぶのを嫌がっていたのだった。

「蛇ってそんなに怖いものなのかな。山には蛇がいっぱいいるのに」

祖先が龍神を蛇に見立てたのは、姿形が似ていたからなのだろうと何となく察しがつく。さりとて龍神たる存在がいかなるものか、現在に至るまで畏れられるのはなぜだろうかと、幼い頭ではどれだけ想像を巡らせてもわからない。自分と他者では何が違うのか――仲間外れにされる度、ミズナは深く傷ついた。

「東雲よ。ミズチから点を取るだけなぞ、お前が半端な名付けをしたからいかんのではないか」

埒《らち》が明かないと思ったのか、炎が東雲に水を向ける。

「儂のことも〝廻炎だと小難しいから炎〟なぞと、適当に呼びおってからに」

「えっ。だ、駄目だったか？　俺なりに一所懸命、考え抜いたつもりだったんだが……」

恨みがましく言われた東雲は、弱り果てて首筋を掻いた。

三龍神が一体である廻炎を「炎」と呼び始めたのは他でもないこの男だ。本人は自覚がないようだが、東雲には名付けの才能がまるでなかった。

龍神の威厳が損なわれる、と炎は不満げに言うものの、龍神を過剰に畏怖しない東雲を気に入ってもいるらしく、改めろとは言わなかった。

「ほらミズナ、元気だして」

さわが潮垂れている娘に優しく声をかけた。

「あきちゃんとまさちゃんだって、心から意地悪したいわけじゃないと思うの。現に二人とも、いつもミズナのことを見てるじゃない」

ミズナは上目づかいに母の瞳を見た。

「二人があなたをからかうのは、気になってるからでもあるんじゃないかしら。仲よくなれるかどうかはきっとミズナ次第。だから、諦めないのよ？」

噛んで含めるような温かい声が、幼心に響く。

「……うんっ。そういえば二人とも、あたしが泳げないからつまんないって言ってたの。次は泳ぎを教えてってお願いしてみる」

それはいいわね、と母は相好を崩した。

ミズナは金槌《かなづち》だった。除け者にされた後、一人で山中を駆けまわり、兎や鹿を追い、疲れると花を摘んで遊ぶのがいつもの流れだ。一人は寂しかったが、正直なところ、ミズナは山遊びの方が好きだった。

山の頂上ちかくには景色を一望できる場所がある。遥か彼方に威風堂々とそびえ立つ富士の山。麓《ふもと》には水田が広がり、耳を澄ませば村人たちの田植え歌が風に乗って聞こえてくる。楽しげに歌う人々の様子を眺めるのが、ミズナのお気に入りであった。

「あ、そうだお父ちゃん、もうすぐ山を下りる日でしょ？　次はあたしも連れてって」

名案を閃《ひらめ》いたとばかり、ミズナは嬉々として父に頼んだ。

この里では様々な作物を育て、先祖代々から伝わる刀鍛冶の技術で鉄農具を鍛えていたが、米や着物を作ることはできない。そのため時折、里の男たちが作物や農具を持って山を下り、麓の村と物々交換を行うのだ。

目を煌《きら》めかせるミズナとは対照的に、東雲は顔を曇らせた。

「……駄目だ」

「何で？　やだやだ、あたしも村に行ってみたいのっ」

お願い、とどれだけ頼みこんでみても、東雲は首を縦に振らない。

「村へ行くのは大人の男だけと決まってるんだ。すまんがこれだけはどうしても譲れない」

押し問答の末、ミズナはとうとう泣きだしてしまった。さわがあたふたと娘の背をさすって慰める。しかしミズナは膝を抱え、嫌だと駄々をこね続けた。

「おい、東雲。ミズナはもう五つじゃ。いずれこの里の委細を知るであろう。そろそろ話してやってはどうじゃ」

炎の意見を聞いて東雲はためらいがちに視線を宙に這《は》わせる。いくら母がなだめても、娘は一向に泣きやむ気配がない。

やがて東雲は観念したようにため息を漏らした。

「お前の言うとおりかもな……ほらミズナ、父ちゃんの顔を見なさい。大事な話があるから」

ミズナはしゃくり上げながら父の顔を見上げる。

「話って、なあに」

「この里がどうやって生まれたか、なぜ山を下りちゃいけないか。お前自身にも関わる話だ。難しい内容かもしれないが、じっとして聞けるか？」

常ならぬ雰囲気を察したミズナは洟《はな》をすすり上げ、黙って頷く。

ようやく泣きやんだ娘の頭を、いい子ね、とさわが愛おしげに撫でた。が、母の瞳にはどことなく暗い陰が差している。

妻子の顔を見比べてから、東雲は静かに口を開いた。

「俺たちのご先祖さまはその昔、〝滝野《たきの》一族〟と呼ばれていたんだ。一族は出雲《いずも》の山で鉄を採る〝産鉄民〟だった」

「さんてつ、みん？」

聞き慣れぬ言葉にミズナは小首を傾げた。

古代、鉄を欲した時の権力者は、産鉄を生業《なりわい》にする一族を下層民と位置づけ、出雲の山から追い出した。横暴な手段に出たのは産鉄民が非協力的だったからだが、一族は鉄を独占するために反抗したのではない。権力者が私利私欲のため勝手に山を荒らし、彼らが信仰していた山の神を軽んじたことにこそ、反発したのである。

しかし権力者は一族の訴えに耳を貸さなかった。彼らをひっ捕らえて虐殺し、奴婢《ぬひ》に落とし、山を強奪した。権力者にけしかけられた平民たちも、一族を嬲《なぶ》るようになっていった。

滝野一族には二つの流派があった。一つはたたらを踏んで製鉄を行う「大鍛冶」。そしてもう一つがミズナたちの直接の祖先に当たる、刀剣の鍛冶職人「小鍛冶」だ。大鍛冶は全滅の憂き目にあったが、一方で小鍛冶たちの一部は王権の攻撃から命からがら逃げ出した。

一族は安住の地を求めて日ノ本を巡り、今ミズナたちが暮らすこの山へと逃げ延びてきた。山の中腹に里を開拓し、王権や平民の目から隠れて暮らすようになったのである。

つましくも平穏な日々を送れるようになり、数百年が経った頃。里の上空からある日、何の前触れもなく巨大な蛇が落ちてきた。体中に傷を負った蛇は人語を解し、人を恐れ、恨んでいるようにも見えた。里の者たちは物の怪だと騒ぎ立てる。だが当時の長だった早蕨《さわらび》という男は、この蛇が物の怪でも、ましてや普通の蛇でもないと気がついた。

何を隠そうこの蛇こそが、異国との戦いや、次いで起こった龍神同士の戦いによって傷つき、力を失った廻炎であった。

廻炎は早蕨を威嚇《いかく》しながらも、根気強く自らの経緯を聞こうとする姿勢を見てか、やがて胸中にあった恨み言を吐き出した。人の裏切りにあい、兄弟分たちから痛めつけられ、かようなみすぼらしい姿になってしまったのだと。龍神とはいえ戦うこともできず、死にかけているただの大蛇に手を差し伸べてくれる者など、もはや一人としていないのだと。廻炎は自身の死期が近いと悟り、破れかぶれになっていた。

里の者たちは殺気立つ大蛇を警戒し、密かに刀を用意していた。だが、早蕨だけは違った。

早蕨は、廻炎を救いたいと申し出た。それは決して大蛇を憐《あわ》れんだからではない。廻炎の姿が、下層民として虐げられる己と重なったからだった。

初めこそ早蕨の申し出に裏心があると疑っていた廻炎は、しかし、真摯な言葉に段々と心を開き始め、申し出を受け入れた。早蕨の助けを受けて雌猫の死体に魂を転移し、生き永らえたのである。以来、廻炎は里を守る「猫神さま」として丁重に扱われてきた。

ところが廻炎が猫の姿になってからしばらくして、山を不可解な天変地異が襲うようになった。暗雲が昼夜を問わず垂れこめて雷を落とし、激しい野分《のわき》が里に吹き荒れる。これらは廻炎を追ってきた、飛雷と蒼流の仕業。二体の邪龍は殺し損ねた兄弟分に今度こそ止めを刺さんとして、ついに里の上空に姿を現した。

山脈の上空を埋め尽くさんばかりにとぐろを巻く龍。里から見上げても、辛うじて認識できるのは邪悪に光る鱗《うろこ》が一枚のみ。人々の思考を恐怖で支配し、死を覚悟させるには十分だった。

が、ここで思わぬことが起きる。上空で顔を突きあわせた飛雷と蒼流が争い始めたのだ。廻炎を殺すのは自分だ、邪魔をするなと罵りあいながら、二体の龍は激しくぶつかり、衝撃の余波が里を圧した。

この機を逃すまいと早蕨は一人、立ち上がった。廻炎も協力を請けあい、彼に邪龍を封じる知恵を授けた。

早蕨は赤獅子に変化した廻炎の背に乗り、一振りの刀を手に飛雷の目玉を突く。隙を見出せたのは、蒼流が飛雷に痛烈な体当たりを食らわせたからだ。

龍神を封じる呪文を唱えると、飛雷の体はたちどころに刀の中に吸収された。次に蒼流を、と闘志を新たにするも、早蕨が手を下すまでもなく蒼流はすでに致命傷を負っていた。図らずも人と共闘する形になった蒼流は、跡形もなく消滅した。

こうして日ノ本に平安が戻った。もっとも、隠れ里に住まう産鉄民が、勇敢な心をもって荒ぶる龍神を封じたことなど、世の民らは知る由もなかったが。

それまで龍神の力に為す術もなく翻弄されてきた民たちは、三龍神がことごとく死んだと思いこみ、二度と復活することのないよう策を講じた。「要石《かなめいし》」というまじないを施した呪石を日ノ本の各地に設置し、龍神の魂を押さえつける儀式を行ったのである。

龍神に人の編み出した呪術がそう簡単に効くわけもなく、その実、要石に龍神を抑圧する効果など一切ないはずだ。しかしこの頃から廻炎は、己の中にわずかながら残っていた力が、なぜか半減していると悟った。刀に封じられた飛雷からも力が弱まっているように感じられる。要石の効力なのだろうか――だがさらに時代が下り、要石に抑圧の効果がないということが、確実になる時が訪れる。

早蕨の直系の子孫である東雲に、娘が産まれたのだ。赤子の姿を見た廻炎はすぐさま気がついた。この赤子に、消滅したはずの蒼流の魂が宿っているということを。

すなわち蒼流の宿世、ミズナの誕生である。

「あたしと炎は、兄弟だったの？」

先ほどの涙はどこへやら、ミズナは目を真ん丸にした。

「ああそうさ。今だって似たようなものだしな？」

「子分ならまだしも、儂はかように泣き虫な童を妹に持った覚えはないわい」

炎がじとりと東雲を睨む。片やミズナは嫌味をわかっているのかいないのか、やにわにさび猫の体を抱き上げた。

「おい、抱っこは嫌じゃと言うてお……」

「炎、辛かったんだね。あたしがずっとずっと一緒にいるから、もう心配しなくていいよ」

可哀相に、と目に涙を溜めつつさび猫に頬ずりをする。文句を言いかけていた炎はぐっと言葉を呑みこみ、今度は黙ってミズナに身を任せた。

「いいかミズナ。お前には蒼流の力があるはずだし、里の〝祭壇〟には飛雷を封じた妖刀が祀《まつ》ってある」

東雲が娘の瞳をのぞきこんで言う。

「お前たちの存在は絶対に里の外に知られちゃならないんだ。龍神を怖がって押さえつけようって考えが、今も外には残ってるからな。もし龍神の力が暴走することがあ

って も、長に代々伝わる封印の術があるから心配はいらないんだが……」

それよりも、と東雲は声を落としてつけ加えた。

「俺たちは、産鉄民の末裔《まつえい》だ。俺たちのことをよく思ってない奴らが、外の世界にはまだ大勢いるんだ」

産鉄民への賤視《せんし》は時代を超えても残り続けている。だからこそ物資調達の折、大人の男だけで山を下りるのだ。女子供を連れていけば、自分たちを快《こころよ》く思わない村人に隙を見せることになる。そう心得ているがゆえ、東雲は里を出るなと言い聞かせていたのだった。

「でも、村の人たちだってあたしらと同じ人じゃないの？　ねえお父ちゃん、あたしらは村の人たちを苛《いじ》めたりしないよね。だから仲よくしようって言ってみたら、向こうもそうだねって言ってくれるんじゃないかな」

差別という概念に得心がいかず、ミズナはなおも粘る。互いのことをよく知らないだけで、話せばきっとわかりあえる。もし互いの村や里に招きあい、協力しあうことができたなら、素晴らしいことではないかとすら考えていた。

ミズナは田植え歌を口ずさむ村人たちを脳裏に思い起こした。

――そうだよ、皆おんなじ人なんだもん。仲よくなれたら山を案内してあげたいな。お歌を教えてもらって、田植えのお手伝いをするのも楽しそう。

鼻歌まじりに幸せな空想をする娘を、東雲もさわも、いたわしげな眼差しで見ていた。

「ミズナ、ちゃんと聞き分けなさい。お前はまだ小さいからわからないかもしれんが、外の世界は、お前が思ってるように綺麗なものばかりじゃないんだよ」

はた、とミズナは父に目を留めた。

打ち沈んだ父の眼差しが、幼い心に突き刺さる。

「……わかったよう」

やっと想いが通じたのだと、さわが胸を撫で下ろす。東雲もごめんな、と手を伸ばして娘の頭に置いた。

ミズナは両親に慰められながら、どこか腑に落ちない心持ちで囲炉裏の火を見つめ続けた。

お気に入りの場所に立ち、ミズナは山の裾野《すその》に広がる村を見晴るかす。右手には石楠花、左手には木の実を詰めた小さな麻袋を握り締めていた。

「……よしっ」

意気ごんだ声を発すると、ミズナは斜面を下り始めた。向かう先は山の入り口。父の言いつけを破り、山を下りようとしていたのだった。

山の入り口まで辿り着いたミズナは、ふんふん、とうろ覚えの田植え歌を口ずさみながら、辺りに広がる水田を眺め渡した。

「うわあ……」

日の光を反射する水田はどこまでも美しく広がり、山の上から見るのとでは景色がまるで違って見える。新しい世界に足を踏み入れたような気がして、ミズナの胸はこの上なく躍った。

と、何やら歌が聞こえてきて、きょろきょろ四方を見まわす。

遠くの畔《あぜ》に、村の男たちが連れ立って歩いているのが見えた。

ミズナはきりりと顔を引き締めた。

——大丈夫。このお土産を持ってったら、喜んでもらえるに決まってるもんね。

花束と麻袋を握る両手に力をこめ、わくわくしながら村人たちのいる方へと歩きだした。

「あの忌々しい鬼どもめ、おらたちが精魂こめて作った稲をもっと寄越せと言ってきやがった。今年はお天道さまの様子がおかしくて不作だってのによ」

「あいつらは欲深えからな、鋼《はがね》を作る技を持ってるからと図に乗りやがって、身の程を弁《わきま》えろってんだ」

「おらたちだって年貢を納めにゃならねえのに、あいつらは山で怠けてるだけじゃねえか？ 何でも山の上には、だだっ広い土地とお宝があるって話だからな」

「……あのうっ、こんにちはっ」

ぶつくさと毒づいていた村人たちは一斉に振り返った。

「ああ？」

声をかけてきたのが小さな童女であると気づくと、村人たちは不審げに目を細めた。肩に担いだ鉄鍬《かなぐわ》が日光にぎらりと光る。

ミズナは寸の間、鉄鍬にひるんだが、ふるふる頭を振って気を取り直した。

——あの鉄鍬はお父ちゃんが作ってあげたもの。ちっとも怖くなんかない。

「初めまして。あたし、ミズナっていいます」

「ここいらじゃ見ねえ顔だな。どこの村のモンだ」

「村じゃなくて、お山の上から来たんです」

さっ、と村人たちの目つきが変わった。

「……おめえ、鬼の子か」

最初にきちんと名乗ったのに、なぜ間違えるのだろう。ミズナは内心で不思議に思いつつ二の句を継いだ。

「えっと、そうだっ、お土産を持ってきたんです。お近づきの印にどうぞっ」

覚えたての言葉を駆使しながら、手に持つ花束と麻袋をずいと差し出す。対する村人たちは突然のことに呆気に取られている風だ。と、一人の男が仲間にこそこそ耳打ちをする。

一拍の間があってから、村人たちは一転して親しげな笑顔を向けてきた。

「おお、ありがとよ。おめえさん、本当に山の上に住んでるんだな？」

ミズナは頷いた。

「うん、稲をいつもありがとう。お米、とってもおいしいです」

「そうかそうか、そりゃ何よりだ。おらたちはいつもおめえさんらを迎えるばかりだが、一度くれえは、山の方にも遊びに行ってみてえと思っててなあ」

「ほ、ほんと？」

こちらから切り出すまでもなく、村人も里との交流を望んでいたのだ。ミズナは飛び上がらんばかりに嬉しかった。

村人たちは、父母が懸念していたような意地悪には見えない。自分の考えが正しかったのだと感じたミズナは得意げに胸をそらした。

「いいよ、来て来てっ。あたしがおむてなししたげるっ」

若干の言い間違いをしている童女に向かい、男たちは薄ら笑みを浮かべていた。

「じゃあおめえの里に入る道を教えてくれよ。あの山はどうにも険しくて、行き方がわからねえんだ」

里に入るには洞窟を抜ける必要がある。だが洞窟の入り口は巨大な岩でふさがれており、人力では動かせない。

「あのね、洞窟からちょっと離れた崖に、おっきな杉の木が生えてるんだけどね、中は空っぽなの。幹がこう、ぱかっと外れて、奥に抜け道が続いてるんだよ」

身振り手振りをまじえて説明するミズナに、ほうほう、と一人の男が感心したように相槌《あいづち》を打つ。

「なるほど、木で本当の入り口を隠してたか……じゃあ近いうちに遊びに行くよ。あっ、このことは里の奴らには内緒だぜ？」

「何で？」

首をひねるミズナに対し、男は黄ばんだ乱ぐい歯をニイと見せた。

「いきなり行って皆をびっくりさせるんだ。な、楽しそうだろ？」

秘密にしていれば後で両親に叱られるのではないか。ミズナは一抹の不安を覚えた。一方で男は土産をたくさん持っていくからと言い募る。

少し逡巡《しゅんじゅん》した後、ミズナは提案を受け入れた。叱られることよりも、里の皆が喜ぶ顔を見たいという幼心が勝ったのである。

山へ戻っていく道すがら、ミズナは口に両手を当ててくすくすと笑みをこぼした。

――皆、驚くだろうなあ。村の人たちはお米もお酒もいっぱい持ってくって言ってたし、もしかしたら皆に褒められちゃうかも。

村の子どもたちとも大いに遊ぶことができるだろう。里と村の橋渡しをすることができたという達成感で、小さな胸は無限に膨らむようだった。

ミズナは踊るように駆けながら里へと戻った。

その夜。

ミズナは悲鳴を聞いて目を覚ました。

寝ぼけ眼《まなこ》をこすりながら、ぼうっと小屋の中を見まわす。川の字になって寝ていたはずの父母の姿がない。

「ぎゃああっ」

恐ろしい悲鳴を今度ははっきりと耳にし、眠気が一瞬で吹き飛んだ。

「起きたかミズナ。説明は後、今すぐそこの戸棚に隠れるのじゃ」

「炎……外で何が起きてるの？　お父ちゃんとお母ちゃんは？」

切迫して尋ねるも、さび猫は答えなかった。

「儂はお前を守るため残ったのじゃ。いいから早《はよ》う戸棚へ、絶対に外へは出るな」

いつもと違うさび猫の声色に、ミズナは嫌な予感がした。

「や、やだ、お父ちゃんとお母ちゃんはどこっ」

その時、外から再び悲鳴が聞こえた。隣に住む童、あきの声だ。

唇を引き結んで立ち上がる。外へ行こうとするミズナの浴衣の裾を、炎がくわえて引っ張った。

「ならんっ。今外に出れば……」

だがミズナは炎を引きずりながら表に出る。

瞬間、ミズナは瞠目《どうもく》した。外に広がっていたのは惨状だった。

夜闇に浮かぶ無数の火。松明《たいまつ》を掲げた村人たちが、里の者を手当たり次第に鉄農具で殴りつけている。逃げ惑う者たちの悲鳴。赤黒くともる灯《ともしび》に、舞う血しぶき。

愕然《がくぜん》としているミズナの目の端に、引っかかるものがあった。

空しく殴り殺されていく。村人の中には襲った小屋に火をつけている者もいた。

血の臭い。小屋の燃える臭い。人肉の焼ける臭い。

――あたしのせいだ、あたしの……。

ミズナは気が触れてしまいそうだった。

――お父ちゃん、お母ちゃん、どこにいるの。

目を見開いて泣きながら、ミズナは必死に父母を探した。小刻みに震える足はうまく動いてくれない。何度もつまずき、転び、浴衣が破けていく。

それでもミズナは駆け続けた。大好きな父と母の姿を求め、無心で足を動かした。

突如として女の悲鳴が、ミズナの耳をつんざいた。

さわの声だった。

「お母ちゃんっ」

ミズナは声のした方へ足を向ける。

「駄目よミズナ、来ないでっ」

母のもとへ辿り着いた瞬間、ミズナは再び固まった。

さわは浴衣を脱がされ、四人もの男たちに仰向けの格好で押さえつけられていた。

暴れる手足を押さえこむ男たちの内、一人は裾をはだけてさわの腰元に覆い被さっている。

「なあおい、鬼とまぐわったら摩羅《まら》が穢《けが》れっちまうんじゃねえか？」

「なに平気さ。穢れた身分でも女は女。陰門《ほと》は天からの借り物だろ」

ミズナには母の身に何が起きているのか、はっきりとはわからなかった。ただ母を押さえつける男らの表情があまりに禍々《まがまが》しく、何か恐ろしいことが行われていることだけは理解できた。

棒立ちになった童女に気づき、一人の男が顔を向ける。

「ちっ、ガキが邪魔すんなよな……いや待てよ、おめえも女子か。チビだがきれえな顔してやがる」

「ははっ、おめえそんな趣味があったのか？　この女は順番待ちだからよ、ひとまずそいつで満足しとけや」

「やめて、その子には何もしないで、お願いっ」

下卑《げび》た笑みを浮かべる男たち。さわが懇願する悲痛な声。ミズナの全身は、今や抑えようもないほど震えていた。

ミズナはその場から逃げ出した。男が一人、追ってくる気配がしたが、脇目も振らず死に物狂いで駆けた。

——こっちだ。

どこからか、誰かに呼ばれているような気がした。

血みどろの死体を飛び越し、小屋の間に立てかけられた木片を引き倒しながら走る。追ってきた男は野太い声で止まるよう言ってきたが、倒された木片につまずいたのが背中越しにわかった。

——こっちだ。ここまで来い、助けてやる。

駆けどおしに駆け、気づけばミズナは、里の端にある祭壇へと辿り着いていた。

昔から祭壇へはみだりに近づくなときつく言い含められていたが、そんなことは露ほども念頭になかった。なぜここに来たのか、自分でもわからない。ただ奇妙な声に導かれるようにして、ミズナは祭壇の前に立った。

——おおよく来た、哀れな蒼流よ。我の声が聞こえるのじゃな。

「あ、あ、あたしのせいで、こんな……龍神さまお願いです。里を助けてください、皆を、お母ちゃんを、助けてくださいっ」

——可哀相に。幼い心ではこの惨劇に耐えられぬじゃろう……だがお前の望みを叶えることは、今の我にはできん。

「どうしてっ。龍神さまは強いんでしょ？　お願いです、助けて、何でもするから」

——何でも、と言うたな。ならば我に、お前の体を貸せ。

唐突な条件にミズナは困惑した。

——案ずるな。少しの間、借りるだけじゃ。

「でも……」

——お前は父や母を、救いたいのではないのか？

この問いかけが、ミズナの迷いを取り払った。

祭壇を上がり、妖刀に手を触れる。小さな手に力をこめ、やっとのことで鞘から刀身を引き抜く。

邪悪に光る黒い刃。ミズナはそこに蛇の両目を見た、気がした。

——ふふ、いい子だ。されば今こそ、お前の望みを叶えてやろう。

「ミズナ。決して自分を責めるな。お前の気持ちは、父ちゃんも母ちゃんも、痛いほどわかってるから……どんなに辛くても、生きて、前を向き続けるんだぞ」

鴉《からす》が騒がしく鳴く声がする。

強い日射しにじりじりと肌を焼かれる感触がして、ミズナは薄く目を開いた。むっと立ちこめる草いきれが鼻腔《びくう》を突く。

なぜだろう、体がやたらと重い。まるで胸に重しをつけられているかのようだ。

ミズナはうめきながら頭をもたげた。見れば胸にはふさがりかけた二寸ほどの刀傷と、それを囲む三点の痣《あざ》らしきものがあった。痣の形はどことなく黒い雲に似ている。

目を転じると、双眸に、伏している父の姿が映った。

「お父ちゃん？」

ミズナの脳裏に一瞬で気絶する前の情景が駆け巡った。いつの間に日が昇ったのだろう。慌てて父に飛びつき、肩を揺さぶる。

「お父ちゃん、よかった、無事だったんだね……」

ごろん、と東雲の体が仰向けになった。

ミズナの瞳が大きく揺れる。

東雲の腹には無数の刀傷があった。うっ血して青紫になった肌。浴衣は変色したどす黒い血に染まっている。見開かれた父の目には、大量の蛆《うじ》が湧いていた。

ミズナは我知らず悲鳴を上げて後ずさりした。

「な、何で……お父ちゃん、嘘だよね」

父は返事をしない。ぴくりとも動かない。ただ蛆ばかりが体を這いずりまわり、不気味な音をさせている。

ミズナは吐いた。空っぽの胃から不快な酸味を帯びた、黄色い水が出てくる。

――これは夢だ。早く覚めて。早く、早く。

「……起きたのか」

荒い呼吸をしながら横を見やる。炎が、生気を欠いた瞳で自分を見つめていた。

「ミズナ。何も言わず、里を出ろ。何も見るな」

炎の声は、今まで聞いたことのないほど暗い声色をしていた。

ミズナは朦朧《もうろう》としつつ腰を上げた。炎が再び自分を呼ぶ声がしたが、さび猫はそれ以上は止めなかった。

立ち上がったミズナは、自分が里の中心で眠っていたのだと気がついた。恐る恐る、周囲を見渡す。

ここは本当に、自分の生まれ育った里なのか。眼前に広がる光景に、言葉の一切を失った。

焼け焦げた小屋。踏み荒らされた畑。打ち捨てられるようにして転がる死骸《おろく》には村人たちの姿――のみならず、見知った里の者たちの姿もあった。幾羽もの鴉が骸《むくろ》にたかり、死肉をついばんでいる。

腐臭を放つ死骸のいくつかは明らかに撲殺《ぼくさつ》とわかったが、その他の死骸には、切り刻まれたような傷があった。

ふと、右腕に違和感を覚えて視線をやる。

ミズナは鍔《つば》のない妖刀を握っていた。離そうとするも、なぜか妖刀の柄は掌《てのひら》にくっついて離れない。

妖刀を手放すのを諦め、無言で歩きだす。変わり果てた里を見ながら、ゆっくり、ゆっくりと足を前に運ぶ。

やがてミズナは立ち止まった。

「……お母ちゃん」

地面に転がっていたのはさわの骸。一糸まとわぬ姿で絶命している母の目にも、蛆が湧き、蠅《はえ》がたかっていた。

ミズナはその場でくずおれた。両目から流れ出る涙がぼとぼとと地面に滴っていく。心が、粉々に砕けていく感覚がした。

炎の気配を背後に感じ、ミズナは声を震わせた。

「ねえ、炎……あたしが、やったのね？　村の人たちも、里の皆も、あたしが……」

さび猫は肯定も否定もしなかった。鴉の嗄《か》れた鳴き声ばかりを聞きつつ、ミズナは腰を上げた。

「どこに行くのじゃ」

口を噤《つぐ》み、ふらふらと里の出口へ歩いていく。右手で妖刀を引きずりながら、ミズナは里を出た。

山を下り、長い時間をかけて村の水田を横切る。目的地などなかった。心はがらんどうになっていた。

炎も黙って後ろからついてくる。おそらくは村人たちに応戦し、邪龍にとり憑《つ》かれたミズナを止めようとしたがため疲弊しきっているのだろう。豊かだった毛並みは見る影もなく、小さな体には生々しい傷が残っていた。

日が落ち、夜闇が迫り、また日が昇る。

いくら歩いてもミズナの体は疲れることも、渇きや空腹を覚えることもなかった。空になった心では何も感じない。ミズナはまるで立ち止まることを許されていないかのように、ひたすら歩き続けた。

どれだけの距離を歩いたか、辿り着いたのは長大な川だった。虚ろな目で川面を眺める。ざあざあと激しく流れる川の音が、ミズナの心をひどく急き立てた。

不意に、ミズナは手にぶら下がる妖刀を引き寄せ、刃を喉元に当てた。

「よせ、ミズナっ」

炎が飛び上がって止めようとするも、ミズナは妖刀を持ち上げる手に力をこめ、喉元に押し当てる。

が、どういうわけか、喉からは血の一滴も出てこない。筋が弛緩《しかん》し、ミズナは地にへたりこんだ。

「何で、死ねないの……」

刃で喉を裂こうとしても、肌に触れるもう少しのところで力が入らなくなるのだ。何度やっても同じであった。

「飛雷が、抵抗しておるのじゃ。お前と一心同体になった飛雷が、お前の死を止めておるのじゃよ」

炎の言うことが何を意味するのか、ミズナには理解できなかった。

そっか、と諦めたようにつぶやいて立ち上がり、妖刀をだらりと下ろす。

「きっと、苦しんで死ななきゃ、皆に許してもらえないんだね」

ミズナは炎に向かって弱々しく笑った。次の瞬間、体を川面に向け、重心を傾ける。炎の叫ぶ声は、もう耳に入らなかった。

一瞬にして冷たい水が全身を包む。息ができない体はあっという間に川下へと押し流されていく。泳げないなりに本能が危険を訴えるのか、ミズナはもがいた。しかし右手に重い妖刀を持ったままでは水を掻くことができない。

——何でもがくの。あたしは死なないと。生きてちゃ駄目なの。死んで、お父ちゃんとお母ちゃんに会うんだ。

ごぼ、と泡を吐き出すや、川の水が勢いよく喉に流れこんで来た。意識が遠のいていく。水面の向こうに揺らいで見える日の光が、いやに煩《わずら》わしく思えた。

激流に身を委ねるようにして、ミズナは目を閉じた。

——ああ、だからわっちは、記憶を失くしてたんだ。

瑠璃は自分の体を見つめる。暗闇の中、瑠璃は髪を結っておらず、何も身にまとっていなかった。

手を前方へ伸ばすと、滑らかな感触が指先に伝わってくる。瑠璃の体は楕円形の何かに囲われていた。

今まではここに、飛雷がいたのだ。瑠璃はそう直感した。

呪いを受けた瑠璃の心は、鬼の呪詛に耳を傾けてしまったことで瀕死の状態に陥った。空になりかけた体が飛雷に奪われ、瑠璃は飛雷と入れ替わりになる形で、この暗闇に閉じこめられてしまった。

と同時に、心の奥底に押しこめていた記憶の封が、完全に解けたのである。

失っていた幼少時の記憶を辿り終えた瑠璃は、孤独な闇の中で自らを顧みた。

自分は今まで、過去を知ろうとする努力さえしなかった。否、本当は記憶を取り戻すのを、心のどこかで避けている節があると自覚していた。己が何者かを知れるであろう記憶。普通なら何としてでも思い出そうと躍起《やっき》になるはずだが、瑠璃は違った。その理由が、今ようやくわかったのだ。

——わっちは故郷の一族を皆殺しにしたんだ。大好きだった、生みの両親までをも……。

東雲の腹にあった傷は村人たちの鉄鍬によるものでなく、明らかに刀傷だった。妖刀に貫かれ致命傷を負いながらも、邪龍から娘の体を奪い返そうとしたのに違いない。最期の力を振り絞ってミズナの体から飛雷の魂の半分を抜き取り、刀に封印し直したのだ。

本当であれば邪龍の魂を根こそぎ抜き取りたかっただろうが、おそらくは半分だけで妥協せざるを得なかったのだろう。そして娘の心の臓に残ってしまった半分にも封を施し、息絶えた。

これが、飛雷が刀と瑠璃の体に二分割された経緯だったのである。

瑠璃の心に、父の最期の言葉が迫った。

自分を責めず、生きて、前を向け。

しかし自分が何をしでかしたのか悟ったミズナは、父の言葉に従うことができなかった。己を呪い、死を選んだ。身を投げた川は江戸の大川に繋がっており、後に惣右衛門に拾われて一命を取り留めることになるのだが。

——里のことを思い出せなかったのは、わっち自身が記憶に蓋をしたからだったんだ。故郷を滅ぼし、肉親を殺したことを、思い出すのが怖かったから。わっちは自分の心を守るために、過去を封じてたんだ。

——お前は我らの、同胞《はらから》であろう。

一つ目鬼の声が自分にしか聞こえなかった理由も、言葉の意味も今ならわかる。一つ目鬼は瑠璃の出生が、自身と同じ産鉄民だと言いたかったのだ。

怒り、哀しみ、そして後悔。混沌とした情念が柔らかく調和するかのように、すべてを知った瑠璃の心は、不思議なくらいに穏やかだった。

と、瑠璃は自分を呼ぶ微《かす》かな声を聞いた。

必死に呼ぶ声は楕円形の容れ物の向こう、暗闇の彼方から聞こえてくる。

瑠璃は静かに視線を上げ、己を包む容れ物にもう一度、手を触れた。


「頭、頭っ」

栄二郎が、乱虐の限りを尽くす飛雷の体内に向かって叫ぶ。

背後には飛雷にいたぶられた錠吉と権三が、傷だらけで倒れている。兄の豊二郎が呼びかけるも、返ってくるのは苦しそうなうめき声ばかりだ。

「お願いだよ頭、目を覚まして、呪いなんかに負けないでっ」

「はあ、いくら呼んだところで無駄じゃと言うておろうに。いい加減に聞き分けぬか」

坂のやや上方では飛雷が黒刀を右肩にかけ、左手で悠々とうなじを掻いていた。傍らには、血まみれになって伏す赤獅子の姿があった。

「まったくどいつもこいつも、もう終わりか？　腑抜けた奴らよのう」

つまらん、と繰り返す飛雷の嘆息を耳にして、権三が着流しに血を伝わせながら起き上がろうとする。

「いけねえ権さん、もう戦うなっ。この怪我じゃ無理だよ」

豊二郎が制するも、権三は立ち上がった。だが黒の着流しは飛雷に嬲られて前も後ろもずたずたに引き裂かれており、体中から血が流れ出ている。金剛杵を振る力が残っていないのは一目瞭然だ。

声を出すこともできず、立っているのがやっとの有り様を見て、飛雷は呆れた面持ちをしていた。

「蒼流と違うて生殺しにするのは本来、我の好みではない。ただこの体の具合を確かめておっただけよ……もう飽いてしもうたが」

独《ひと》り言《ご》ちるように言うと坂を下りだす。蛇の両目は細く、権三を捉えていた。

殺気を感じ取った双子が、どちらから言いだすでもなく飛雷の前に立ちふさがり、権三を庇《かば》わんと両腕を広げる。

「哀れな人間どもよ、弱いくせにそう足掻《あが》くな。痛みが増すだけぞ」

言いながら飛雷は少しずつ近づいてくる。

「肩慣らしは済んだ。おぬしら全員、一思いに斬り伏せてやろう。それで終いじゃ」

妖刀の黒刃が、夜空に向かって振り上げられた。

権三が目の前に立つ双子を押しのけようと手を伸ばす。双子は覚悟したように唇を嚙む。

ところが飛雷は、腕を振り上げた格好のまま、動きを停止した。

「……ありえぬ」

信じられないとでも言いたげに目を瞠《みは》り、顔をしかめる。

「なぜ、死しておらんのじゃ。小娘が」

栄二郎と豊二郎は息を吞んだ。二人の目に、微かな希望が差した。

「兄さん、もしかして」

「ああ、きっと瑠璃だ……」

頭領の心は死してなどいなかったのだ。双子は朦朧としている権三の体を押さえて地に座らせた。崖にもたれかかる錠吉も意識を取り戻したらしく、うっすら目を開けている。

「瑠、璃……起きた、のか」

坂の上では炎が、わずかに首をもたげていた。

男衆と炎の視線が集まる中、飛雷はわなわなと口を震わせた。

「小賢《こざか》しい、お前の心は滅びたはずじゃっ。なのになぜ我に語りかけてくる？　一体、どうやって」

虚空に向かってがなり立てる様子から判断するに、どうやら内にいる瑠璃と問答をしているようだ。

飛雷は掲げていた刀を下ろす。男衆のことなど、もはや眼中にも入っていないらしかった。

「……ふん、そうは言うてもお前の心は死したも同然。生き鬼の呪いを自力で解くことなぞ、お前には不可能なのじゃから」

──飛雷。わっちは思い出したんだ。自分の罪を、全部。

「罪？　我の力を借りて一族を全滅させたことがか？」

片腹痛いわ、と飛雷は嘆かわしそうに首を振った。

「ああ蒼流、我が兄弟よ。我はくだらん人間どもの柵《しがらみ》から、お前を解放してやろうとしたのじゃ。憎むべき人間そのものに転生してしもうたお前の心を、昔に戻してやりたかったのじゃ。それなのに……」

苛立った声で言葉を継ぐ。

「手遅れじゃった。お前は救いようもないほど人間にかぶれてしもうとった。今とてそう、人が成り果てた鬼の魂を救うなんぞ、昔のお前からは思いも及ばんことじゃ。鬼になっていい気味じゃと笑うのが、本来のお前であるはずなのに」

飛雷は嗜虐の心を持っていた蒼流の宿世、ミズナなら、人への憎しみを抱き続けているはずと推していたのだ。元は兄弟分であったよしみで、その憎悪を蘇らせてやろうと思い至ったのである。それこそがミズナの「願い」だと解釈して。

「もう喋るな、このまま大人しく死ぬがよい。さすれば我がお前の体を使い、お前が壊したいと望むものをすべて壊してやる。人も鬼も、すべてな」

――なあ、飛雷。お前はどうして、壊すことにこだわるんだ。

「は……？」

飛雷は寸の間、語勢を弱めた。

――お前は……可哀相な奴だな。

ぴくぴくと頬を痙攣《けいれん》させる面立ちに、憤怒が兆した。

「やかましいっ。お前なんぞに我の何がわかる？　人間はこの世に邪魔な存在じゃ。他者を貶《おとし》めることしか頭にない、不敬にも神たる我らまで虐げた者どもよ。滅ぼすのは、神としての使命ではないか」

――使命、ね。そう言えば聞こえはいいが、お前はただ、寂しかっただけじゃないのか。

飛雷は怒りに打ち震え、バチバチと全身に雷をまとわせた。

「この我が、寂しいだと？　蒼流、貴様……」

――わっちは蒼流じゃない、瑠璃だ。いいか飛雷、お前は孤独におびえる哀れな蛇に過ぎねえ。人を愛し、守り、それなのに人に見捨てられて、寂しさを紛らわすために破壊を繰り返してきたんだろ。

廻炎は人に救われたからこそ道を違えなかったが、飛雷も蒼流も、そのような機に恵まれなかった。ところが蒼流は何の因果か人に転生した。人に育てられ、人の持つ醜さにも優しさにも触れた。そうして蒼流は、今の瑠璃になっている。

飛雷が破壊を続けるのは、そうでもしなくば心を保てないから。破壊することで己の心を慰め、守ろうとしているのではないか。

「死に損ないの小娘が、たわけたことを言うでないっ」

内なる声に耳を貸すまいとして、飛雷は激しくかぶりを振る。

一方で瑠璃はさらに語気を強めた。小さかった瑠璃の声が、次第に大きく、存在感を増して飛雷に語りかける。

――三龍神は昔、同じ志を持ってたはずだ。日ノ本を、人を守り抜くって志を。

飛雷は虚を衝かれていた。

昔々に設置された要石。封印の効果などないはずの呪石で龍神の力が弱まったのは、要石が「民の裏切り」を象徴するものだったからではないか。民を愛していたからこそ、当の民らが自分たちを拒絶するようになったと改めて気づき、絶望したのではないか。

暗闇の中で問いかける瑠璃は、自身の心に生気が漲《みなぎ》ってくるのをありありと感じていた。過去を思い出したことに乗じ、奥深く眠っていた龍神の魂までもが、揺り起こされているかのようだ。

――飛雷。わっちは人を、愛しく思う。鬼を愛しく思うんだ。

懸命にもがき、足掻いて、想いを貫こうとする人の健気な心は、時に他者から嘲笑される。だが足掻くことをやめた時、人の心は本当の意味で死んでしまうだろう。

――どんなに惨めったらしいと思われようと、見苦しいと言われようと、足掻かなけりゃ人は空っぽの肉片に成り果てちまう。足掻き続けた結果が鬼なんだとしたら、わっちは鬼の想いを守るために、自分の力を使いたい。

今や瑠璃の心は蒼流の心と重なり、溶けあうようにして融和していた。

人をいたぶり悦楽を感じる。前世より引き継がれた業が、なだらかに昇華されていくようであった。

——お前も、刀やわっちの心の臓を通して見てただろう。人や、鬼の抱く想いを。

はた、と飛雷は掌を見た。

「お前はあくまで、人の肩を持つと言うのじゃな」

華奢《きゃしゃ》な指先が微かに震えている。力が入らなくなりつつあるのだ。

——そりゃそうさ、だってわっちは人だからな……もうそろそろいいだろう。わっちの体を、返してもらうぞ。

瑠璃は暗闇の中で目を閉じ、意識を研ぎ澄ませた。

蒼流の魂と融和するにつれ、心を蝕《むしば》む呪いの圧が薄まり始めていた。瑠璃は龍神の、蒼流の加護を自らの心に施し、呪いを打ち破ろうと集中を高める。

暗闇の中に一筋の光が差した。光はまばゆいばかりに楕円形の容れ物を満たしていく。

「おのれ、蒼流……我を引きずり戻そうとしておるのか。その、暗闇の中に……」

飛雷は頭を抱えて悶絶した。体に意識を押し留めるべく身をひねり、叫ぶ。

夜気を揺らす絶叫の後、飛雷は倒れるようにして地に伏した。

暗闇坂に息詰まるほどの静寂が流れる。

ややあってから、伏した体がむくりと起き上がった。

今体を動かしているのは飛雷か、はたまた瑠璃か。固唾《かたず》を呑んで事を見続けていた男衆の胸が、早鐘のごとき鼓動《こどう》を刻む。

「……飛雷。わっちはお前を、恨まない」

開かれた両目は蛇の目ではない。間違いなく、瑠璃の目だった。

「頭っ」

緊張が一気に弾けたのだろう、栄二郎が駆けだし、瑠璃の体を強く抱き締めた。

「よかった、ああよかった……信じてたよ頭……」

泣きじゃくる栄二郎の背を、瑠璃は優しくさすった。

「暗闇の中でお前の声が聞こえたんだ。だから戻ってこられたんだよ」

ありがとな、と微笑み、静かに右手を見やる。

鍔のない妖刀には飛雷の気配が戻っていた。

——飛雷。お前は邪龍になっても〝成仏の力〟を持ち続けてた。それは人を愛する気持ちを、人を守りたいって志を、捨てきれなかったからだろ。

心の臓にも確かに龍の気配があったが、瑠璃の呼びかけをわざと無視しているのか、飛雷は沈黙していた。

瑠璃は炎へと視線を転じる。

赤獅子から猫の姿に戻った炎は、どこか感じ入るような眼差しで、兄弟分たる瑠璃の瞳を見つめていた。

三

時節は葉月《はづき》となった。夕暮れ時の今戸《いまど》の空には蝙蝠《こうもり》たちが忙しなく飛び交い、一瞬たりとも休む様子がない。

慈鏡寺《じきようじ》にある墓地で、瑠璃は惣右衛門の墓に花を手向《たむ》ける。安徳《あんとく》が丹精こめて育てた立葵《たちあおい》だ。墓地には老和尚の姿もあり、暑い暑いとぼやきながら打ち水をしていた。

——見てよ父さま。安徳さまってば、仏さんらが暑いじゃろうとか言って、ずうっとああしてるんだよ。本当は自分が暑いからなのにおかしいよな。

心の中で亡き義理の父に語りかけながら、ふと視線を己の胸元に向ける。

飛雷が封印されている証となる印は、元の大きさに戻っていた。邪龍の気配は今も強く胸にあるものの、さほど圧迫感を感じない。心と体の乖離がすっかりなくなったばかりでなく、今まで内に眠っていた蒼流の力が漲っているのを、瑠璃は総身で感じていた。

とはいえ、飛雷に乗っ取られていたからだろうか、体には未だ著しい疲労が溜まっている。そのため瑠璃は、今戸にある黒羽屋の寮で養生をすることになった。

寮にはさび猫の姿もある。龍神の力がほとんど残っていない炎は、飛雷との戦闘で激しく心身を消耗してしまった。炎を傷つけたのは――己の意思ではないとはいえ――瑠璃の体である。

気に病むな。お前のせいではないのだから。炎はこう毎日のように言う。瑠璃を思いやる言葉は、記憶の中にある実の父の、最期の言葉とよく似ていた。

さび猫が滝野一族の顛末《てんまつ》を秘していたのは、瑠璃の心に計り知れぬ衝撃を与えると危惧したからに他ならない。瑠璃は苦しげに丸まるさび猫の姿を思い返して、胸が締めつけられるようだった。

「ふう、これで少しは涼しくなるじゃろ。瑠璃や、体の具合はどうじゃ？　本当にもう寝とらんでいいのか？」

打ち水を終えた安徳が手ぬぐいで汗を拭きつつ尋ねる。

「おかげさまで回復してきました。少し出歩くくらいなら問題ありませんよ」

「ふぉっふぉ、それはよかった。男衆もますます気張っておるしのう。後で修練場に茶を持ってってやらねば」

まだ瑠璃が全快していないと踏んだ男衆も慈鏡寺についてきており、今は本堂の地下にある修練場にいる。錠吉と権三も飛雷による怪我が完治していないのだが、幸いにも致命傷ではなかった。

来る鳩飼いとの決戦、天下祭《てんかまつり》の日まで、あと一月と少し。

瑠璃は無理をするなと止めたのだが、男衆は居ても立っても居られないらしく、組み手や棒術、結界の鍛錬に勤《いそ》しんでいた。

「お喜久どのに聞いたのじゃが、豊二郎と栄二郎は〝金輪法《きんりんほう》〟の会得に苦心しておるとか」

心配そうな顔をする老和尚に、瑠璃はこくりと頷いた。

決戦に備え、黒羽屋のお内儀、お喜久は新たな結界を双子に伝授した。それが「金輪法」。過去、津笠との戦いで用いられた金色の注連縄がこれに当たるらしかった。

金輪法は元を辿れば密教に伝わる結界法であり、またの名を「五百由旬断壊《ごひやくゆじゆんだんね》の法」という。そこに姦巫《はとのかい》一族が編み出した、邪を祓《はら》う「籠目紋《かごめもん》」の呪法を組みこむことで、より強力な結界を張ることが可能になる。姦巫に伝わる中でも最強といわれる結界の一つだ。

金輪法なら平将門の怨毒を防げるかもしれない。が、危険もある。強力すぎるがゆえ、術者の体に多大な負荷がかかるのだ。双子は様々な経験を積んで力をつけてきたものの、最上級の結界を張るにはやや心許《こころもと》ない。そこでお喜久はある対策を考えた。

かつては楢紅の傀儡名でも呼ばれていた朱崎太夫《あけざきだゆう》が、唯一残した楓樹《ふうじゅ》の仕掛《しかけ》。これにも金輪法が施されており、裏地には金糸の籠目紋が縫われている。

無から有を作るより、有を基に有を作る方が遥かに容易。そう考えたお喜久は双子に金輪法を託すにあたり、楓樹の仕掛を基にして結界を張るよう教えたのだった。

「あの二人ならきっと、天下祭に間に合わせてくれるでしょう。まだまだガキっぽいところはありますけど、二人とも成長しましたからね」

微笑む瑠璃に、そうじゃな、と安徳も穏やかに返す。

「錠吉と権三の戦への意思も固い。それはひとえに、お前さんを守り、ともに戦おうとするからじゃろう……瑠璃や。儂はお前さんに感謝しとるぞ」

「え？」

唐突な謝意に瑠璃は首を傾げる。対する安徳は悩ましげに瞬《まばた》きを繰り返していた。

「将軍、家治《いえはる》公のことを今も信じられぬのじゃろう？　それでも家治公をお守りすると覚悟してくれたこと、儂はほんにありがたく思うとるよ」

将軍に対する老和尚の忠義心は、やはり揺らがないらしい。

だが瑠璃が戦への覚悟を固めたのは、将軍を守るためではなかった。黒雲頭領としての責を果たすため、というのも理由の一端でしかない。

「わっちは人の命が理不尽に奪われたり、鬼の魂が利用されたりするのを黙って見てはいられません。だから戦うんです。理由はそれ以上でも、以下でもない」

将軍への疑念は未だ残っている。しかし己の魂が「江戸を守れ」と叫ぶのだ。戦う理由はそれで十分だった。

「そうか……何ともお前さんらしい考えじゃの」

決然たる口上を聞いた安徳は複雑な表情をしつつも、納得したように頷いていた。

「そうだ安徳さま、決戦を控えてるとはいえ任務を蔑《ないがし》ろにするわけにゃいかねえ。次の指令は、もう来てるんですか」

気を取り直して尋ねた途端、安徳の顔つきが硬くなった。

「それがな……近頃、鬼が出現したという報告がぱったり途絶えておるんじゃよ」

「何ですって？」

平将門の怨毒による影響を考慮すると、鬼の出現はむしろ増えるはずだ。暗闇坂に現れた鬼のように、融合鬼もより多く生まれるはず。そう考えていた瑠璃は眉根を寄せた。

だが思い当たることもある。江戸の鬼たちはおそらく、将門の首塚に吸収されつつあるのだ。これはお喜久が事前に予測していたことでもあった。

目下、惣之丞は平将門の首塚に「魂呼《たまよばい》」の術を施しており、これまで多くの鬼や傀儡を餌として首塚に捧げてきた。

お喜久の調べた古い文献によれば、魂呼の最終段階、肥大した怨霊はより多くの魂を糧にせんと、周囲に漂う霊魂を吸収するようになるそうだ。呼び起こされた怨霊に明確な意思が宿り、力が戻りつつあることの証とも言えよう。

「じゃあ魂呼が、とうとう最終段階に入ったってことなんでしょうか……」

「おそらくな。将門公は神と呼ばれる怨霊じゃ。江戸中にいる鬼や負の情念を、一つ残らず吸いこむつもりなのかもしれん」

瑠璃の瞳に焦燥の色が差した。

三月ほど前、黒雲は将門の首塚を間近に見、そこに漂っていた力に為す術なく打ちのめされた。

首だけでも死を錯覚するほどの恐るべき力を有していたのに、天下祭で完全体となってしまえばどうなるか。加えて江戸中の怨念を吸収しているともなれば、どれほどの力になるかは見当もつかない。

ざわ、と不吉な想像が胸を掠める。臆病風に吹かれる自分を戒《いまし》めるべく、瑠璃は顔を力ませた。

「八百年近くも熟成されてた怨念ってのは、そりゃ一筋縄じゃいかねえか」

将門と戦う決心を固めても、飛雷から体を取り戻し、新たに漲る力を感じていてもなお、勝利できるという確信は持てない。意志の強さだけでは勝てぬと思わされるほど、将門の怨念は強すぎた。

「志半ばで命を落としたという無念が、将門公の力を増幅させておるんじゃろうな」

「ええ、間違いなくそうなんでしょうけど……」

煮え切らない相槌に、安徳が白髪まじりの眉をひそめる。

瑠璃の腹の内には、一つの疑念がくすぶっていた。

——将門公は神と祀られて魂を慰められたはずなのに、今も強い怨毒が残ってるのはなぜなんだ。

神田明神《かんだみょうじん》の祭神として崇められる将門の生涯は、英雄譚《えいゆうたん》として今世に伝わっている。武士としての心意気を貫き通した将門に、江戸の誰もが敬意を表している。

そうして江戸の鎮護を司る将門が、いくら強制的に恨みの念を刺激されているとはいえ、江戸を破壊する駒《こま》として利用されることに何の抵抗もしないものだろうか。

——もしかして将門公が持つ恨みには、まだわっちが知らない根があるのか……？

昔話というのは往々にして、後世の者によって多様に脚色されるものだ。どれが真実でどれが虚構なのか、判別するのは難しい。当人の呪詛を聞くことができれば自《おの》ずとわかるのだろうが、首塚を確かめに行った際、瑠璃は将門の思念を一片たりとも感じ取れなかった。

「瑠璃、何か気になることでもあるのか？　どれ儂に話して……」

そう安徳が問いかけた時。

足音が一つ聞こえてきた。草履が擦れる音は、次第に瑠璃と安徳のいる方へ近づいてくる。

瑠璃はこの足音を知っていた。

——まさか。

直感的に身がまえ、体の向きを変える。

「……何だ、先客がいたか」

果たして墓地に現れたのは義理の兄、惣之丞であった。

右手を懐に突っこみ、瑠璃の姿を捉えてもさして驚いていないのか、気怠げな様相で歩を進めてくる。

「てめえ、ここへ何しに来やがった」

瑠璃はすぐさま胸へと手をやる。胸元から妖刀を召喚するためだ。

ところが惣之丞は大きくため息をつくと、左手をひらひら振ってみせた。

「ああやめとけ、戦いに来たんじゃねえんだ。どうせここで戦ったところで、互いにとって何の得にもなりゃしねえだろ」

疲れた顔で惣右衛門の墓を一瞥する。が、すぐに目を戻して再び吐息をこぼした。

このまま飛雷に呼びかけるべきか否か、瑠璃はしばらくの間、義兄を睨みながら迷った。

「……ちっ」

しかし視線を外し、胸元にやった手を下ろした。

悔しかったが、惣之丞の言うことは正しい。今戦っても惣之丞が行っている魂呼の術は止められないからだ。

平将門の怨念を喚起する魂呼。もし術者たる惣之丞をここで殺せば、溜まりに溜まった死の怨毒が爆発し、火山灰のごとく江戸に降りかかることになる。そうなれば江戸中の民があっという間に死滅してしまうだろう。したがって瑠璃に残された選択肢は、目覚めて実体化した本体を浄化させることしかないのだ。

なおも殺気を漂わせている瑠璃を制し、安徳が問いを投げた。

「今日はどうして墓地に来たのじゃ？　いつもは本堂に来ておったのに」

惣之丞は、別に、とにべもなく言うなり踵を返そうとする。

「待ちなさい。お前さん、ますます顔色が悪くなってるじゃないか。滋養のあるものをしっかり食べてるのか」

安徳の物言いはまるで親のようだ。将軍と黒雲の仲介役である安徳から見ても惣之丞は敵だが、亡き親友の息子を案じる想いを、未だ捨てることができないのだろう。

「……うざってえ」

苛々としたつぶやきが聞こえた。だが瑠璃は、惣之丞が帰ろうとしていた足を止めているのに気がついた。

「爺《じい》さん、あんたはさ、俺の敵なんだろ」

この発言に動転したのは瑠璃よりも、安徳の方だった。

「なぜ、それを」

「禁裏《きんり》の力を甘く見すぎだよ。帝の束ねる探索役が、将軍と黒雲を繋げてるのがあんただって、とっくにつかんでたのさ」

惣之丞は安徳の正体を知っていたのだ。

敵なのに体の心配なんかしてる場合かよ、とぼそぼそ発せられる声に安徳は押し黙る。が、そのうち思いきったように再び口を開いた。

「お前さんも瑠璃も、我が子さながらに成長を見続けてきたんじゃ。家治さまに忠義を誓っておっても、その心には抗《あらが》えん」

「抗えんって、そんなはっきり言うことかよ？　坊主なら煩悩《ぼんのう》に抗うのが筋なんじゃねえの」

鼻であしらう態度は相変わらずだが、惣之丞の顔にはいつもの険がないように見受けられる。魂呼の儀式を行って疲れきっているのだろうか。

「なあ惣之丞よ。幼い時分のお前さんは、芝居好きで純朴な童じゃった」

「またそれか。年寄りの思い出話なら俺は……」

「いいから聞きなさい」

ぴしゃり、と警策《きょうさく》を打つような鋭い声音に、隣にいた瑠璃は思わず姿勢を正した。いつも大らかな和尚がかように厳しい声を上げるのを、未だかつて聞いたことがなかったからだ。

惣之丞は首を巡らして安徳に顔を向ける。驚いた素振りはないものの、彼も安徳の声を意外に思ったのか、端正な面立ちを微かにしかめていた。

刻々と迫る帝と将軍の代理戦は、もはや誰にも阻止できない。しかしながら安徳は、惣之丞との対話を諦めきれないようだった。

――もしかするとこれが、最後の会話になるかもしれないな。

されぱこそ安徳は、一縷《いちる》の望みを持って惣之丞と話そうとしているのだ。瑠璃は和尚の横顔からそう推し量った。

「お前さんの心がなぜ、変わってしまったのか。儂なりに考えてみたんじゃよ」

安徳はゆっくりと、自らの考えを整理するかのように目を閉じた。

老和尚の目から見て、惣之丞の行動に変化が現れるようになったのは、彼が十歳の頃であったという。それまでは内気ながらも惣右衛門の言うことをよく聞き、金魚の糞《ふん》であるかのごとく義父にべったりだったそうだ。ところが十歳になった頃から、惣之丞の目つきは段々と暗くなっていった。

後に発覚したことだが、その頃、惣之丞は姦巫一族の分家と関わるようになり、己の本当の出生を知った。つまりは自分が分家の末裔であることを。母が黒羽屋の太夫、朱崎であること、そして父親は誰ともわからないのだということを。惣右衛門から養子であると聞かされていなかった惣之丞は、衝撃を受けたに違いない。

わずか十年しか生きていない童子には重すぎる真実だ。

「母親が受けた苦痛を知ったのもさることながら、それ以上にお前さんは、惣の字に裏切られたと思ったんじゃないか？」

惣之丞は黙っていた。安徳を見つめる眼差しには、そこはかとない諦念らしきものが滲《にじ》んでいる。

しばらくすると惣之丞は小さな声で、そうさ、と答えた。

「でも勘違いすんなよ。俺は親父の裏切りに落ちこんだわけじゃねえ。大事なことを黙ってた親父が、憎かったんだ」

瑠璃には義兄の心情に少なからず共感できる部分があった。瑠璃もまた、惣之丞が養子だったことを昨年まで知らなかった。惣右衛門が「家族に血の繋がりなど些細なこと」と言って真実を明らかにしなかったのだと聞かされ、亡き義父を腹立たしく思ったくらいだ。当の惣之丞であれば、憤りはなおさらだったはずである。

「秘密にしていたのは確かに惣の字が悪い。じゃが惣の字は、お前さんを心から大切にしておった。実の子への愛情と言って差し支えないくらいにな。お前さんとてそれを感じておったろう」

だが惣之丞は変わってしまった。他者を遠ざけ、命を粗末に扱うようになった。義父の言葉も受けつけなくなり、やがて瑠璃が知るような、残忍な性格になっていったのである。

「……わっちは不思議だったんだ」

瑠璃は義兄の姿態をじっと眺める。

惣之丞は今、平将門の怨毒に体を冒されている。安徳が憂慮するように、体調は見るからに芳《かんば》しくなさそうだ。

「お前が差別を憎むのはよくわかるが、命を懸けるほどの原動力は、どこから来てるんだろうって」

姦巫一族や実母たる朱崎が受けた差別を知れば、この世の不条理を正そうと思い立ってもおかしくはない。とはいえ惣之丞は赤子の時に朱崎と引き離されており、母との思い出は何もないはずだ。いくら実の母が迫害されていたと知ってもあくまで人伝てに聞いたに過ぎず、惣右衛門のもとで特に不自由なく暮らしていたはずの惣之丞にとっては、言ってみれば実感のない話だろう。分家の生き残りから差別への恨み言を吹きこまれたのも然り、命を懸ける動機としては些《いささ》か薄いと思われる。

にもかかわらず、我が身を犠牲にしてまで事を推し進めるのは、他にも何か動機があるからではないか。

「お前のそういうところが腹立たしいってんだよ」

惣之丞が草履を擦って瑠璃に向き直る。

正面から見た義兄の瞳には、底知れぬ憎悪が滾《たぎ》っていた。

「何も考えずのほほんと生きて、真実に気づこうともしねえで……お前はどうせ、俺も親父も差別の対象だったって、わかってなかったんだろ」

「な……」

冷や水を浴びせられたような心持ちがした。

「歌舞伎役者が、差別の対象だっていうのか……？」

かつては瑠璃も「惣右助《そうすけ》」の役者名で舞台に立っていたが、差別されている空気を感じたことなどなかった。

動揺した目で隣を見やると、安徳が眉を曇らせつつ首肯《しゅこう》した。

「惣之丞の言うとおりじゃよ。役者の起源は、遥か昔に存在した呪術師にある。時の治世者から排斥された呪術師たちは、呪術のいち手段だった芸をもって口を糊《のり》するようになった。それが芝居という娯楽の始まりじゃ」

歌舞伎や人形浄瑠璃といった芸能は、呪術師の流れをくむ者たちが生み出したものである。時代を問わず芸能は人々を熱狂させてきたが、反面、芸を生業とする者たちへの差別意識も裏で脈々と受け継がれてきた。徳川《とくがわ》の治世となった今に至っても、彼らは世間から蔑視され続けているという。

「そんな、でも椿座は江戸っ子の人気をかっさらってた。いつも芝居小屋にはたくさん人が来て、父さまや惣之丞の芝居を讃《たた》えてたんですよ？　差別されてたなんてわっちは少しも……」

「お前の能天気さにはほとほと呆れ返るぜ、ミズナ」

憎らしげに惣之丞が遮った。

「お前は他人との関わりを避けて、椿座に引きこもってばかりだったろ。だから差別を実感することがなかっただけだ」

未だ半信半疑な瑠璃に対し、惣之丞は役者への差別がいかなるものかを単調な口ぶりで説いた。

町奉行所の帳面において役者は「匹《ひき》」と数えられる。要するに人として捉えられていないのだ。市井の者は芝居小屋の熱気を求め、役者たちの演技に喝采を送ってはいても、裏では彼らを身分の低い者たちと目し、蔑んでいた。

五代目市川団十郎《いちかわだんじゅうろう》の詠《よ》んだ句にこんなものがある。

《錦着て褥《しとね》の上の乞食《こじき》かな》

世間にとって役者はどこまで行っても卑しい稼業でしかなく、団十郎の職とて見世物に過ぎない。世間の求める団十郎像を演じ続けるうち、生まれ持った「個」は埋もれてしまった――この嘆きは、すべての役者に通じるものだと惣之丞は述べた。

「どいつもこいつも、俺らを見てあんだけ黄色い声を上げてるくせに、心の底では俺らを見下して人とすら思っちゃいねえんだぜ？　勝手な話だと思わねえか」

そう言って笑う義兄の顔に、虚無感に似た色が見え隠れしているのを察して、瑠璃は黙りこんだ。

役者として育ち、差別を肌で痛感していたからこそ、惣之丞は差別を激しく憎むようになったのだ。瑠璃とは違い外出することの多かった惣之丞はその分、椿座の外で人々の心ない態度に触れることが多かったのだろう。

「……父さまは、差別されてたことをどう思ってたんだ」

いつも騒がしく奔放に振る舞っては、稽古に明け暮れ、夜遊びに興じ、生を楽しみ尽くしていた義理の父。彼とて差別を体感していたはずだが、瑠璃の知る限り、義父からは虐げられる悲愴感のようなものが感じられなかった。

と、惣之丞は何事か思い起こすように地面を流し見た。

「お前が椿座に来る、三年ほど前のことだ。俺はよく親父にあちこち連れまわされてたな」

よもや義兄の口から昔語りが飛び出すとは予想しておらず、瑠璃は眉間に皺を寄せる。

「雨の日も雪の日も関係なく随分と歩かされたモンさ……あの日も、そうだった」

惣右衛門とともに椿座から少し離れた馬喰町《ばくろちょう》を歩いていた惣之丞は、突然、背後から石をぶつけられたのだという。幼かった惣之丞がおびえつつ振り返ると、三人の男が石を手に遊ばせながらこちらを見ているのに気がついた。

男たちの顔には、野卑な冷笑が浮かんでいた。

――よくも俺らを虚仮《こけ》にしてくれたなあ？

――白粉をつける男なんぞ気持ちの悪い。お前《めえ》らみてえなモンは、下を向いて歩くのがお似合いなんだよ。

惣之丞は男たちの顔に見覚えがあった。芝居の上演中に酒に酔い、桟敷《さじき》を荒らした輩《やから》だったのだ。これに憤慨した惣右衛門は舞台上から男たちを舌鋒《ぜっぽう》鋭く叱責した。周囲の目に気まずくなったのだろう、男たちは捨て台詞《ぜりふ》を吐いて小屋を出ていった。衆目の前で恥をかかされたと感じた男たちが逆恨みしているのだと、惣之丞は幼心に理解したそうだ。

「そん時の俺は、そいつらを単純に怖いと思った。今思えば群れることでしか威勢を張れねえ、みみっちい奴らだが」

恐怖を感じつつも、幼かった惣之丞には確信があった。舞台の上から啖呵《たんか》を切ったあの時のように、惣右衛門が男たちをこてんぱんにしてくれるだろうと。当時の惣之丞にとって惣右衛門は、数々の物語に登場する英雄そのものだったからだ。

しかし、惣之丞の期待は裏切られた。

「親父は何も言わなかった。それどころか、俺の手を引っ張ってそそくさとその場から逃げ出したんだ。いつもは喧嘩っぱやくて口も悪かったくせに……」

親父は弱虫だった、と惣之丞は苦々しく述懐した。

舞台の上にいる役者は、人々から羨望の眼差しを注がれる。だがひとたび舞台を下りた役者には、虐げる視線が容赦なく突き刺さるのが現実だった。

惣之丞が父親にも心を閉ざし、差別への憎悪を内に育んでいくようになった経緯が、瑠璃は今やっと、深く腑に落ちた。

瑠璃も産鉄民の末裔、すなわち虐げられる血族の者だ。自らの出生を思い出した今、瑠璃にとって差別はいよいよ対岸の火事でなくなっていた。

惣之丞がいかにして現在の思想を持つようになったか、義兄の気持ちに感応できるがゆえに、瑠璃は何と言えばよいかわからなくなってしまった。

「惣之丞。お前さんにも、言葉に尽くせぬ苦悩があったのじゃな」

俯いている瑠璃の横で、安徳が思案げにこぼす。

「はっ、同情ならいらねえよ」

そう吐き捨てる女形の美しい横顔に向かって、安徳はそっと語りかけた。

「お前さんの志がどうして生まれたかはよくわかった。じゃが惣之丞、儂にはどうしても解《げ》せんことがあるんじゃ……何ゆえ、瑠璃を疎んじる？」

はっと瑠璃は顔を上げて老和尚を見た。次いで義兄へと視線を注ぐ。惣之丞も瑠璃を真っ向から見据えていた。

二人の間に目に見えぬ火花が散るのを察してか、安徳は瑠璃を手で制しながら問いを重ねた。

「お前さんは昔から、異常なくらい瑠璃を嫌っておった。怪我をさせるのも厭わんくらいに。そこにどんな理由があったというのじゃ」

思えば瑠璃が椿座にやってきたのは、ちょうど惣之丞が十歳の時、つまりは彼の心に変化が現れ始めた頃だ。

予期せずできた義理の妹。心に溜まった澱《おり》を解消するため、憂さ晴らしに瑠璃を傷つけるようになったとも考えられる。が、惣之丞の瑠璃に対する敵意は、それだけでは説明がつかないと安徳は考えていた。

瑠璃が一体、何をしたというのか。こう問うた和尚に一瞥をくれると、惣之丞は独り言ちるようにぼやいた。

「……ミズナ。お前は本当に幸せな奴だよな」

明確な答えになっていないと指摘しても、惣之丞はこれを無視する。

「女のくせに役者になってさ、しかも立役《たちやく》ときた。知ってるだろ、俺が立役を演じたいって親父に訴えてたのを」

義兄を睨みつけていた瑠璃は、わずかに怒気を引っこめた。惣右衛門が生きていた頃、確かに惣之丞は再三、立役をやらせろと義父に息巻いていた。だが惣右衛門が承諾することはなかった。

類稀《たぐいまれ》なる美貌をもって女形としての人気を博す惣之丞だが、芝居小屋の慣習において、女形は座元になることができない。立場も立役にはかなわず、観客からも同様に見られがちだ。世間にはびこる男尊女卑の風潮と同様、芝居の世界でも、男を演じる者と女を演じる者では処遇が異なるのだった。

なぜ、後からやってきた義妹に立役を奪われねばならないのか。自分の方がよほどふさわしいのに。惣之丞にとっては到底、許しがたいことだったようだ。

「親父はきっと、俺が疎ましかったんだ。言うとおりにしない俺より、お前の方が可愛げがあると思ってたんだよ。現に親父、お前のことを馬鹿みてえに溺愛してたからな」

惣右衛門は芝居に関しては怒声を飛ばせど、普段の生活では瑠璃にめっぽう甘かった。反対に、惣之丞に対しては普段の生活で厳しく接し、稽古の時は特に文句をつけることもなかった。

どうやら惣之丞の目には、義父が義妹の稽古にのみ力を入れ、自分の芝居には興味すら持っていない具合に映っていたらしい。

「惣之丞、お前、何を言ってるんだ……？」

瑠璃は眉間に深々と皺を刻んでいた。惣之丞がそのように思っていたことなど想像だにしておらず、義兄の考えが見当違いも甚《はなは》だしいと感じたからだ。

「父さまはお前の演技や舞いをいつだって褒めちぎってたじゃねえか。つまりは文句のつけようもなかっただけだ、なのにどうしてそんな穿《うが》った見方を……」

「何も知らねえくせに、わかった風な口を利くな」

惣之丞の声が一気に低くなった。冷静さを欠いた、威圧するかのごとき声。危うげに歪んだ義兄の表情を見て、瑠璃は一瞬、どきりとした。

——何も知らねえくせに。

脳裏をよぎったのは椿座にいた頃の記憶。瑠璃、つまりミズナが、まだ八つだった頃のことだ。

「待ってよ兄さん、兄さんてばっ。またどこかに行っちゃうのか？」

夕暮れ時になって出かけていく惣之丞を、ミズナは玄関まで追いかけていった。

「俺のまわりをうろつくなって言ってるだろ。目障りだ」

冷淡に返されたミズナはしゅんと首を垂れる。当時のミズナは義理の兄とどうすれば仲よくなれるか模索を続けていた。きっかけさえあれば義兄も応じてくれるはずだと、強く信じていた。

「その〝兄さん〟って呼ぶのもやめろ。血が繋がってねえんだから、俺はお前を妹とは思ってねえ。他人のお前に呼び止められる筋合いもねえんだよ」

そう言って去ろうとする惣之丞に、ミズナはなおも食い下がる。

「でも父さまがもうすぐ帰ってくるよ？　ご飯は皆で食べようって、父さまいつも言ってるのに」

「……なあ、ミズナ。家族ごっこは楽しいか？」

せせら笑うような義兄の言葉が、胸にぐさりと刺さった。

「兄さんは、いいな」

「何？」

ミズナは涙をこらえて無理に笑った。

「だって父さまと血が繋がってるんだもん。父さまはあたしのこともいっぱい気にかけてくれるけど、兄さんへの態度とは違う気がして……」

惣右衛門の確かな愛情を感じていても、幼いながらに義父と義兄の様子を見て、ほんの少しだけ疎外感を覚えていたのだった。

涙を見せればまた義兄に笑われてしまうと思ったミズナは、精一杯、笑顔を作った。が、次の瞬間。

何の前触れもなく、惣之丞はいきなりミズナに飛びかかった。地面に押し倒して馬乗りになり、細い首筋を絞める。

なぜこうなったのか。何が義兄の怒りを買ったのか。ミズナは混乱した。

「や、兄さ……や、め」

「お前は、何も知らねえくせに、よくも……お前なんか……」

こめかみに青筋を立て、唇をめくり上げ、惣之丞はさらに首を絞める両手に力を入れた。義兄がここまで感情を剥き出しにするのを見るのが初めてで、ミズナは恐ろしくてたまらなかった。

殺される。そう思った矢先、惣右衛門の闊達《かったつ》な声が聞こえてきた。どうやら家の近くで誰かと立ち話をしているらしい。

惣之丞は我に返ったかのように義妹から離れた。一方のミズナは涙目で咳きこみながら、おびえきった目を義兄に向ける。

ギリギリと奥歯を嚙み締める惣之丞の顔に、怒りだけでなく哀しみが含まれている気がして、理由がわからないミズナは言い知れぬ恐怖を覚えた。ただ、湧き上がってきたのは恐怖ばかりでない。

義兄と親しくしたい一心だったのに、何ゆえこのような仕打ちを受けねばならないのか――。

ミズナはこの出来事を惣右衛門に話さなかった。義父の悲しむ顔を見たくなかったからだ。そして義兄に対して歩み寄ろうとするのをやめ、代わりに、自分に向けられるのと同じ敵愾心《てきがいしん》を抱くようになったのだった。

あの時の恐ろしげな顔と、今目に映る義兄の顔は、一緒だった。思えば惣之丞が憎悪を孕んだ目で自分を見るようになったのは、あれ以降のことではなかったか。

黙りこくっている瑠璃に向かい、惣之丞が荒っぽくため息をつく。

「お前ごときに慰められるくれえなら、死んだ方がマシだぜ」

「……慰めなんかじゃ、ない」

「違うってんなら何だ？　ここで義理の兄妹同士、仲良しこよしになろうってか？　俺とお前が今どんな状況にあるのか忘れちまったのかよ」

小馬鹿にした言い草に、瑠璃は目尻を吊り上げた。対する惣之丞は義妹の瞳に怒りが戻ったと見るや、無言で踵を返した。

安徳が呼び止めるも、聞き入れずに立ち去っていく。

――このままで、いいのか。

怒りに満ちた心に、ふとよぎる感情があった。瑠璃は打ち消すように首を振る。

――いや、あいつには何を言っても無駄だ。わっちと惣之丞は水と油。どこまで行ってもまじりあうことなんかないんだ……。

義兄の背中から視線を外す。

両の眼に、義父の墓石が映った。

――血が繋がってなくても、お前たちは兄妹だろ。

「……おい待てっ」

瑠璃は衝動的に声を張った。

「お前は今まで慈鏡寺《ここ》へ何しに来てたんだ？　安徳さまが将軍と黒雲の仲介役だと知ってたのに、何で殺さなかった？」

今までの義兄の言動を思えば、邪魔な存在である安徳を排除しようとするのが普通だ。が、そうしなかった。

瑠璃の声が聞こえているだろうに、惣之丞は歩みを止めようとしない。

遠ざかっていく背中。瑠璃は胸中に苛立ちと同じくらい、焦りが湧き上がってくるのを感じた。

「惣之丞っ。椿座の椿は、今もあるのか」

と、惣之丞の足が止まった。問いかけが届いたのだろうか。

しかしそれは一瞬に過ぎず、惣之丞は再び歩きだし、とうとう姿が見えなくなってしまった。

「……すまん、惣の字。儂ではやはり無理じゃった。ここまで来てしもうては、もうどうすればいいかわからん……許せ」

安徳が惣右衛門の墓に向かって詫びている。

瑠璃は和尚の背を力なく見つめ、義兄が去っていった方角の空を振り仰いだ。

蝙蝠たちが朱金の空に目まぐるしく飛び交い、無駄な苦労を、と瑠璃を嘲笑《あざわら》っているかのようだ。

戦を止める手立ては皆無。戦は勝者を生み、敗者をも生む。どちらか一つだけが生まれることはありえないのに、そうやって禍根《かこん》を断とうとする努力に、何の意味があるのだと。

落ちてくる夕闇が、瑠璃の心にぬぐえぬ影を落とした。

四

中野村《なかのむら》にある御狩場《おかりば》には、物々しい空気を醸《かも》し出す集団が隊列をなしていた。

鷹匠頭《たかじょうがしら》を筆頭に、御狩場を管理する鳥見役《とりみやく》、将軍の小納戸役《こなんどやく》など、十人の幕臣たちが馬上から辺りに目を光らせる。

「上様、お体の具合は大事ございませぬか？　鷹狩りが行われるのを市井に知らせておけば、休憩も取りやすうございましたのに」

小納戸役に問いかけられ、隊列の中心にいた人物がゆったりと首を横に振った。

「よい。今日は脈も正常だと医者が言うておったからな。私の急な気まぐれで農民たちの手を煩わせるのは、本意でない」

天下を統《す》べる幕府の第十代将軍、徳川家治。四十九歳の将軍は顔色があまり優れないものの、穏やかな面差しに、聡明な雰囲気をまとっていた。手には韘《ゆがけ》という革製の手袋、腰には行縢《むかばき》と呼ばれる鹿革の覆い。気品あふれる狩装束に身を包み、右腕にはこれまた利口そうな鷹を乗せている。

一行は将軍の鷹狩りのため、ここ桃園《ももぞの》へやってきた。通常なら周辺に住まう者に将軍の来訪を伝え、もてなしをさせるのだが、将軍本人の意向でこの日はお忍びだ。

「何より私が来ることを知らせれば、獲物となる生き物を農民たちが準備してしまうだろう。それでは面白くない」

今まで事前に獲物を仕込んで放っていたのを見透かされ、小納戸役はたじろぐ。対する家治は大らかな笑い声を上げていた。

「ですが上様、鷹狩りにはそれ相応の警備が必要でございましょう。上様の御身は江戸において何より大切なもの。かような少人数では手薄と言う他ありませぬ……加えて」

小納戸役は負けじと主張しつつ、ちら、と家治の横にいる者へ目を向けた。

家治の隣には、桃園の入り口で合流してきた年若い男がいた。

「得体の知れぬ者を同行させるなぞ、いくら上様のご意向とはいえ、承服いたしかねま、す……」

小納戸役の声は、男をねめつけるうち尻すぼみになっていった。

無地の紋付に縞《しま》の袴姿。長髪を後ろで一つに束ね、自身のことを言われているにもかかわらず、男は毅然とした表情で前方のみを見据えている。その肌は真珠と見紛うほど白く、顔立ちはこの世のものとは思えぬくらい、美しかった。

小納戸役はしばし、話の途中であるのも忘れて男に見入った。他の従者たちも同じく男の美貌に見惚れている。

するとと熱い視線を感じたのか、男が小納戸役の方へと首を巡らした。

「申し遅れました、私の名は惣吉《そうきち》。今戸の古寺、慈鏡寺にて寺小姓を務める者にございます」

低く艶めいた響きが胸の奥を揺さぶるようで、一同は男が発した声の余韻に浸った。が、小納戸役だけは自戒するように頭を振り、またも異を唱えんとする。

これを制したのは家治だった。

「惣吉が何者かは私からも説明したであろう。あの安徳どのに仕える男だ、心配は無用。若いが武術にも長けておるし、警護役として最適だろうと思ったのだ」

「そうはおっしゃいますが……」

小納戸役は、一度だけ対面したことのある老和尚の姿を思い返した。

徳川家は密教に帰依しており、初代将軍である家康公の時代から、小さな慈鏡寺をなぜか必要以上と思われるほど重視してきた。

加えて現住職の安徳は、非常に能天気でつかみどころのない老人だった。小納戸役は何ゆえ家治が安徳をここまで信用しきっているのかと常々、疑問に思っていたのである。

あの狸和尚に関係する男だからこそ心配なのですよ、と難色を示すも、家治は微笑むだけでこれを聞き流した。

「惣吉はこの近くにある農家の出らしくてな、幼い頃は野山を走りまわっていたそうだ。よしんば何か危険があったとしても、こやつが即座に気づいてくれよう」

「はい、和尚から御身をお守りするようきつく言い含められておりますゆえ、お任せください。私の命に代えても、上様をお守りいたしまする」

どことなく冷めた口調で言うと、惣吉は再び前を向いた。家治も惣吉に寄り添う格好で馬を進め始める。

従者たちは戸惑ったが、肝心の将軍が粛々と前進していくので、やむなく後に従った。

青々とした桃の木を振り仰げば、空には鯖《さば》雲が一面に広がっていた。木々の間を揺いくぐるようにしてそよ風が吹いてくる。

蹄《ひづめ》の音ばかりが聞こえる中、森の奥まで入ったところで突然、家治が馬を止めた。

「皆の者、しばし外してくれないか。惣吉はここに残りなさい」

従者たちは一様に顔をしかめた。

「上様、急に何をおっしゃいまするか。せめて訳をお聞かせください」

「惣吉と、二人で話したいのだ」

「二人で……？　ならばここでお話しください。我々は上様のおそばを離れるわけにはまいりませ……」

気色ばむ小納戸役を、家治は無言で見つめた。将軍の瞳から漂う、静かな威厳。従者たちは一斉に口を噤んだ。

場がしんと静まり返ったところで、そう案ずるな、と家治は目尻を緩めた。

「市井の様子について聞きたいだけだ。江戸城の中におるだけではわからぬことも多いからな。惣吉も、そなたらがおったら話しにくいこともあろう」

小納戸役は家治の傍らを一瞥する。寺小姓は謎めいた微笑みを浮かべ、将軍の言葉に同調するように頭《こうべ》を垂れていた。

従者たちがその場から離れ、蹄の音が聞こえなくなると、家治は馬上から降りた。

「さあ、これでそなたと腰を据えて話ができよう……瑠璃どのよ」

将軍の言葉を受けて瑠璃は首肯した。馬を降り、束の間、物思わしげな顔をする。

瑠璃が今こうして男装し、黒雲の実質的な支配者たる征夷大将軍《せいいたいしょうぐん》に謁見《えっけん》しているのは、安徳の手引きによるものだ。

安徳いわく、当の将軍が、黒雲頭領である瑠璃との対面を望んでいるらしかった。

瑠璃にとっては願ってもない話である。

鳩飼いとの戦に臨《のぞ》む覚悟は、瑠璃も男衆もすでに決めている。さりとて徳川家治という男が、命を賭《と》してまで守るべき男なのか、瑠璃は確証を持てずにいた。だからこそ頭領として家治の人となりを見極めたかったのだ。

だが当然ながら、遊女は江戸城に入れない。将軍も吉原を訪れることができない。そこで安徳は一計を案じた。すなわち瑠璃が寺小姓に扮し、将軍の鷹狩りに同行するという計であった。

家治は近くにあった岩に腰を下ろし、悠然と風を感じている。

「あの従者たち、かなりわっちを疑っているようでしたね。あまり長くは時間を取れません」

突如、家治の腕に乗った鷹がピィ、と瑠璃に向かって人懐っこい鳴き声を上げた。

「はっは、瑠璃どのが気に入ったのだな。そなたも雄であるからな」

「……立派な鷹ですね」

緊張感のない家治に、瑠璃は些かむっとした。が、将軍にあからさまな無礼を働くのもためらわれ、ひとまず家治の間合いに従うことにした。

「この鷹はな、私の死んだ息子が可愛がっていた鷹なのだ」

「お形見、ということでございますか」

瑠璃の問いかけに、家治はゆっくり頷いた。

家治の正室であった倫子《ともこ》女王と姫君たちは、すでに鬼籍に入っている。さらには次期将軍の期待をかけられていた子息、家基《いえもと》までもが落馬により命を落としてしまったそうだ。折しもそれは、鷹狩りの最中に起こった事故だった。

「私は祖父上である吉宗《よしむね》公から、将軍としての教えを直に受けてな。鷹狩りもその一環であった。鷹狩りはただの遊びでなく、戦の訓練という本質が大きいからだ。私は家基にもそう教えたのだが……」

愛する息子への教えは、彼の死に繋がってしまった。

家治は訥々《とつとつ》と続けた。

「ゆえに鷹狩りへ赴くことはあれど、殺生はもうしないのだ。これが家基への償いになるかは、わからないが」

鷹の翼を撫でる将軍の顔には、侘《わび》しさが滲んでいた。

新鮮な森の空気に触れてうずうずしだしたのか、鷹は一声鳴いて両翼を広げ、家治のもとから飛び立った。家治が何も言わないところから察するに、満足すれば戻ってくるのだろう。

瑠璃は家治と同じように上を見上げ、大空へと優雅に飛翔していく鷹を見送った。

「いかんな、年を取ると昔を振り返ってばかりだ。そなたと話をするためにここへ来たのに」

柔和に微笑んで、家治は瑠璃へと視線を転じた。改まったように対面した将軍は、一転して厳とした雰囲気を漂わせている。

「大沢村《おおさわむら》での一つ目鬼の退治、ご苦労であった。褒めてつかわす……と言いたいところではあるが、報告を遅らせたのは何ゆえか」

将軍の気迫を感じた瑠璃は眉を引き締めた。

――話ってのは、やっぱりこれか。

「誠に申し訳ございません。ですが上様、恐れながら申し上げます。黒雲は、あなたさまのお考えに疑問を抱いております」

激昂して斬り伏せられるのではないか。瑠璃は詫びる姿勢を取りつつ内心で身がまえた。だが意外にも、家治は話を続けるよう促す。

瑠璃は顔を上げると慎重に言葉を継いだ。

「黒雲の任務はこれまで、武家に絡んだ案件が優先されてきました。まるで人の命や鬼の魂に、優劣をつけるかのように……納得いたしかねます」

「なるほどな。鬼と向きあってきたそなたが解せぬと思うのも無理はない。だが瑠璃どの、それは世の安定のためである」

訝しげな顔をする瑠璃に、家治は自身の考えを明かした。

戦乱の世に安定をもたらしたのは、徳川家を筆頭とした武士だ。太平の世を作り出したのが武士である以上、武士の威厳をもって「秩序」を保たねば、世に混沌《こんとん》を引き起こしかねない。秩序というものがまったくない世の中が、いかに不安定なものになるかは自明の理と言えるだろう。

政《まつりごと》というのは複雑なものだ、と家治は続けた。

「感情論に左右されることなく、ありとあらゆる物事を俯瞰《ふかん》して見極め、時には苦渋の決断を迫られるのだから。私が武士を庇護する理由はただ一つ。秩序を保つことによって、引いては民を守るためだ」

幕府による統制は窮屈な面もあれ、裏を返せば人々の安全を守ってきたという側面も、決して無視できない。

二百年近くもの時をかけて歴代の将軍が築き上げてきた平和を維持するには、まずは将軍が武士を守り、そして武士が民を守るべき。家治はそう考えているという。

したがって優劣をつけているというよりも、民を想い、江戸の行く末を見据えるがゆえに、優先順位をやむなくつけているという見方が正しいようだ。

「安徳どのから聞いたが、そなたは龍神の生まれ変わりだとか。だからこそ鬼退治をこなすことができるのだろう」

「はい、そのとおりにございます」

瑠璃が肯定すると、家治は考えこむようになった。

「左様な者とこうして会話しているとは、何とも奇妙な感覚だ……だが瑠璃どの、いくら龍神の力を有していても、そなたの体は一つしかない。すべての鬼を救うことは土台、無理な話であろう」

どうやら瑠璃たちが知りえなかっただけで、江戸には黒雲が退治してきた以上の数の怨念が跋扈《ばっこ》しているらしい。下手人《げしゅにん》がわからない辻斬りや通り者の類は、ほとんど鬼が原因であった。

瑠璃はぐっと歯嚙みした。

確かに黒雲だけでは、世に顕現する鬼をすべて退治することは難しいのかもしれない。もし表の稼業を辞めて鬼退治に専念したとしても、江戸に生まれる怨念の一切を浄化することなど現実的ではない。ならば優先順位をつけるべきだという考えも理解できる。

しかしながら、家治への不信感はなおも消えなかった。

「上様は、帝が戦を起こそうとされている真意をご存知ですか」

穏やかだった家治の顔つきが、不意に険しくなった。

「帝は飢饉《ききん》で苦しむ民を救うために、幕府を転覆させようとしていらっしゃいます。飢饉に面しても本当に民のことを考えているかどうかもわからない幕府には、任せていられないからと」

「帝が、そうおっしゃったのだな。まさに噂通りの御仁だ」

兼仁《ともひと》天皇は家治にとっての義理の甥であった。直接会ったことはないものの、大胆な気質の持ち主であることは将軍も聞き及んでいたらしい。

深々とため息をつく家治に対し、瑠璃はさらに畳みかける。

「上様は、飢饉のことをいかに考えていらっしゃるのですか」

将軍は何もしていないわけではない。瑠璃はこうした見解を安徳以外からも聞いていた。されど家治は、黄表紙や滑稽本の作者たちから「無能な将軍さま」と揶揄されてもいる。

果たして一体、どちらの弁が正しいのか。判然としないながらに瑠璃は、自分なりの答えを見出していた。

「火のないところに煙は立たぬ、とよく言いますでしょう。僭越《せんえつ》ながら、上様に少なからず非があるからこそ、民は揶揄するのではありませんか。わっちには政のことはよくわかりません、ですが〝今〟を救えていないのなら、政とは何のためにあるのですか」

問いをぶつけられた家治は、何やら物憂げな面持ちをしていた。

「……そなたが私を信じられぬという気持ちは、よくわかった。禁裏の本意を知れば、そちらを支持したくなるのも無理からぬことだ」

諦めたような口調に、瑠璃は体中が熱くなってくるのを感じた。

一介の遊女である自分にこれ以上を話しても、無駄だと思われたのだろうか。しかし瑠璃には他にもまだ問い質《ただ》したいことがあった。

惣之丞は「差別制度の撤廃」を悲願とし、これを叶えるべく帝に忠誠を誓った。帝は幕府転覆を果たした暁に、彼の願いを叶えると約束している。

では将軍、家治は、差別のありようをどう捉えているのか。そもそも残酷な差別に苦しんできた者たちがいる実状を、しかと承知しているのだろうか。

瑠璃は追及すべく息巻いて、再び口を開いた――が、その時。

ガサ、と近くの茂みで動く音。

瑠璃は素早く周囲を見巡らした。そして家治の背後へと目を向けた瞬間、頭が真っ白になった。

小刀を握り締めた男が、家治の背中に向かい突進してくるところだった。

死角からいきなり飛び出してきた男に、家治も気づくのが遅れていた。小刀の切っ先が剣呑に光る。

「やめろっ」

瑠璃の体は自身でも気づかぬうちに動いていた。家治を押しのけ、突っこんで来た男の手を速やかにはたく。

男の手から小刀が落ちると同時に、瑠璃は男の腕をひねって地に組み伏せた。

「あの従者たち、あれだけ警戒してたくせに誰もこいつに気づかなかったのか……？

おい暴れんなっ」

「離せっ。おらはやるんだ、絶対に、お上に復讐するんだ」

暴れる体を押さえつつ、瑠璃は男の風貌を眺める。

継《つ》ぎ接《は》ぎの襤褸《ぼろ》をまとい、頭は月代《さかやき》を剃っておらず伸び放題になっている。男はかわたという蔑称で呼ばれる、最下層の身分に属する者であった。

「瑠璃どの、どきなさい」

はっと瑠璃は家治を見上げた。家治は低い声音でもう一度、どきなさいと繰り返す。

瑠璃は逡巡した。

――もしここでどいたら、この男は……殺される。

「いいえ、どくわけにはまいりません」

頑《かたく》なな目つきで家治を正視する。

暗殺を謀《はか》ったこの男には、何かしらの事情があるようだ。それを知らずしてむざむざ斬り捨て御免を見守ることは、瑠璃にはできなかった。

「……ではいつまでもそうやって、腕をねじり上げているつもりか？　見るからに痛そうだが」

「えっ」

見れば男は肩が外れる寸前まで腕をひねられ、顔面に至っては土に思いきりめりこんでいる。

「わ、悪い、大丈夫かあんた」

斬り捨て御免を防ぐ以前に、自分で男を窒息させてしまっては元も子もない。瑠璃は慌てて男を解放し、肩が外れていないか確かめた。

「何で、助けるんだ」

忙しなく肩を探ってくる瑠璃をよそに、男はうなり声を漏らす。

「殺せよ。おらはあんたを殺そうとしたんだ。変に憐れむくれえなら、いっそのこと殺せ」

男の目は暗く、家治を睨みつけていた。

すると家治が男に歩み寄り始めた。一歩、また一歩と近づくにつれ、今度こそ斬られると思ったのだろう、男は両目をつむる。

次の瞬間、瑠璃は思わず我が目を疑った。

双眸に映ったのは、天下の将軍と敬われる男が屈みこみ、土に汚れた男の手を取る光景であった。

「そなたに危害は加えん。私に斬られることを覚悟したのだろうが、左様なことをするつもりは毛頭ない。さあ立てるか、ここに座りなさい」

男は声も出せぬほど驚いていた。放心しているらしく素直に立ち上がり、家治が示した岩に腰を下ろす。

「何で……何でお上が、こんなことをするんだ。おらの手は汚いのに。生き物の血にまみれて、穢れているのに」

「ふむ。確かにひどく汚れているようだが、それはそなたが働き者である証だろう。

穢れているとは思わんが」

家治はさも何でもないことのように言った。

将軍と男、どちらが不穏な動きを見せても対処できるよう控えていた瑠璃は、次第に脱力していった。

——何なんだ、この人は。

男が少しずつ落ち着いてきたのを見計らって、家治は問いかけた。

「そなたが私を殺そうとしたのには訳があるのだろう。当の本人に話すのは嫌かもしれんが、よければ聞かせてくれないか」

優しげな声を聞いて張り詰めていた緊張の糸が切れたのだろう、男はぼろぼろと泣き始めた。

口を開けては閉じを繰り返す様子からして、胸の内では家治に伝えたいことがあるようだが、あふれ出る涙でうまく言葉にできないらしかった。そんな男の様子を、家治は黙って見つめている。瑠璃も家治に従い、男が話せるようになるのを辛抱強く待った。

どれほどの時が経ってからか、ようやく男はたどたどしい口調で語りだした。

「おらの家は、ここからもっと西にあるんでやす。小さな畑を耕して、粟《あわ》や稗《ひえ》を作って、家族と懸命に暮らしてきやした」

男の本分は家々をまわって牛や馬の死体を集め、革をなめすことにある。革製品は高値で取引されるものだが、彼の手元に入ってくる金子《きんす》などごくわずかだ。そのため時には森林で雉や鹿を狩り、貧しいながらにどうにか食い繋いできたという。

男は己の身分が忌避されるものだと承知して、妻や幼い子らとともに農村の隅で隠れるように暮らしていた。どれだけ白い目で見られ、卑下されようとも、家族を守るためと自身に言い聞かせ、必死に耐えてきた。

が、およそ二年前のこと。信濃《しなの》の浅間山《あさまやま》が噴火して火山灰が江戸に降り注ぎ、作物は一向に育たなくなってしまった。江戸における本格的な飢饉の始まりである。

農民たちは貧困に喘《あえ》いだ。同様に、男の一家も飢えに苦しんだ。納屋に保存していた穀物を少しずつ分けあい、いつかまた作物が実る日が来るだろうと、神仏に祈りながら身を寄せあっていた。

ところが一家の日常は唐突に終わりを迎える。原因は天変地異によるものでも、飢餓によるものでもなかった。

「農民たちが大勢でおらの家にやってきて、大事《でえじ》にしてた穀物を奪っていったんだ」

お前らより俺らの方が生きる価値がある。かわたならかわたらしく、身分が上の者に従って死ね、と言って。

「おらたちは穀物を奪い返そうとした。女房と子は、奴らが持ってた鉄鍬で頭を殴られて、死んだ」

「何てことを……」

瑠璃の心には腸《はらわた》が煮えくり返るほどの憤りと、家族を殺された男への同情が一挙に迫ってきた。かような状況で身分を振りかざすとは、卑劣の極みとしか言いようがない。

男に起こった悲劇が過去、自分の生まれ里に起こった悲劇と重なるようで、瑠璃は唇を嚙んだ。

男の家族を殺した農民らは結局、ほとんどが飢えで死んだらしい。

「中にはおらたちから奪った穀物の取り分で揉《も》めて、殺しあって死んだ奴もいた。生き残りは、おらが全員、この手で殺してやった」

男は淡々と告白した。

言うまでもなく、人殺しは重罪である。とはいえ怨恨の所以《ゆえん》を知って、誰が男を責められようか。

瑠璃は家治の横顔を盗み見る。将軍は口を挟むこともせず、神妙な面持ちで男の話を傾聴していた。

「仇どもが死んだ後、おらはずっと考え続けた」

自分たちに何の非があったというのだろう。「生きる価値」は身分によって違うのか。どうして自分の家族は死なねばならなかったのか、と。

「そこで思ったんだ。もし、飢饉が起こった時にお上がすぐ動いてくれてたら、農民どもがおらたちを襲うことはなかったかもしれねえって」

かわたが蔑まれる立場にあることとて、元はと言えば幕府の指図によるものではないか。そう思い至った男は、ゆえに将軍を殺そうと考えたのだ。そして家治がたびたび桃園へ鷹狩りに来ることを知って、いつ来るかも知れぬ仇を幾日も待ち続けた。

狩りが暮らしの一部だった彼にとって、森で息を潜めつつ「獲物」に近づくのは容易なことだ。が、念願かなって鷹狩りの一行を見つけたはよいが、従者たちに囲まれていては、肝心の将軍へ刃を届かせることができない。

やはり将軍に近づくことなど無謀だったのか。臍《ほぞ》を嚙む思いで一行を見ていた男は、しかし驚いた。なぜなら家治が華奢な体つきの男だけを残し、他の従者たちを遠ざけたからだ。

天が、味方してくれている。死んだ家族が「仇を討ってくれ」と叫んでいる。そう感じた男はついに、将軍の背へと刃を向けて飛び出してきたのだった。

男の話を聞いた瑠璃は気が滅入った。

――この男、復讐に囚われてる。家族を殺した奴らを討っても止まれなかったんだ。件《くだん》の農民たちの死を見届けた時点で、男の復讐は終わったはずだ。しかし血に飢えた獣のように、男は次なる仇を求め続けた。

心が復讐に染まってしまったが最後、たとえ復讐を遂げようとも、人は自力では己を鎮めることができない。身分の低いこの男には復讐心を慰め、寄り添ってくれる者がいなかったのかもしれない。

「おらはお上が憎い、あんたが憎い。おらの家族を返せよ。この手に、頼むから、返してくれよ……」

恨み言を吐きながら男は泣き崩れた。

むせび泣く男を見て瑠璃は言葉に迷う。会ったばかりのこの男には一体、何を言ってやれるだろう。第三者たる自分が何を言っても、慰めにもならないのではないか。

言いあぐねる瑠璃の横で、卒然と家治が動き始めた。

「上様？」

狩装束から鍔のない腰刀を抜き取る。眉をひそめる瑠璃を尻目に、家治は男に向かって腰刀を差し出した。

「そなたらが革をなめしてくれなくば、この蝶も行縢も手に入れることができない。だからというわけではないが、妻子へのせめてもの手向けに、これを受け取ってほしい」

唐突なことに、瑠璃は我知らず声を裏返した。

「い、今何と？　それは征夷大将軍の大切な刀でございましょう？」

男も動転したのだろう、涙に濡れる目を大きく見開いている。

「もちろんそなたの生活の足しにしてもかまわない。備前《びぜん》で鍛えられた上物だ、これを売れば当分は暮らしていけるだろう」

家治は男の瞳をのぞきこむように見つめた。

「本当であれば金子を渡したいのだが、私は生憎と財布なるものを持ったことがなくてな。すまぬ」

なお固まっている男の手を取り、腰刀を持たせる。

刀を持ちながら、男は困惑ぎみに声を震わせた。

「どうして、お上が、おらみてえなモンにここまで……」

「そなたの想いに寄り添えずしてどうして将軍と言えようか。ただ惜しむらくは、かようなことしかできぬ己の無力よ……どうか許してくれ」

家治は沈痛な面持ちで、男に向かって頭を下げた。

将軍の謝罪に男はいっそう目を瞠った。が、ややあって再び涙を流し、顔をくしゃくしゃに歪めた。

家治の様相に同情とは異なる真摯なものを感じたのか、あるいは己の復讐心を顧みて感情がこみ上げてきたのか。おそらくは、両方に違いない。

男がその場から立ち去っていくのを見送った後、瑠璃は半ば呆れたように家治を見やった。

「民草に頭を下げる将軍なんて、聞いたことがありませんよ」

「私とて本質は一人の民、将軍というのは肩書きに過ぎぬ。それに、あの者には復讐をやめるきっかけが必要であった。もし私の頭一つでそれが叶うなら安いものだ」

家治は厳かに言うと、瑠璃に向き直る。

「そなたには礼を言わねばならん。私を庇ってくれた行動、心より感謝する」

瑠璃は目を瞬《しばたた》いた。

凶刃から家治を守ったのは、決して意図したことではなかった。将軍を守らねばという考えが働いたのではない。考えるより先に、体が反応したのである。

いえ、と短く言って目をそらす瑠璃に、家治は思案げな眼差しを注いでいた。

「そなたの魂には〝守る〟という信念が宿っているのやもしれんな。でなくば信を置けぬ私を庇う必要など、なかったのだから……」

ピィ、と鷹の声がこだました。自由なひと時を得て満足したのだろう、鷹は器用に木々の間を縫うと家治の腕で羽を休めた。

主《あるじ》の危機など知らぬ存ぜぬといった風にすっきりした鷹の顔つきを見て、瑠璃は苦笑いをする。一方で家治もおかしそうに鷹を撫でていたが、ふと遠くを見るような目をした。

「あの男の言っておったことは真実だ。身分の隔たりがあるがゆえ、時として人は憎しみあう。そしてそれは、私に責があることだ」

夏の青空を眺めながら、将軍はこう語った。平等な世こそが自らの理想である、と。

人なくして国は成り立たない。身分の垣根を超えて人々が気兼ねなく交流できるようになれば、国はいっそう発展するのではないか。浮世から憎しみがなくなるかもしれない。家治は将軍に就任した時より「自由」と「平等」の理想を掲げてきた。

現在、民が自由に学問を修め、家柄でなく能力によって出世できる流れになりつつあるのは、家治の改革によるところが大きい。禁止されていた蘭学が解禁され、私塾や寺子屋、道場の数が日ノ本の各地で急増した。また一方で「斬り捨て御免」という横暴さを嘆き、民を理不尽に斬り捨てた武士を罰したこともある。

しかし家治の理想は幕閣からはあまり理解されていなかった。自由な世風は転じて、秩序の崩壊した乱世に繋がるというのが彼らの言い分である。家治の理想を阻むのは他でもない、身分の区分けにこだわる武士だったのだ。

秩序の維持を重視するのは理にかなっている。だが、本心からこうした主張を唱える者はどれくらいいるだろう。武士の多くが真に望むのは日ノ本の安寧でなく、自らの保身に相違ない。

哀しいかな、人は誰かの優位に立っているという安心感に浸りたがるものだ。ひとたび権力を手にした武士たちが、「平等」によって力を失うかもしれないと悟った時、己の身分を守らんと必死になるのは自然な流れであろう。

いくら天下を治める将軍といえど、自らが束ねる武士の大多数に反発されては、強引に意志を押し通すのは得策とは言えまい。

——上様には敵が多いんだな。きっと江戸城の外にも、中にも……。

将軍が武士を守り、武士が民を守る。家治は第一にこの仕組みを守りながら、周囲に自身の理想を根気強く説き、変革の機を慎重に計っていたのである。どれだけ年月がかかろうと、いつか必ず、自由で平等な世が広く理解される日が来ると信じて。そんな家治に、悲劇が降りかかる。愛する妻子たちが立て続けに命を落としてしまったのだ。さらには日ノ本で起きた飢饉が、家族との死別に打ちひしがれる家治に追い打ちをかけた。

飢饉が始まった当初、家治はすぐさま民に「振る舞い米」を施す救済政策をとった。だがこれは付け焼き刃に過ぎず、根本的な解決にはならない。そこで作物を耕す土壌を広げるべく開墾、開拓の政策を推し進めたのだが、途方もない人員と年月を要するため、効果が出るのはまだ先である。

一方、窮した民らは、将軍が自分たちを救おうとしていないのだと思いこみ、家治を無能と評するようになった。家治のもたらした自由な世風によって生まれた滑稽本や洒落本で、天変地異は将軍の悪政が原因とまで批判する。言いがかり以外の何ものでもないが、彼らがこう言うのも仕方がない。民にとっては「今この時」こそがすべてであり、「大局」を見据える政の意図がわからないのは当然だからだ。

さりとて愛する者たちに先立たれ、寂寥《せきりよう》の真っ只中にあった家治の胸には、民の辛辣な声がまともに突き刺さった。ついには気を病み、政の第一線から退かざるを得なくなってしまった。

かくして家治は、表向きの政務を信頼する重臣に任せ、裏の政務、つまりは黒雲の指揮を執って鬼の脅威から江戸を守ることに、専念するようになったのだった。

「鬼は哀しい存在だ。虐げられた魂が、復讐を遂げるべく浮世に再び現れる。恨みの理由は様々であろうが、私にとってはどれも他人事でない。虐げられるようになった原因の、少なくとも一端に、私の存在があると思うからだ」

古代王朝より連綿と続いてきた差別の歴史。指弾された者たちが鬼になるのは、これまで為政者となった者たちの罪であり業だ。そう思うと慚愧《ざんき》に堪えない、と家治は心苦しそうに開陳した。

——安徳さまがこの人に忠誠を誓ってるのも、何だか納得だな。

瑠璃は心の内でつぶやいた。和尚が家治を支持するのは政の手腕ばかりでなく、何より彼の人柄に共感したからに違いない。

「瑠璃どの。そなたら黒雲には、私たち為政者の罪を代わりに償ってきてもらったも同然だ。これまでそなたらは多くの魂を救ってきた。日ノ本を統べる立場として、歴史の為政者たちを代表して、深謝いたすぞ」

瑠璃は家治の瞳をまっすぐに見つめた。

家治の面差しからは純粋な感謝の念と、どこまでも深い憂いが見てとれる。そこに瑠璃が想像していたような傲慢や独善性はなかった。

「……はい。上様にお会いできたこと、心の底から、光栄に思います」

瑠璃が素直に謝意を受け取ったことで、家治はどこか安堵したようだった。

「かような形でなく、本当なら江戸城にそなたを招きたかった。私は将棋が好きでな、いつか一局、手あわせ願いたいものだ」

「ふふ、将棋ならわっちより、わっちの友の方が得意としております。お望みとあらばその者を江戸城に向かわせましょう」

友とは何者なのか、どうやって江戸城に入るつもりなのか、と家治は怪訝《けげん》そうにしている。

片や瑠璃は悪戯《いたずら》っぽい笑みを浮かべると、家治に向かって丁重な辞儀をした。それは黒雲頭領として将軍を支持するという、確たる意思の表れであった。

五

夜見世を控えた妓楼には、楼主の声、遣手《やりて》の声、若い衆の声と、いつにもまして慌ただしい声の数々が響いていた。

仲秋の名月。

この日は楼主がとりわけ気を引き締める大紋日だ。黒羽屋でも豪華な様相を万全に整えるべく、廓内に季節の趣向を凝らした飾りつけをし、馴染みに贈る月見杯を準備して、上客たちの到着を今や遅しと待ちかねていた。

仲秋の名月にはやや趣《おもむき》の異なる鉄則がある。この日に登楼した客は長月《ながつき》の十三日にも登楼し、二月連続で敵娼《あいかた》と月を愛でるよう、暗黙のうちに求められるのだ。これを「後見の月」といい、仲秋の名月に登楼して後見の月をすっぽかしたが最後、「片見月」と揶揄され吉原中から白い目で見られてしまう。

面倒な決まり事と言ってしまえばそうなのだが、こうした細かな決まり事をも楽しめるかどうかが、吉原で粋な旦那になるための分かれ道だ。金を惜しんで甲斐性なしと後ろ指を差されぬようにするには、たとえ高額な大紋日でも何のことはないという風な顔をして、ぽんと大枚をはたいてみせることが肝要なのである。

「いいな、こま？　今わっちが言ったことを先方にしっかり伝えてくれよ？」

「あいや承知の極みっ。任せるのだ花魁どの」

黒羽屋の二階、瑠璃の座敷には狛犬の姿があった。瑠璃からとある頼みを受けたこまは、何やら誇らしげに胸を張っている。

「では九郎助《くろすけ》どののお社からまわるとしよう。あっそうだ、お恋どのと炎どのも一緒に行くか？」

うきうきと誘う狛犬に応じ、隣にいたお恋が丸い尻尾を興奮ぎみに揺らした。

「わあい、行きます行きますっ」

「……まあ、寝てばかりもさすがに飽いたしの。散歩がてらついてってやろう」

さび猫も伸びをしながら立ち上がる。

炎の体にあった傷は、今やすっかり完治していた。瑠璃が高い治癒力を有するのと同じく、炎もただの猫ではない。わずかに残っている龍神の力によって怪我の治りが早まったようだ。

「あれ？　そういえば花魁、さっき私にも何か頼みがあるって言ってませんでした？」

お恋から問われた瑠璃は、しばし腕組みをして考えこんでから、にやっと笑った。

「実はお前に大役を頼みてえんだが……戦が終わってから話すよ」

「ええ、大役って何なんです？　ものすごぉく気になるんですが」

「お恋どの、早く行くのだっ。ほら早く早くっ」

こまが忙しなく急かした時、月見酒の準備をしていたひまりが焦って声を上げた。

「待ってよ皆。わっちも一緒に行くっ」

「お前は何しに行くんだよ」

姉女郎《あねじょうろ》に尋ねられたひまりは、にっこり顔をほころばせた。

「九郎助稲荷《いなり》さまに、お祈りをしたいんです」

小さなひまりにも神への願い事があるのだろうか。はて、と瑠璃は首をひねる。

するとひまりはこう続けた。

「九郎助稲荷さまに、〝瑠璃姐《ねえ》さんの願い事が叶いますように〟ってお祈りするんですよ」

「何だそりゃあ？　わっちの願い事がどうしてお前にわかるんだよ」

「うーん、実はわからないんですけど」

拍子抜けした瑠璃はがく、と肩を落とした。願い事が何かわからぬまま祈りを代行するというのか。十歳のひまりは利発だったが時々、不思議なことを言うのだった。

「だって瑠璃姐さん、七夕の時だって短冊を長助ちゃんに任せてたでしょ？　欲がない姐さんの代わりに、わっちが姐さんの幸せを祈るんですよっ」

得意げな禿の発言に、瑠璃は意表を突かれた。

七夕に飾られる短冊には、遊女や禿、新造《しんぞう》たちの多様な願い事が書かれるものだ。もっと腹いっぱい白飯を食べたい。綺麗なべべを着てみたい。嫌な客が離れてくれますように。身請けの話がまとまりますように、と。

しかし瑠璃には、天に願いたいことが一つも思い浮かばなかった。短冊に想い人の名を書くと結ばれるという言い伝えもあったが、これはなおのこと書く気になれない。だからこそ瑠璃は長助に短冊を託したのだった。心優しいひまりはそんな姉女郎の様子を、つぶさに観察していたらしい。

「……お前、ますます津笠に似てきたな。豊が好きになるわけだよ」

「と、豊二郎さんが、何て？」

慌てふためき頬を染める妹女郎に、瑠璃は片手をわざとらしく口に当て、意地悪な笑みを浮かべてみせた。

「ぷぷぅ、〝豊二郎さん〟だってよ、こりゃ面白えや」

「あは、花魁どのは性格が悪いのだ。今の顔、惣之丞とそっくりだぞ」

　こまの辛辣な発言を受けて、瑠璃はたちまち笑みを凍らせた。が、当の狛犬は頑是《がんぜ》ない笑顔である。妖というものは正直すぎるがゆえに、悪気なく真実を言ってしまうことがままあった。

　ぷるぷると震えだした瑠璃を見て、炎がため息を漏らす。

「こま、あんまり言うてやるな。こやつは案外と泣き虫じゃから」

「てめえ、炎……」

　恨めしげにうなってもさび猫はどこ吹く風だ。

　せっせと外出の準備をする禿の周囲を、狛犬と狸が上機嫌に跳びはねる。

「は、や、くっ」

「は、や、くっ」

「こまちゃんにお恋ちゃん、少しだけじっとしててくれない？　せめて着物は引っ張らないでほしいな？」

　身支度を邪魔されたひまりが苦笑すると、こまは畏まったように身を正した。

「おっと失敬。なら相撲をして待つとしよう、なあお恋どの？」

「姐さんっ」

「いいですねっ。じゃあ炎さんは行司役をお願いします」

「はあ……」

深々と嘆息しつつも、さび猫は咳払いを一つして四股名《しこな》を呼び上げる。

「ひがーいしー、こまの山ぁ、にーしー、れんの海ぃ」

「お前、こういう時にも意外としっかり乗るのな」

瑠璃の突っこみを無視して、炎はさらに声を響かせる。

「はっきょぉい、残ったっ」

「うおおおおっ」

「ひっ、お恋どの、顔が怖いのだっ」

狸が頭突きを繰り出す。ひるんだ狛犬はよける。二体の付喪神はくんずほぐれつしながら、きゃっきゃと楽しそうに笑う。もはや相撲とは程遠い取り組みになったのを見て、瑠璃はつい頬を緩めた。

天下祭の日まで、ちょうどあと一月。だがこうして和やかな様子を眺めていると、鳩飼いとの戦が差し迫っていることも、将軍と直に言葉を交わしたことも、現実ではないように思えてくる。

妖たちの呑気な様子を眺めながら、瑠璃は桃園での出来事へ思いを馳せた。

――安徳さまに次会ったら、手引きしてもらった礼を言っとかねえと。

家治を襲ったあの男は、今どうしているだろう。心に少しなりとも平穏を取り戻すことができたのだろうか。

男の話を想起した瑠璃は一気に重い気分になった。

命の危機に瀕した時こそ、人の本性が現れる。あの男も、男の家族を殺した農民たちも、等しく生死の瀬戸際にいた。されど農民たちは一家に穀物を分けてほしいと頼むのでなく、略奪することを当たり前のように選んだ。農民たちの心に、身分が下の者を蔑む思想が染みついていたからに他ならない。助けあいの精神があったなら、誰も死なずに済んだかもしれないのに。

――差別ってのは、わっちが思ってるよりもずっと、根深いものなのかもしれない。

人は皆、分別もつかぬ年頃から下層民を「虐げられて当然の存在」と教わり、彼らを異物とみなすことにさしたる疑問を抱くこともなく、産まれてくる自らの子にまた同様の教えを説く。

もし、今まで賤視してきた者たちと身分を一緒にされれば、民は必ずや反発するだろう。家治もこのように述べていた。

——瑠璃どのよ。帝の鶴の一声があってもおそらく……差別撤廃は、失敗するだろう。それでは足りないのだ。人の心が変わらぬ限り、誰が主張したところで差別はならない。くならない。

差別のありようは、例えるならば「水鉢の魚」だ、と将軍は言った。

水鉢に数匹の魚を入れたとする。多く餌《えさ》を食べる魚、あるいはあまり食べない魚に分かれ、徐々に体の大きさに差が生まれてくる。すると魚たちは、最も体が小さい魚を攻撃するようになるという。

攻撃された魚を他の水鉢に入れると、今度はその中で順列が決められ、別の魚が標的になる。今まで苛められていた魚も同様、自分より小さな魚を攻撃するようになるのだ。そして先の水鉢でも新たな魚が攻撃の的となる。複数の魚が水鉢にいる限り、この負の連鎖は終わらない。

人もこれと同じだ。千年以上もの時を超え、政権の変遷を経ても残り続けている差別の実態は、負の連鎖は、そう易々と変えられるものではないのである。

兼仁天皇は迅速かつ一気に差別を撤廃すると謳《うた》っていたが、その考え方は甘いと言わざるを得ないだろう。

吉原に住まう者たちもある意味では蔑視される存在だ。江戸の「外」として隔離される吉原で火事が起こっても、火消し隊は傍観するばかりで積極的には動こうとしない。ところがこれは、家治の指示によるものではなかった。

吉原がこれまで幾度となく全焼に見舞われてきたのは、火消し隊の吉原に対する偏見、そして怠慢が主たる原因だったのだ。しかし将軍の意向が働いていると考えた楼主たちは、嘆願することを最初から諦めて自衛に注力するようになった。

差別される側が抗うことをしないという点では、下層民も吉原も同じ。差別というものには反抗心をも打ち砕く、暗い力があるのかもしれなかった。

へっ、へっ、と荒い息遣いが耳に入り、黙想していた瑠璃は横を向く。

相撲に飽きたのだろうか、いつの間にやら狛犬が隣に座りこみ、瑠璃をじっと見ながら小首を傾げていた。お恋は畳の上で仰向けにへばり、炎がちょんちょんと狸の腹を肉球で押している。

「まぁた花魁どのは小難しい顔をしているのだ。そんなんじゃ、しわしわ婆になるのが早まってしまうぞ？」

「お前さ、前も同じこと言ったよな。妖とはいえちったあ歯に衣着せるってことを覚え……」

頰を引きつらせた時、襖の向こうから訪《おとな》いを入れる声がした。

瞬間、瑠璃の顔色がさっと変わった。

急いでこまを隠そうと手を伸ばす。が、思い止まって引っこめる。狛犬や信楽焼が動いて喋っているのを見られては事だが、今から相まみえる男に、そんな心配は大した意味をなさないと考えたからだ。

瑠璃が花魁の面差しになったと同時に、襖が開かれた。

「わぁかったって言うとるやろ、お前さんもしつこいなあ。別に何かしたろうって気はな……あっ、ようミズナ」

やかましい調子で入ってきたのは酒井忠以《さかいただざね》であった。げんなりしている忠以の後ろには、鋭く睨みを利かせる栄二郎。どうやらこの日は栄二郎が案内役を買って出たようだ。

「いいですか酒井の旦那、花魁が通すようおっしゃったから、仕方なくお連れしたんです。でなきゃあなたにはここへ来る資格なんてないんだ」

咎《とが》めるような目つきや声音は、普段の栄二郎とは明らかに違う。

「あの、聞いてるんですかっ?」

対する忠以はというと、栄二郎も、ましてや瑠璃すらも見ていない。

彼の視線は、面食らったようにこまへと向けられていた。

「おお、もうお仕事の時間か。花魁どのはまこと忙しいなあ」

片や狛犬は注がれる視線を意にも介していないらしく、のんびりした様子で瑠璃と忠以を見比べる。

瑠璃は栄二郎を労《ねぎら》い、場を外すよう告げた。少年はなおも忠以への敵意を剝き出しにしていたが、渋々ながらに座敷を出ていった。

一方で妖たちも、禿の身支度が終わったのを察して立ち上がる。

「では拙者《せっしゃ》らもそろそろ失礼つかまつるのだ」

「お前……まるか？」

小さく発せられた忠以の声に、瑠璃は片眉を上げた。こまも不思議そうに目をぱちくりさせる。

「まるって誰なのだ。拙者の名はこまだぞ」

「こま……そかそか、そうやんな。ちぃと似てたから勘違いしてしもた。まるはもうおらんのに、俺は何を言うとるんやろか」

忠以は寂しそうな顔でこまに笑いかけた。

まるとは、彼が昔飼っていた狆《ちん》の名である。

「忠《ちゅう》さん、あんた、狛犬が動いてることには驚かねえのか」

ああ、と忠以は頷いた。

「こいつ付喪神やろ？　実は俺、一年ほど前から色んなモンが見えるようになったんや。それまでは幽霊やら妖やらがホンマにおるんか疑問やってんけど、こうなったら疑いようもないわな」

「そう、なのか……」

この忠以の告白は、瑠璃の心をざわつかせるものだった。

陰陽の観念から考えると、陽の存在たる人は、陰の存在たる妖や幽霊の類を見ることができない。だが陰の気に強く触れた者は例外である。

忠以の住まう大手前の上屋敷には平将門の首塚がある。言うなれば怨毒の発生源となる場所だ。

自身の屋敷で怨毒を間近に浴びるうち、忠以はそれまで見えなかった陰の者たちを、認識するようになっていたのだった。

——忠さんも、こっち側の世界に足を踏み入れちまったんだな……。

狛犬を撫でくりまわす忠以を、瑠璃は複雑な心持ちで見つめた。

昔から病弱だった忠以の体が、あのおどろおどろしい怨毒に耐えられるはずもない。忠以は今や骨が浮き出るほど痩せさらばえていた。

彼も惣之丞と同様、己の身を犠牲にしてでも志を果たさんとしているのだ。幕府を滅ぼし、政の実権を禁裏へと戻すために。

狛犬たちが部屋を出ていった後、忠以は持ってきていた虫籠を瑠璃に差し出した。

「ほい、お土産。揚屋町《あげやちょう》の蛍屋で買うてきたんや」

虫籠の中には、ほのかに光る蛍が一匹入っていた。

「わっちが虫を苦手だって知ってて、わざとやってんのか」

瑠璃はすげなく言って虫籠から目をそらす。

何ゆえ自分が虫嫌いなのか、理由はすでに明白だ。山中を駆けまわって遊んでいた幼少の頃は、瑠璃にも虫を愛でる心があった。しかし腐りかけた父母の死骸にたかる蛆や蠅を見たことで、幼い心に癒えぬ傷が残ったのだ。そう理解した今となっては余計、虫に近づきがたくなってしまった。

忠以も瑠璃の虫嫌いを承知していたはずだが、会わない期間が長かったせいで失念していたらしい。しもたっ、と慌てたように言ってから、虫籠を瑠璃から離れた床の間に置く。

瑠璃は蛍の放つ淡い光を遠巻きに眺めた。

「忠さん。何で吉原に蛍屋があるか、知ってるか」

「ん？　そらお前、風情があるからやろ」

瑠璃は首を横に振った。

吉原の周囲には田んぼが広がっている。わざわざ金を出さずとも、外に行けばいくらでも蛍を見ることができるはずだ。されど大門《おおもん》を出ることを許されぬ遊女たちは、無数に飛び交う蛍の美しさを目にできない。だからこそ蛍屋なる商《あきな》いが成り立つのだった。

瑠璃はそう説明すると、冷えきった目をして言い放つ。

「あんたは吉原がどういう場所か、いまいち理解できてねえみたいだな。ここに来る男は皆〝いつか一緒に蛍を見に行こう〟って妓に言うんだ……それが粋な客ってモンなのさ」

忠以は顔を伏せた。飄々《ひょうひょう》とした気質のこの男にも、瑠璃が嫌味を言っているのだとさすがに伝わったのだろう。

「……ミズナ。どうして今日は、素直に通してくれたんや」

「どうして、って」

「俺はてっきり、お前の気持ちが変わったんやないかって思ったんに、違うんか」

実は忠以が登楼の希望を文《ふみ》で伝えてきた折、瑠璃は初め文を破り捨てようとした。

しかし考え直した末、受け入れることに決めたのだった。

「わっちの気持ちが変わる？　そんなわけねえだろ。思い上がるのも大概にしな」

ばっさり切って捨てると、瑠璃は低い声音で言葉を継いだ。

「わっちはこの前、上様に会ってきたんだ」

「会《お》うてきたて……そらホンマか？」

鼻に皺を寄せる忠以に、瑠璃は桃園での出来事を話して聞かせた。

「あんたも帝も、鬼の哀しみや苦しみを本当の意味で理解してなかった。それどころか鬼を戦の道具として犠牲にしようとしてる。でも上様は、違った」

将軍は鬼の存在に深く心を痛めていた。鬼が鬼となるに至った経緯は、自分に責があるとまで言いきった。

瑠璃には政の真理というものがよくわからない。どうすれば鬼が生まれなくなるのか、どうすればこの世から差別がなくなるのかも思いつかない。

だがわかっていることもある。

「わっちは、理不尽な差別を許せない」

この点では惣之丞と一致している。義兄の志は真っ当だと思える。

「けどわっちは、〝正義〟の旗印を掲げれば犠牲を出してもいいなんて思わない。鬼の魂を利用して、人の命を奪ってもいい理由なんて、あるはずがないんだから」

江戸を守りたい。人々の「想い」を守りたい。己の力はそのためにこそ使うべきだと、瑠璃は今まで以上に強く感じていた。家治の言動を間近に見、思考に触れたのが大きな要因だろう。

己が両目で見た将軍は人格者だった。鬼の存在をいかに捉えているか、家治と兼仁天皇では決定的な違いがあった。瑠璃が家治を守るべき男と見定めた理由は、この一点に尽きると言っても過言ではない。

「お前はどうしても、将軍側につくって言うんやな」

忠以が抑揚の欠けた声でつぶやく。

瑠璃はこくりと首肯して、畳を流し見た。

「……本当の鬼って、誰なんだろうな」

不意につぶやいた言葉は忠以に向けたものであり、何よりも、自分自身に向けたものだった。

「ちょうど二年前だったかな、うちの豊二郎って若い衆に言われたんだ。〝本当の鬼はどっちだ〟ってさ」

当時、豊二郎は瑠璃に反発してばかりいた。鬼をわざといたぶる頭領を痛烈に非難したのである。鬼の嘆きを聞いても心を動かされぬ瑠璃こそが、鬼ではないかと。

今の豊二郎であれば、瑠璃を傷つける発言を決してしないだろう。

しかしながら、あの発言は本人の意図せぬところで核心を突いていた。


鬼とは一体、何なのだろうか。「本当の鬼」とは——。


今年の春、黒雲は小網町《こあみちょう》で親子の融合鬼を退治した。親は「祟《たた》り堂」の鬼を生む元凶となり、後に惣之丞の流した噂によって幼子もろとも殺された。融合鬼の本体が親ではなく子鬼の方であったことに、瑠璃は疑問を抱き続けていた。

鬼となった幼子の怨念は両親にも影響を及ぼし、二人の体を双頭の異形に変えた。双頭鬼から呪詛がまったく聞こえなかったことを鑑《かんが》みれば、子鬼が双頭鬼を操っていたという推察は、やはり間違いないように思われる。

ではなぜ、子だけが鬼になったのか。子と違って親が鬼になる素質を持っていなかったと仮定するならば、両者の違いは何なのか。

瑠璃は考え抜いた末、一つの仮説に辿り着いていた。

「あの親は他人を貶めるような性悪だったけど、子どもは違う。あの子どもは、無垢だったからこそ、鬼になったんじゃないかと思うんだ」

蛙の子は蛙というものの、幼い子どもはおしなべて純粋な心根を持っているものだ。昔の瑠璃が今と違って愛嬌のある子どもだったように、人の性分は育った環境や経験によって固まっていくと言ってもいいだろう。

年端もいかぬあの子どもは、まだ無垢だったからこそ——後に両親と同じく性悪になる可能性はあったかもしれないが——心に痛みを受けやすかった。どんな親でも親は親。その両親ともども理不尽に殺されることを理解できず、子は恐怖し、かつ哀しんだ。

あの親が死ぬ間際に怖いと思ったのは、子どもと同じだったろう。が、他者を貶めるような輩は、心の痛みに鈍いのではないか。他人の心の痛みはもちろん、己の心の痛みにも。

とどのつまり、痛みを受けやすい繊細な者ばかりが鬼になり、痛みに鈍く、他者をぞんざいに扱う者は、鬼にならないのである。

「鬼になるのは皆、純粋で優しい奴ばっかりだ」

瑠璃はこれまで対峙してきた鬼たちを心で思った。

——純粋な奴はきっと、痛みを感じやすいからこそ、他人の痛みにも共感できるんだ……そんな奴らばかりが鬼になるなんて、皮肉な話があっていいのか。

純粋すぎる想いは死後、怨念となって解放される。生前に吐き出せなかった寂寥や哀怨の情といった想念が、死して初めて爆発するのである。魂が抵抗し、訴え叫ぶかのように。

しかし激しい怨嗟《えんさ》は他者のみならず当の鬼をも苦しめ、蝕んでいく。果てのない怨嗟に止まることを許されず、鬼はひたすらさまよい続ける。己が牙で己を傷つけるがごとく、やがて人の自我を失い、ただの獣に成り果てるのが鬼の末路だ。

一方で世の人々は、鬼を忌避することしか考えない。鬼がなぜ鬼になってしまうのか、彼らの想いに心を傾けてやることもせず。

鬼という存在の内に潜む哀しさ、やりきれなさに、瑠璃はなおもって胸がふさがっていくようだった。

「鬼」とは果たして、誰のことを指すのか。

瑠璃の一族は鬼と呼ばれ蔑まれていた。大沢村に現れた一つ目鬼も産鉄民の集合体であり、彼らも悪鬼と呼ばれていた。鬼というのは下層民、つまり「まつろわぬ民」につけられる蔑称でもあるからだ。

「本当の鬼」とは一体、何なのか。

やはり瑠璃たちが退治してきた怨霊を指すのだろうか。あるいは彼らを斬り伏せてきた瑠璃か。鬼が生まれる元凶となった者たちなのか、はたまた鬼を利用せんと企《たくら》む者たちか。それとも——。

「こんなこと言ったところで、あんたにはわかりっこねえか」

「ミズナ……」

二の句を継げないでいる忠以に、瑠璃は改めて視線を向ける。瞳に決然とした敵意を宿して。

「今日こうして登楼を受け入れたのは他でもねえ、あんたの気持ちにけりをつけてやろうと思ったからさ。敵同士になっても未練たらたらのあんたに、現実を知らしめてやろうとな」

途端、忠以の面立ちに朱が差した。

「未練がましくて何が悪いっ。俺はお前が好きなんや。お前かて同じなはずやろ？」

「まだそんな戯言《ざれごと》を……」

「本来なら幕府と禁裏との対立になんて、お前は関わりようもなかったはずや」

今からでも遅くない、と忠以は語勢を強めた。

「俺らの志に賛同できへんのはわかった。けど死ぬかもしれんとわかっとって、お前をこのままにはできへん。ミズナ、俺はお前を逃がしたい」

出し抜けな提案に、瑠璃は我知らず顔をしかめた。

播磨《はりま》姫路《ひめじ》藩の当主たる忠以なら、なるほど瑠璃を吉原の囲いから出すことができるかもしれない。

忠以いわく、諸大名の中にも密かに倒幕の思想を持つ者がいるらしく、すでに彼らを禁裏の側に引きこんだという。政の実権が江戸から京《みやこ》に移るのに備え、水面下で着々と準備が進められているのだ。

「江戸の外にも俺らの同志がおる。戦の火の粉がかからん地までお前を逃がす手筈は整っとるんや」

忠以は瑠璃を、惣之丞からも黒雲頭領の責からも逃れられるよう、手助けしたいというのである。

だがこの提案に、瑠璃は憤りを禁じ得なかった。

「わっちに、逃げろだと？　黒雲の男衆を見捨てて、惣之丞の奴からも尻尾を巻いて逃げろってのか」

「そうや、死んだら何にもならへんやろ。戦が終わったら必ず迎えに行く、約束するから」

忠以も負けじと声を荒らげる。すべては瑠璃を、心から想うがゆえだろう。忠以にとっては己の志と同じくらい瑠璃が大切らしいが、瑠璃の大切なものを、この男は真に意解していなかった。

「都合のいい解釈ばっかしてねえでよく聞きな。わっちは絶対に逃げない。うちの男衆が命を張ろうとしてるのに、頭領のわっちが臆《おく》して逃げるわけにゃいかねえんだよ」

あんたは何もわかってない、と瑠璃は矢継ぎ早に怒鳴った。

「もう遅いんだよ。誰に何を言われようと引き返せない。わっちのことを本心から想うってんなら、潔く身を引けっ」

荒く息継ぎをしつつ忠以を睨みつける。

怒りをぶちまけられた忠以は、反対に、ひどく打ちひしがれた面持ちをしていた。瑠璃を見つめる瞳が悲愴な色に覆われていく。

一瞬、瑠璃の胸をずき、と痛みが襲った。それは怒りと相反する痛みだった。

——何考えてるんだわっちは。揺さぶられるな。何を言われても撥《は》ねつけてやるって、決めてたんだから。

さらに険のこもった目つきをする瑠璃に、忠以は物悲しい笑みをこぼした。

「……わかった、これ以上は言わへん。すまんかったなミズナ、もう帰るわ」

瑠璃は忠以から体を背けて床の間の方を向いた。立ち去っていく忠以の気配を感じながら、握り拳を作る。

パタン、と襖の閉まる音がした。忠以の足音が段々と自分から遠ざかっていく。

――これでよかったんだ。

瑠璃はそう自身に言い聞かせた。

登楼を受け入れたのは、忠以とのけじめをつけるためだ。忠以の未練を断ち、そして――己の未練を断つために。

あれだけはっきりと意思を示した以上、忠以は二度と黒羽屋へ来ないだろう。もう二度と、会うことはない。

――これでよかったんだ、これで。やっとすっきりした。

身請け話も当然なくなるだろう。忠以と一緒になることも、ともに旅へ行こうという約束もなくなる。冗談を言いあうことも、手を繋ぎあうことも、そばにいるという確かな実感を得ることも。

――これで、よかったんだ……。

拳から力が抜けていく。ふと瑠璃は、床の間に置かれたままの虫籠へ目を留めた。

頼りなげに光る一匹の蛍が、己に問いかけているような気がした。

これで本当によいのか。それがお前の本音か――と。

自ずと視線が襖の方へ向かう。体はもはや、抑えこもうとしていた衝動に抗えなかった。

「花魁、どこ行くの」

ちょうど部屋の様子をうかがおうとしていたのだろう、襖を開けた途端、栄二郎と視線がぶつかった。

だが瑠璃は無言で栄二郎の横を通り過ぎ、足早に廊下を駆ける。背後から栄二郎の呼び止める声を聞くも、止まることができなかった。

遊客や若い衆を押し飛ばしながら勢いよく階段を駆け下りる。何事かと目を点にする楼主の前を横切り、素足のまま玄関へ出る。

「大変だ、おい、誰か止めろっ」

瑠璃は楼主の幸兵衛《こうべえ》が叫ぶ声も無視して通りをひた走った。江戸町一丁目の木戸をくぐり、重い衣裳の裾をひるがえして仲之町《なかのちょう》へと飛び出す。

大門の手前に、出ていこうとする忠以の後ろ姿が見えた。

直後、瑠璃の腕はぐいと乱暴に引っ張られた。

「お前、黒羽屋の瑠璃だな」

横から瑠璃を止めたのは、面番所の役人だった。

瑠璃花魁は大門への見送りを一切しないことで知られている。それがこうして血相を変えて走ってきたのは、逃げようとしているからに違いないと踏んだのだろう。

役人は断じて離すまいと、瑠璃の腕をぎりぎり締め上げる。

「不届きな妓だ、大門から堂々と足抜けしようとは……」

それを聞くや、瑠璃は射殺さんばかりの目で役人をねめつけた。

「逃げねえよ。離しやがれ」

只ならぬ凄みに不意を突かれたのか、役人が力を緩める。瑠璃はすぐさま役人の手を振り払うと大門に向かって叫んだ。

「忠さんっ」

忠以は大門の向こうで振り向いた。素足の瑠璃が立っているのに気づき、驚いたように目を見開いている。

瑠璃は再び大門へ向かって歩を進める。今度は四郎兵衛《しろべえ》会所の男たちが行く手をふさいだ。が、瑠璃は言われるまでもなく大門の手前で立ち止まった。

「これ、忘れモンだぞっ」

怒鳴るように叫び、部屋を出る時に引っつかんで来た小包を大門の向こうへ投げる。忠以は慌てて手を伸ばし、ようよう小包をつかみ取る。

小包の中には抹茶を入れた茶器、棗《なつめ》が一つ入っていた。

「酒井さま」

ぴりぴりと神経を尖らせる役人たちや、仲之町を歩く遊客たちの視線を感じ取り、瑠璃は深呼吸を一つする。

「それは仲秋の名月に、遊女から殿方へ贈るものでありんす。仲秋の名月に関する鉄則はご存知ですね？　抹茶入りの棗をもらった殿方は、なおのこと片見月を許されません」

発言の真意を測りかねているのだろう、忠以は無言で目をしばたたいている。

ふ、と瑠璃は不敵な笑みをたたえてみせた。

「わっちは、片見月の残りがあるということを決して忘れんせん。ぬしさまに恥をかかされることを、生涯、根に持ってやりますからね……ぬしさまもどうぞ、忘れないでおくんなまし」

忠以はとっくりと瑠璃の顔を見つめた。大門の内側で瑠璃も、挑むような目をして彼を見つめ返す。

やがて忠以は、泣き顔に笑顔を重ねた面差しで、大きく頷いた。

黒羽屋へとひとり戻ってきた瑠璃は、いきり立つ幸兵衛をいなして二階への階段をのぼった。

「花魁……」

部屋の前には、見るからに心配そうな顔で栄二郎が待っていた。

「栄、悪いが一人にしてくれるか？」

瑠璃はにこ、と口角を上げて微笑んだ。役人に握られた腕がじんじんと痛む。

何か言わねばと思っているのだろう、栄二郎は逡巡していたが、寂しげに首肯するとその場から立ち去った。

瑠璃は襖を閉めて床の間に足を向けた。

虫籠を手に取り、出窓へ歩み寄る。

しばしの間、瑠璃は籠の中にいる小さな蛍を見つめた。住み処から離れた場所へと連れてこられた蛍が、弱々しい光を放っているように感じられた。

「未練がましいのは、わっちの方か」

瑠璃は窓の外へ向けて虫籠の扉を開けた。自由の匂いを感じた蛍が翅を広げ、夜空へと飛び立つ。

赤々とした不夜城の灯りにぽつ、ぽつ、と儚くともる光は、次第に遠く、彼方へと薄れていった。

微笑みながら蛍を見送った瑠璃は、自らの頬に一筋、涙が伝うのに気がついた。

「……っ」

どうしてこんなに胸が苦しいのだろう。

「忠、さ……忠さん……」

保とうとしていた微笑が崩れ、口角が下がってしまうのを、瑠璃はどうにもできなかった。泣きたくもないのに涙は次々とあふれ、衣裳の上に滴り落ちていく。

蛍は自由になれたのだ。きっと元いた場所で風情ある光を放ち、生を全うするだろう。そう己に言い聞かせるも、じんじん疼《うず》く腕の痛みが、大事な何かを失った実感が、胸をきつく握り締めるようだった。

瑠璃は一人になった部屋の中で、声を殺して泣き続けた。

六

その日はついに訪れた。

長月の十五日、神田明神の祭礼日である。

二百を超える町々から集まった山車《だし》が、神田から江戸城までの道のりに長蛇の行列を作る。山車に寄り添うようにして、色鮮やかな衣裳をまとった踊り子、太神楽《だいかぐら》の曲芸師、音曲を奏でる者らが参加し、賑わいをさらに盛り上げる。

山車の頭頂部に据えられるは、縁起物の動物に長大な鉾《ほこ》、壮麗な花々だ。中には昔の伽話《とぎばなし》を題材にした人形や、巨大な要石で頭を押さえつけられた大鯰《おおなまず》もある。種々に飾りつけられた山車を町民たちが上下に揺らし、いなせな掛け声を響かせる。

氏子《うじこ》たちの熱気に、華やかな楽曲。幕府と江戸の永久なる泰平を祈願する天下祭は、江戸っ子たちが最も熱狂する祭であった。

九段坂を上がった山車行列が、田安御門《たやすごもん》へと辿り着いた。

先頭の諫鼓《かんこ》山車がカタカタと絡繰りの音をさせる。およそ三間の高さを誇る田安御門よりも遥かに大きな山車は、そのままでは入城できない。上部にある鶏の張りぼてを収納して門をくぐり、また絡繰りを使って元に戻すのだ。

警固役や神馬に挟まれながら、山車行列は一台、また一台と、次々に北の丸へ入っていく。

翁《おきな》の能人形。蓬萊《ほうらい》に亀。花籠に牡丹。月に薄《すすき》。

田安家と清水《しみず》家の屋敷間を進む山車行列は、賑々しくも厳かな空気を漂わせていた。それもそのはず、これから行列は、征夷大将軍の御目に入るのだ。

行列は絢爛《けんらん》な様相を誇るかのように粛々と進み、やがて北桔橋門《きたはねばし》を間近に捉える。

このそばに、将軍の上覧所《じょうらんしょ》があった。

すでに上覧所には上品な打掛姿に身を包んだ大奥の女中たちが集い、少しずつ見えてきた行列の華やぎに胸をときめかせている。幕閣や小納戸役も上覧所に控え、彼らに警護されるようにして、天下を統べる将軍、徳川家治が行列を硬い面持ちで見つめていた。

行列はこの上覧所の前を通って東に曲がり、竹橋《たけばし》門から出ていくのが決まりだ。

先頭の山車が左折する。女中たちの楽しげな声を聞きながら、行列は徐々に竹橋門へと進んでいく——この時、行列の中に提灯《ちょうちん》を持った影のごとき小僧が紛れているのには、誰ひとりとして気づいていなかったが。

行列はゆっくりと進んでいき、そのうち上覧所の前に、ひときわ厳然とした神輿が現れた。

繋ぎ馬の絵を配し、屋形に金の鳳凰《ほうおう》が鎮座する鳳輦《ほうれん》。これこそが神田明神の祭神、平将門の御霊を祀った神輿である。

神輿が上覧所に差しかかり、左に曲がり、将軍の正面まで来た——まさにその時だった。

行列と上覧所の中間に、どこからともなく小さな竜巻が発生した。突然の事態にひるんだ伝馬役《てんまやく》、神官たちがぎょっと足を止める。

竜巻を起こすのは、よく見れば三本の前帯であった。梅、菊、竹の意匠が見事な帯はぐるぐるとまわり、回転を止める。

その場に居合わせる一同が息を凝らす中、奇妙奇天烈な手妻のごとく、前帯の内側から一人の男が姿を現した。

桐文様をあしらった着流し。不気味な蜘蛛の巣が一面に張り巡らされた羽織をまとう男。

「あれは……椿座の惣之丞さまだわっ」

錦絵で目にしたことがあったのか、はたまたお忍びで芝居見物へ赴いたことがあったのだろうか、一人の女中が黄色い声を上げた。

たちまちにして他の女中も色めき立ち、天下の女形よ、これも祭の一興なのかしらと騒ぎ立てる。年配の御年寄《おとしより》らしき女からたしなめられても、若い女中たちは騒ぐのをやめない。

惣之丞は女たちの熱のこもった視線を受けて、口元に艶然とした微笑を浮かべた。

「おい、こんな演出があるって、誰か知ってたか」

「いや知らねえ。大奥から要請があったわけでもなさそうだし……」

行列の男たちが不審がる声を聞いて、幕閣たちが一斉に立ち上がった。

「貴様、何のつもりだ？　ここをどこだと思っておるっ」

緊迫した口調で問い詰められるも、惣之丞は微笑むばかりだ。

なおも浴びせられる詰問が聞こえないかのように、家治に向かって恭《うやうや》しく辞儀をする。たっぷりの間を置いて顔を上げた惣之丞を、家治は神妙な表情で凝視した。

柔和で落ち着き払った笑みとは対照的に、女形の瞳には、紛うことなき殺意の火が揺らめいていた。

「家治公。お命、頂戴いたします」

物々しく述べたかと思いきや、惣之丞は短い呪文を唱える。

途端、惣之丞の背後にあった神輿から、そら恐ろしいうなり声が轟いた。神輿の天井が裂け、中から大きな泥の塊が飛び出してくる。天に向かって跳ねるように現れた泥は、次の瞬間には落下し、惣之丞の体に覆い被さった。

一体、何が起きているのか。一同は理解が及ばず硬直した。あの塊は相当な重量であるはずだ。押し潰された女形は死んだのではないか。

静まり返った場で、ただ泥の塊ばかりが蠢《うごめ》き続ける。あたかも魂を帯びているかのように。

泥はあぶくを弾けさせつつ、むくむくと膨れ上がっていく。誰もが声を発することも、身動きを取ることもできぬ中、塊はゆらりと立ち上がった。

「き……」

今や泥の塊は、人の形をしていた。

張り詰めていた緊張がついに爆《は》ぜた。

「きゃああああっ」

一人の女中が叫んだのを皮切りに、空気を切り裂かんばかりの悲鳴が一挙に響き渡った。恐怖は瞬く間に伝播する。山車を引く男たちが我先にと逃げだす。神輿を担いでいた伝馬役に至ってはへなへなと腰を抜かしている。

「何なんだ、これは。何が起きてる……？」

家治のすぐ後ろに控えていた小納戸役が、愕然と声を漏らした。

泥の塊はますます膨れ上がり、大きくなっていく。

「総員、刀を抜けっ。上様をお守りするのだ」

一人の幕閣が声を張り上げた時。

上覧所の屋根から、黒の着流しに身を包んだ者が飛び降りてきた。家治や幕閣たちを背にして立ち、泥の塊と対面する。

直後、同じく黒の着流し姿をした男たちが四人、今飛び降りてきた者を中心にして地面に降り立った。

小納戸役は中心にいる者の横顔へ目を凝らした。面を着けているせいで素顔が見えない。

しかし小納戸役は、その者の華奢な背格好に見覚えがあった。

「おぬし、あの時の寺小姓か」

面を着けた者は振り返りもしなかった。小納戸役は物問いたげな目を、今度は家治に向ける。

すると家治が速やかに立ち上がった。

黒ずくめの五人衆へと、案じるような眼差しを注ぎながら。

「皆の者、直ちにここから避難せよ。北桔橋門を閉めて本丸へ」

「な……上様、これは明らかに敵襲にございます。兵を起こして戦わねば」

小納戸役が声を荒らげるも、家治は険しい顔で言下に首を振った。

「ならん。並の兵では対処できぬ敵が、この世にはあるのだ」

「しかし」

「急げっ。事態は火急なるぞ」

塊の巨大化は止まらない。膨れ上がった体から泥がぼたぼたとこぼれ落ち、近くに残された神輿や山車に覆い被さる。泥に覆われるや否や、神輿に使われていた木材があっという間に腐り始めた。

将軍の命に当惑していた幕閣たちは、木が腐っていく様を見て顔色を変えた。人ならいざ知らず、この物体は明らかに人ではない。急いでその場にいる者たちを本丸へと誘導し始めた。

「上様、お早くっ」

幕閣から促された家治は、離れる間際に顔だけで黒の五人衆を顧み、ごく小さな声でつぶやいた。

「……頼んだぞ、黒雲よ……」

果たして上覧所に残ったのは不気味に蠢く泥の塊と、黒ずくめの五人衆、そして提灯を持った影の妖だけになった。

「提灯小僧、ここにも来たのか」

瑠璃は能面越しに妖へと目を眇《すが》める。

小僧が持つ提灯は、かつて一つ目鬼と対峙した時よりもいっそう赤黒さを増していた。のみならず、提灯の側面からは粘り気のある血らしきものが、おびただしく流れ出ている。

提灯小僧は死者の怨恨の度合いを示す妖だ。つまり今、黒雲の前に立ちはだかる鬼が、常軌《じょうき》を逸した怨恨を内包しているということだろう。

黒雲の五人衆が無言で見つめるうち、提灯が不自然に膨らみ始めた。同様に、小僧の小さな体も見る間に膨れていく。

やがて小僧は提灯もろとも、鈍い破裂音を立てて弾けてしまった。

「数多の怨恨に触れてきた妖でも、耐えきれぬほどの怨念ということじゃろうな」

屋根の上から炎が飛び降りてきて、すとんと瑠璃の肩に乗る。

「ああ、おそらくな……」

瑠璃はさび猫の重みを肩に感じつつ、視線を上げた。

いずこからか不吉な叢雲《むらくも》が発生し、見る見るうちに江戸城の上空を覆っていく。真昼であるにもかかわらず、周囲は幽暗なる闇に包まれた。

混乱する人々の声は次第に遠くなり、聞こえなくなった。門が閉められる重い音。避難が完了したのだろう。

いつしか泥の塊は、上覧所の屋根と同じくらいの背丈になっていた。その場から動かないところを見るに、完全体となるにはまだ時間がかかるのかもしれない。

瑠璃は肥大化していく泥の塊を仰ぎ見ながら、ふと、己の肌が粟立っているのに気がついた。

心の臓がはち切れんばかりに胸を叩く。脳に半鐘が鳴り、体が小刻みに震える。

決戦の始まりを実感する武者震いか、あるいは恐怖か。

——臆するな。臆すれば負ける。少しでも臆すれば……。

己を鼓舞すればするほど、震えはいかんともしがたく収まらない。

すると震える瑠璃の右手を、横にいた錠吉が取った。

「頭、一人で戦うのではありません。しっかりなさい」

権三も瑠璃の左手を取った。

「あたしらをこき使おうなんていい度胸ね」

「こま坊の頼みじゃなきゃ聞いてやらねえんだからなっ」

「特製いなり寿司を千個って約束、忘れてないよな？　な？」

矢継ぎ早に言い立てる稲荷神たちは、不満たらたらではあるものの、瞳には確かな闘志を宿している。

彼らが狛犬のこまを気に入り贔屓《ひいき》にしていると察した瑠璃は、こまに遣いを頼んだ。こまを通して稲荷神たちに、戦への協力を仰いだのである。返礼に権三が作る極上のいなり寿司を贈ると聞いた狐たちは、渋々ながらに了承してくれたのだった。

「おい、一匹足りねえじゃねえか。九郎助はっ？」

開運《かいうん》、榎本《えのもと》、玄徳《よしとく》、明石《あかし》と、四体の狐の判別はついたが、もう一体の姿がない。最も話が通じやすい九郎助がいなくば、他の稲荷神たちに指示を出すのも難しい。

瑠璃が顔をしかめた矢先、ずん、と地鳴りがした。

振り返って見ると、将門がこちらに顔を向けていた。が、足は反対に本丸の方へ踏み出している。

瑠璃たちを追おうとする将門の意思を抑えて、惣之丞が本丸へ向かうよう指示しているに違いない。

「豊、栄っ」

「わかってらっ」

豊二郎と栄二郎は狐の背の上で黒扇子を開いた。経文をすらすらとよどみない調子で唱えていく。

将門の巨躯《きょく》に白く太い鎖が巻きつき始めた。鎖の結界である。鎖の端は、双子の持つ黒扇子へと繫がっていた。

「引けっ。絶対に本丸へは行かせるな」

「ごめんねお稲荷さん、一緒に引っ張って」

双子が詫びながら狐の口に黒扇子を引っかける。

「ぐぬぬ、何と不敬な童どもか」

「裂けるっ。口が裂けちまうっ」

双子を乗せた開運狐と明石狐が、うなりつつも空中で足を踏ん張る。

稲荷神の神通力を借りて将門を誘導する作戦は、見事に成功した。

将門は本丸へ向かわんと抵抗し続けていたが、鎖に引っ張られるうち体の向きを変えた。ずずん、と地を揺らしながら瑠璃たちのいる方角へ歩き始める。

「いいぞ、その調子だ」

こちらへ向かってくる将門を見て、瑠璃はさらに発破をかけた。

とその時、将門の体内から声が聞こえた。

——どこまでも目障りな女だ。

惣之丞の声だった。

瑠璃は炎に止まるよう告げた。

「おい惣之丞、聞こえてんだろ？　黙ってこっちに来い。本丸へ行くのはわっちを倒してからにしろ」

行かせやしねえけどな、と瑠璃は口の片端で笑ってみせた。

——下手な挑発しやがって……だが乗ってやるよ。どちらにせよ、お前を殺すつもりだったからな。

邪魔者である黒雲とのけりをつけねば、将軍の殺害を果たすのは困難だ。惣之丞もそう最初から覚悟していたのだろう、瑠璃たちを追うよう将門に命令した。

瑠璃たちは空を駆け、西の吹上御庭《ふきあげおにわ》へと進んだ。

十三万もの坪数を誇る庭園なら、人を巻きこまずに戦える。家治に庭園への人の出入りを禁じるよう、前々から命を出してもらっていたのだ。

将門が地響きをさせながら追ってくる。鎖を引きちぎってすぐにでも瑠璃たちを握り潰したいのだろうが、強固な鎖はなかなか壊れない。

吹上御庭には広々とした池があった。池の手前には滝を有する小山と瀧見茶屋。瑠璃たちは池の上を飛んでいく。

将門は遅れて池に差しかかった途端、またも雄叫びを上げた。ギチギチと鎖を軋《きし》ませる。見たところ、膨れ上がった体が鎖に圧迫されているようだ。

空気を震わす雄叫びが放たれたと同時に、鎖の一部が壊れた。左腕が自由になった将門は、そばにあった小山へ拳を振るう。

小山が、まるで砂でできているかのように柔く崩れた。滝や池から水しぶきが激しく飛び散り、稲荷神の脚にかかる。

「ねえ花魁さん、まずいんじゃないのっ？」

榎本狐が焦った声を上げる。

「あと少しだけもてばいい。構わず進めっ」

稲荷神たちはさらに大きな掛け声を上げて西へ進む。引っ張られた将門が身をよじりながら一歩を踏み出す。泥状の足が、瀧見茶屋を木っ端みじんに踏み潰した。

ざんぶざんぶと大波を立てながら池を越え、庭園にある木々や学問所までをも踏み壊す。巨大な軍船さながらの威力だ。

鎖が今にも壊れんばかりに軋んだところで、ついに瑠璃たちは目当ての場所に辿り着いた。

広芝《ひろしば》。将軍の武術鍛錬や閲兵に使われる、雄大な平地である。

「よしっ。全員、地上へ降りろ」

赤獅子と稲荷神たちが空から一気に下降する。

一方で将門は、何やら動きを止めていた。怨毒のうねりも薄くなっている。神聖な鎖に締め上げられるうち、呪力が弱まったのだろうか。

ボンッ。

炎の背から降り立つや否や、瑠璃の目の前に狐火が一つ現れた。

「花魁さんっ」

「九郎助か。お前、何で今まで……」

狐火の正体に気づいた瑠璃は、しかし、九郎助と同時に現れた者たちを見て固まってしまった。

「ひいえええっ。何なんですかあの化け物はっ」

「あれと戦うなんて瑠璃、さては正気じゃねえな？　かかかっ」

「ありがとな九郎助。俺たちの願いを聞き入れてくれて」

「瑠璃っ。よかった、まだ五体満足だねっ？」

猫又の白、髑髏のがしゃ、油すましの油坊、山姥の露葉が、わあわあと騒ぎながら瑠璃に走り寄る。

露葉に体をくまなく調べられた瑠璃は、はっと我に返って怒声を張った。

「何でお前らまでここにいるんだよっ。今は遊びじゃねえん……」

「はいこれ、皆に。源命丹《げんめいたん》だよ」

露葉は袂から丸薬を取り出すと、啞然《あぜん》とする男衆にてきぱき配る。最後に瑠璃に向かって丸薬を差し出した。

「瑠璃もお飲み。これを飲めばいつも以上に力が出るはずだよ。何たって、山姥の知恵と稲荷神の加護が詰まってるからね」

この源命丹には忍《しのび》や兵士が服用する兵糧丸《ひょうろうがん》と似た効能があるそうで、露葉が独自に調合したものらしい。山に生えた草花を用い、滋養となる成分を抽出して押し固めたものだ。

以前、露葉が瑠璃の部屋で作業をしていたのは、この丹薬を作るためだったようだ。

「これを作るには崖肌に咲く延命草《ひきおこし》が必要なんだけど、なかなか見つからなくって。今日やっと咲いてるのを手に入れたんだよ」

完成するまで随分と時間がかかっちまった、と疲れた顔で笑う。急な崖肌に咲いた延命草を採ろうとして怪我をしたのか、山姥の着物は破れ、手はひどく荒れていた。

「瑠璃、俺たちも参戦してやるぜぃ」

「戦力は少しでも多い方がいいだろ？」

おそらく廓の内所か武家屋敷からくすねてきたのだろう、がしゃは背中に大小ばらばらの刀を担ぎ、太い綱で乱雑に縛っていた。骸骨の横では油坊が、すでに怪火を出現させている。二体の妖が瑠璃の部屋を長らく訪れなかったのは、戦に向け、油坊の山で鍛錬を積んでいたからだった。

妖たちがこうして現れるなどと、瑠璃は夢にも思っていなかった。言葉もないまま視線を漂わせると、猫又と目があった。

「白……お前まで戦おうと思ったのか？」

「ふ、ふん、別にぃ？　アタシはただ、江戸が荒らされて住み心地が悪くなったら、嫌だなと思っただけですようだ」

早口に言い訳をしつつ、ちらちらと瑠璃の顔を盗み見る。どうやら面倒くさがりで淡白な性分の猫又も、瑠璃に協力せんと決意を固めたらしかった。

四体の妖たちは一緒に連れていけと九郎助に訴えた。九郎助の到着が遅れたのは、妖たちにつかまっていたからだったのだ。悩んだ末、すでに戦が始まっていると感じ取った九郎助は、彼らを戦場に連れていくことを承諾するしかなかった。

油坊いわく、長助やお恋、こまも参戦を望んでいたらしい。が、まったくもって戦闘に不向きなちんちくりんであるため、吉原に置いてきたという。

友らの想いを知った瑠璃は、熱い感情が湧き上がってくるのを身に染みて感じた。

「気持ちはありがたいよ。でも、お前らを危険な目にあわせるのは……」

「頭、将門公が」

切羽詰まった権三の声に、瑠璃は後方を見返る。

立ち止まっていた将門が、体勢を崩すところであった。地面を震動させながら膝をつく。やはり鎖の結界が効いたのか。

と思いきや、将門はうなり声を漏らした。声は段々と野太く、大きくなっていき、大気を揺さぶるほどの咆哮に変わった。

将門の全身にあぶくが湧く。さながら地底で煮えたぎる溶岩のようだ。あぶくが発生するにつれ全身がいっそう膨れ上がり、将門は立ち上がった。

立ちざま、体に巻きついていた鎖が粉々に砕け散る。

将門の顔面には穴が二つ、穿たれていた。泥に覆われてはっきりとは見えないが、おそらく右の眼窩と口であろう。右目らしき穴には折れた矢が刺さり、矢を中心にして巻く泥の渦が、顔全体に広がっている。

間を置いて、額から角が、ゴリゴリと音をさせながらせり上がってくる。泥に濁った黒い角は、大きく湾曲して叢雲を指していた。

突き刺さった矢。泥の渦を巻く顔面。これまで対峙してきた鬼とは比べようもなく太い角。全身から発せられる殺伐とした空気が、瑠璃たちの肌を刺す。

と、将門の口がゆっくり開き始めた。辺りの空気が吸いこまれていく。

「鬼哭を出すつもりだ……」

予感がすると同時に、全身からどっと冷や汗が噴き出す。瑠璃は大声で双子に呼びかけた。

「金輪法、発動っ」

双子が新たな文言を唱えだした。

二人の中間に反物が波打つ。楢紅がまとっていた楓樹の仕掛だ。

仕掛はゆらゆらと宙にたゆたっていたかと思うと、須臾《しゅゆ》にして遥か上空へ飛び上がり、両袖を広げた。

裏地に縫われた金糸の籠目紋がまばゆい光を放つ。仕掛を中心に籠目紋の光が広がり、広芝の上空に巨大な円を作った。続けざま、糸が縒《よ》りあわさるようにして円の端に太い注連縄を紡ぐ。注連縄から紙垂が垂れ下がり、地面に伸びていく。

「早く、早く……」

将門の口は、今や瑠璃たち全員を呑みこんでしまわんばかりに大きく開かれている。だが紙垂はまだ地面に到達していない。瑠璃は焦りに呼吸を荒くした。

刹那、将門は鬼哭を発した。怨毒の波動が波紋となって大気を揺らし、土を巻き上げ、芝を枯らしながら瑠璃たちに迫る。

「間にあわねえ、逃げろっ」

あの怨毒に触れればひとたまりもない。迫り来る怨毒から少しでも距離を取ろうと一同は踵を返す。が、瑠璃は双子がその場に留まっているのに気がついた。

怨毒が砂塵を上げつつ双子に襲いかかる。瑠璃は引き返して二人の襟首をつかもうとする。

瞬間、瑠璃の右腕がぼと——と地に落ちた。次いで左腕が腐り落ち、力の入らなくなった足が膝から崩れる。

瑠璃は四方を見まわした。

目に飛びこんで来たのは細切れになった男衆や、妖たちの死体だった。

広芝が一面、血の海で満たされていく。膝をついた瑠璃の胸元まで、一気に。瑠璃は真っ赤な海に浮かぶ、小さく丸い物体が、自分に近づいてくるのを見た。

腐りかけの目玉だった。

全身から悲鳴が発せられると同時に、辺りに強烈な閃光が満ちた。

「そん、な……」

「……っ」

瑠璃は意識を取り戻した。両腕は繋がっている。足にも力が入る。

急いで四方に視線を巡らすと、死の錯覚に硬直する男衆も、腰を抜かしている妖たちも、間違いなく生きていた。

「できた……」

「瑠璃、やったぞっ。金輪法の完成だ」

双子が歓喜の声を上げた。

半端になっていた紙垂のすべてが地面に突き刺さり、双子のすぐ手前まで迫っていた怨毒も、ぴたりと侵攻をやめている。生温い余波が風となって双子の着流しを揺らすも、怨毒は薄い。

今や辺り一帯は、楓樹の仕掛を中心に円柱状となった、巨大な金色の結界で囲われていた。双子の張った金輪法が将門の怨毒、そして死の鬼哭をも打ち破ったのだ。

自分と仲間の生を噛み締め、瑠璃は愁眉《しゅうび》を開く。

しかし安心したのも束の間、双子の前方に広がった光景を見て顔を強張らせた。

芝が枯れ、土がめくれ上がった地面から、無数の何かが這い上がってくるのだ。将門と同じく、泥状の体をした者たちが。

いずれも明らかに死霊であった。

「これは、まさか……坂東《ばんどう》の武夫《つわもの》たちか……？」

錠吉がつぶやく。

およそ八百年前、将門が率いていた坂東の武夫。その軍隊が、将門の怨念に呼応して冥府から蘇《よみがえ》ったのだ。

雄大な広芝を埋め尽くさんばかりに這い上がった死霊たちは、錆《さ》びた刀や矢を手にしている。その数、ざっと見渡しただけでも千は下らないだろう。

「ほれ見ろ瑠璃、俺たちが来て、せ、正解だったろ？」

肩を叩かれた瑠璃は振り向いた。背後には、奮然と鼻息を荒くする妖たちの姿があった。

今ほど声を上げたがしゃは勇ましげに顎をそらすものの、瑠璃の肩に置いた手は隠しようもなく震えている。

死霊の軍が左右に体を揺らしながら、各々の武器を構え始めた。

瑠璃は死霊軍を眺め渡す。死霊の多くはこちらへ近づいてきており、外側にいる数体が、結界を破壊せんと刀を振るいだす。

最後に遥か頭上にある将門の顔面を振り仰いで、瑠璃はやむなく頷いた。

「……お前らも、絶対に死ぬなよ」

「死んでたまるかってんですようっ」

やけくそも同然に白が叫ぶ。片や瑠璃は稲荷神に顔を向けた。

「九郎助、榎本、開運。地上に残って双子と妖を守ってくれ」

言いながら露葉の体を引っ張り、双子のそばに立たせる。露葉は源命丹を渡しに来ただけであり、戦う武器を何も持っていない。白も稲荷神たちに守ってもらおうとしたのだが、猫又は何か秘策があるのか、これを拒否した。

三体の稲荷神が双子と露葉を囲んで三角の陣を作る。何事か念じるように毛を逆立てる。

すると稲荷神の立つ場所を起点として半透明の壁が生まれ、三角柱の結界をなした。

彼らはそもそも結界で吉原を守る守護神だ。金輪法より幾分か弱いと見受けられるものの、死霊軍の攻撃を防ぐことは可能だと請けあった。

「よろしく頼んだぞ……錠さんと権さんはわっちと上空戦、妖たちは地上戦の、二手に分かれよう」

錠吉と権三が玄徳狐、明石狐の背に乗る。瑠璃は炎の背に飛び乗った。

「瑠璃っ、怪我をしたらすぐに降りてくるんだよ。あたしが治してみせるから」

不安げな露葉の声を聞いた瑠璃は、妖たち一体ずつに視線を配る。

「わかったよ。お前らもいいな、危なくなったらすぐ結界の中に逃げこめ」

必要に応じて結界の開閉をするよう三体の狐に言い置くと、瑠璃は宙を睨んだ。炎の豊かな鬣《たてがみ》を握り締める。

「行くぞ炎っ」

目前まで迫り来ていた死霊の一体が、錆びた刀を赤獅子に向け振りかぶる。赤獅子は力強く地を蹴り、空へと飛び上がった。続けざまに錠吉と権三を乗せた狐たちも飛翔する。

将門の視線と同じ高さまで来ると、江戸で随一の広さを誇る広芝が、何とも小さくちっぽけなものに見えた。

「さっきより、でかくなってやがるな」

将門は肥大化だけに止まらず、次なる変化を見せていた。

両腕が付け根から離れ、意思を帯びて宙に浮く。肘を曲げ、瑠璃たちに向かって十本の鋭利な爪を見せつける。近づく者を八つ裂きにせんとするかのように。

玄徳狐の背に乗った錠吉、明石狐の背に乗った権三が法具を構える。

瑠璃は二人の中間で炎を止め、凛然たる眼差しで将門の顔面を睨み据える。飛雷を鞘から抜き、切っ先を将門の眉間に向ける。

わずかな沈黙の後、瑠璃はまなじりを決して名乗りを上げた。

「我が名は瑠璃。古の龍神、蒼流の宿世として生を受け、江戸に巣くう怨念を浄化する者なり。貴殿は勇敢なる武士《もののふ》、平将門公とお見受けする」

将門からは何の反応もない。瑠璃は厳粛に言葉を継いだ。

「江戸の鎮護神たる貴殿が怨毒をまき散らし、あまつさえ江戸を壊滅せんとすること、到底、承服できるものでない。この現状をいかにお考えあそばしますのか」

と、将門の中から惣之丞の声が聞こえてきた。

――無駄なことはやめろ。お前なんかの声が将門公に届くと思うのか？　将門公、こやつはあなたのご意志を阻む、慮外者にございます。

将門は惣之丞の言葉に応じるようにして、激しく咆《ほ》えた。どうやら魂呼の術者たる惣之丞の声にしか反応しないらしい。

瑠璃は歯ぎしりをした。

「ならば力ずくでお止めするまで……将門公、ご覚悟を」

胸元に手を当てる。ふわ、と温い風が吹き渡る。

──飛雷。今一度言っとくが、体を乗っ取るのは不可能だぞ。わっちともども消滅したくなきゃ力を貸せ。

心の臓がドクンと跳ねる。飛雷は躊躇しているようだ。だが瑠璃の心が丈夫である今、共闘せねば、瑠璃と一心同体になっている飛雷も死の危険にさらされる。

──やむなし。

悔しげな声がすると同時に、瑠璃の体から青の旋風が立ち起こった。一つに結んだ黒髪が宙になびく。胸にある印が数を増して首元までせり上がってくる。

空中に浮遊していた将門の両腕が、ゆら、と動いた。

「……始めるぞ」

錠吉は将門の左腕を、権三は右腕を。指示を出されるまでもなく、稲荷神たちは二人の足となって宙を蹴った。

「二人とも、あの泥には触れるなよっ」

将門の体を覆う泥はぼこぼこと泡立ち、鼻が曲がるほどの臭気を放っていた。怨毒がこもっているのは明らかであり、素肌で触れればたちまち腐ってしまうだろう。

猛禽《もうきん》に似た将門の爪が、二人を裂かんと襲いかかる。対する錠吉は錫杖を掲げる。権三は金剛杵を叩きつける。

両腕の動きが押さえられた隙を見て、炎が動きだす。正面から将門の頭部を目指す。瑠璃は飛雷を構える。

しかし押さえられていた左腕が、様子見だったとでも言わんばかりに躍動して錠吉を押し飛ばした。右腕も同様、権三の力をいとも簡単に弾く。二体の稲荷神が慌てて空中に爪を立てた。

「頭、後ろですっ」

どろどろとした巨腕が瑠璃めがけ襲いかかってきた。すかさず炎が跳躍し、上へと避難する。

「ちっ、そう易々とは近づけねえか……」

赤獅子の鬣を握りつつ将門の脳天を見下ろすと、またも惣之丞の声がした。

——将門公。貴殿が狙うべきはあの女子であり、かつ女子が持つ刀にございます……なぜかって？

一拍の間を置いて、惣之丞は不穏に声を揺らす。

――ふふ、あの女子こそが貴殿を裏切った〝桔梗《ききょう》〟だからですよ。そしてあの刀は、貴殿の首と体を切り離した憎むべき〝小烏丸《こがらすまる》〟だ。

惣之丞が何を焚きつけているのか、瑠璃には理解できなかった。ただ当の将門は惣之丞の言葉に強く感じるものがあったらしく、低い咆哮を轟かせる。辺りに漂う怨毒の気が、ぐらりと揺れた。

瑠璃を逃した両腕がまっしぐらに上空へと飛び上がってくる。指先までを一直線に伸ばし、爪で赤獅子もろとも瑠璃を貫かんと迫り来る。

「炎、いったん退避だっ」

赤獅子が大きく横に跳んで爪をよける。漆黒の腕は空中で急停止し、すぐさま向きを変えて追ってくる。

追いついた錠吉と権三が両腕の行く手を阻む。だが両腕は二人の打撃を振り払い、瑠璃だけを目指し凄まじい速度で滑空する。

「何でだ、俺たちが目に入ってないのか？」

二人とて標的には違いないはずなのに、将門は瑠璃から狙いを外そうとしない。

炎は上下左右に素早く方向転換を繰り返し、両腕を撒こうとする。錠吉と権三が攻撃をしかけ、注意を引く。が、やはり両腕は瑠璃を追うのをやめない。胴体への攻撃をしかけようにも、両腕の妨害があっては懐に入りこむことができない。瑠璃は退避するのをやめて両腕に向き直った。

三人そろって腕への攻撃を開始する。

錠吉が錫杖の尖った先端を、指と爪の間に差しこむ。権三は指の一本ずつに打撃を加える。瑠璃は爪のある指先から距離を取りつつ、手の甲から肘まで一直線に斬りつける。細かな攻撃だが、闇雲に法具を振るより効果があった。

両腕がわずかにひるんだ気配を見せる。傷口から黒い泥が流れ出し、遥か下方の地面へ滴っていく。

退避と攻撃とを繰り返すうち、三人はいつの間にか将門の正面に戻り来ていた。

両腕の動きが鈍くなった今なら、胴体は隙だらけだ。

瑠璃は飛雷を握る手に力をこめた。

「裂けろっ」

すると刀身がしなり、たちまちにして十四もの黒い大蛇に変形した。

瑠璃は妖刀を握り直し、炎に直進するよう告げる。

ところが赤獅子は、その場から動こうとしなかった。

「おい炎、どうしたんだ」

「少し待つのじゃ、何やら様子が……」

炎が言いかけた瞬間、将門の胴体から泥の塊が分離して、無数の玉と化した。宙に浮遊する玉はさらに形を変える。

不気味に蠢く泥は、やがて幾本もの矢となった。

矢じりの先端がすべて瑠璃を指している。

「何、だこれ……」

「頭っ、逃げてくださいっ」

――放て。

惣之丞の声を合図に、矢が一斉に瑠璃めがけ放たれた。

錠吉と権三が法具をまわす。いくつかの矢を払い落とす。しかし数が多すぎて、とてもすべてを払いきれない。

炎は直ちに上へと飛んだ。矢じりが向きを変えて追ってくる。両腕よりも高速に風を切る。赤獅子の速度では逃げきれない。

「炎、そのまま上昇しろ」

瑠璃は炎の背で見返りつつ、妖刀を強く握り締めた。

黒刃から変じた大蛇たちが、矢じりに向かい牙を剝く。先頭の矢を嚙み砕く。黒光りする胴体がうねり、矢を薙《な》ぎ払う。さらに次の矢、次の矢。それでもすべての矢を払いきれない。

──手温《てぬる》いぞ、小娘。

飛雷が危機を悟ったのだろう、妖刀に雷が走った。大蛇の体が稲妻を帯びる。けたたましい音を発し、辺りの矢を一挙に雷で落とす。

「助かったよ飛雷、これなら……」

──礼なぞいらん、お前に死なれては我が困るのじゃから。

とうとうすべての矢が失速し、落下していく、かに思われた時。

下方に残っていた矢が一本、大蛇たちの間を縫うように現れた。

炎も瑠璃も、よけきれなかった。

「く、そ……」

矢じりが瑠璃の右腕をかする。着流しが破れ、鮮血が流れ出る。

さらに背後で動く影。将門の左腕が躍りかかってきた。

錠吉と権三が左腕を押さえこむ。が、今度は瑠璃の横から右腕が爪を振るう。

痛みをこらえつつ、瑠璃は妖刀をぐんと手前に引き寄せた。

大蛇が体をくねらせて右腕に嚙みつく。その隙に炎は下方へ退こうとする。

大蛇に阻まれた右腕はしかし、自由になっていた手首をしならせた。巌《いわお》のように太く硬い指が二本、瑠璃の顔面と右肩に直撃する。

横っ面を激しく張られ、瑠璃は炎の背から吹き飛んだ。

泥眼の面があっけなく砕け散る。体が見る見る下降していく。

「瑠璃っ」

炎の吼《ほ》える声。瑠璃は為す術もなく落下していく最中、地上に広がる光景を、霞《かす》んだ目に留めた。


「おいがしゃ、気をつけろ。後ろから来てるぞっ」

油坊に注意を促され、髑髏が辛くも死霊の刀をよける。

「ぎゃあ、何すんでいこんにゃろうめっ」

がしゃは振り向きざま右手に握っていた脇差を返し、襲いかかってきた死霊を斬りつけた。刃の命中した死霊の首がぼとりと地に落ちる。

自身でやったことにもかかわらず、がしゃは泡を食っていた。

「俺ってば、意外と動けるんだな……さすがは俺」

「能書きはいいからさっさと次に行けっ」

油坊に怒鳴られて、がしゃは前を向いた。

地上には物凄まじい光景が広がっていた。

千を超える死霊軍に相対するのは、わずか三体の妖ばかり。とても張りあえぬと思われたが、存外、戦況は互角であった。

油坊の発現させた無数の怪火が、死霊たちを脅かしているのだ。どうやら死霊は火の気が弱点らしく、怪火を恐れるような素振りを見せていた。怪火は斬られても傷を負わない。平素よりも大きく、人の背丈まで高くなった怪火たちが次々に死霊を押し倒し、泥の体を燃やし尽くしていく。

とはいえ妖たちには退魔の力も、浄化の力もない。火の玉に燃やされた死霊やがしゃに斬られた死霊は、時間が経つと復活してしまうのが現状だ。

されど妖たちには希望があった。

「瑠璃たちが将門公を倒してくれさえすれば、こいつらも消えるに違いない。それまで何とか持ちこたえろっ」

「おうよっ」

その時、上空でおぞましい咆哮が轟いた。

妖たちが首をすくめる。咆哮は徐々にやみ、地上に薄ら寒い余韻が残った。

「……何だ、こいつら？　動かなくなったぞ」

がしゃが不思議そうに声を上げる。

死霊軍は一様に動きを停止していた。咆哮の余韻が、ゆっくりと薄れていく。

奇妙な間があった後、死霊たちは再び動き始めた。ばらばらだった体の向きを一斉に変える。

油坊とがしゃに向かい猛進してくるかと思いきや、死霊軍は二体の横をあっさり通り過ぎる。彼らの視線はまっすぐに、広芝の中心を捉えていた。

「ケッカ、イ……コワス、フ、タゴ……」

「双子だって？」

油坊は慌てて死霊軍の進む先を見やった。

広芝の中心には稲荷神たちによる三角の陣が組まれており、中には露葉、そして豊二郎と栄二郎の兄弟がいた。

実はこの時、惣之丞が将門を介して「双子を殺せ」と死霊軍に命を出していた。金輪法の術者である二人を殺せば、将門の怨毒が効力を取り戻すと考えたのだ。

「な、何なのあいつら、皆こっちを見てないかいっ？」

露葉は突如として向けられた殺気に震え上がった。豊二郎と栄二郎が黒扇子を握りつつ顔を見あわせる。

「まずいぞ、俺たちがやられたら勝ち目はなくなる」

「金輪法は何があっても死守しないと……」

すると陣形を組む狐たちが声を張った。

「じっとしてて、中には入らせないから」

「あたしらの陣を突破しようなんて、見くびられたものね」

稲荷神が近づいてきた死霊を神通力で威嚇する。神仏の霊験にはかなわないのだろう、死霊はたじろぐ。が、稲荷神への攻撃をやめ、今度は半透明の結界陣を直に攻撃し始める。

結界陣は隙間なく死霊軍に囲まれた。

「何をするこの死霊ども、やめんかっ」

開運狐が吼えるも、稲荷神は陣を維持するためにその場から離れられない。初めこそ死霊たちを弾いていた結界陣だったが、幾度となく攻撃を受けるうちに亀裂が入り始めた。

とそこに、猫又の白が駆けてきた。陣に群がる死霊たちを睨みつけるや、ぼふん、と靄を上げて変化する。

白の姿は、黒い着流し姿の瑠璃に変わった。

「おうい、いいんですか？　あんたらの大将が戦ってる敵方の頭領、ここにいるんですけどお？」

死霊たちは一人、また一人と白に視線を転じた。

「倒すべきはアタシだってのに、とんだお馬鹿さんたちですねえ。ほうらこっち、こっちぃ」

白は瑠璃の体で尻を叩き、あっかんべえをして挑発を続ける。すると死霊たちの数体が狙いを変え、白に襲いかかった。

猫又は脱兎のごとく逃げだした。無言で追う死霊。振り上げられた刀が、着流しの背中をかすった。

「ぎにゃああ、やっぱり怖いいいっ」

双子から離れた地点まで誘導できたはよいが、白は死霊たちに四方を囲まれてしまった。

じりじりと死霊が猫又に詰め寄っていく。

「おらあっ、どけどけえっ」

がしゃが怒濤の勢いで駆けてきて、両手に持った刀を滅茶苦茶に振った。同時に複数の怪火も出現し、死霊を蹴散らしていく。

白は変化を解いて猫又の姿に戻った。死霊の足の間を掻いくぐり、離れた場所で再び瑠璃の姿に変化する。危うくなれば猫又に戻り、また変化する。これを繰り返すうち、死霊たちを稲荷神の陣から引き離すことに成功した。

双子は陣の中から妖たちの奮闘ぶりを見て感嘆した。

「すげえな、この数をたった三体で掻きまわしてるぞ」

「皆もきっと、頭の力になりたいって必死なんだ」

「ねえ皆、上を見てっ」

九郎助に言われ、結界陣に留まる一同は視線を上げる。

上空から赤獅子が、瑠璃を背に乗せ急降下してきた。只ならぬ様子を察した稲荷神が結界の陣に入り口を作る。

炎の背から降りた瑠璃を見るや、双子は声を上ずらせた。

「頭、右腕が……」

「もしかして将門公の攻撃を食らったの？」

瑠璃の右の二の腕からは、痛々しく血が流れていた。将門の放った矢をよけきれず受けてしまった傷。瑠璃は山姥に視線を送った。

「露葉、腕がしびれてうまく動かせねえんだ。治してくれ」

「わ、わかったよ。よく見せてちょうだい」

露葉は大急ぎで瑠璃の右袖を破り、傷口を検《あらた》める——途端、目を見開いて固まってしまった。

「これは……」

二の腕に受けた傷は黒く変色していた。黒い筋が傷のまわりを這い、ビキビキと脈打っている。まるで怨毒が蜘蛛の巣のごとく傷口を中心に広がり、右腕を覆わんとするようだ。

瑠璃は痛みにうめきつつ頼みこんだ。

「早く、錠さんと権さんがまだ上で戦ってるんだ。わっちも行かねえと」

「だ、駄目よ瑠璃、こんな傷じゃ行かせられない」

激しく動けば動くほど、怨毒の浸食が早まり、右腕は壊死《えし》してしまうだろう。そう推測した露葉は首を振る。

だが瑠璃は聞き入れなかった。

「将門公を倒せばきっと怨毒も消える。あと少し動かせれば、それでいいんだ」

戦意の燃え上がる眼差しを見て、露葉は唇を噛んだ。思いきったように袂から印籠を取り出す。有事の際に備えて持ってきたもので、中には痛みを和らげる塗り薬が詰まっていた。

処置が終わると瑠璃は腕の具合を確認した。先刻までじくじくとした疼きに襲われていたのが、今は若干、和らいでいる。

「痛みはなくなったかもしれないけど、気休めの処置に過ぎないよ。お願い瑠璃、これ以上は……」

露葉の言葉を遮るように、瑠璃は双子を見やった。

豊二郎と栄二郎は瑠璃の傷を見て沈痛な表情を浮かべていた。されど口を真一文字に結ぶだけで、瑠璃を止めることはしない。

この決戦を無傷で終われるなどといった甘い考えは、黒雲の五人には端からなかった。すべては戦に勝利するため。瑠璃の想いは一片の相違もなく、双子と通じあっていた。

「……瑠璃、結界は俺たちに任せろよ」

「必ず勝とうね、頭」

瑠璃は大きく頷いた。

炎の背に乗ろうと立ち上がる。と、結界陣の外側から、がしゃの叫び声がこだましてきた。

がしゃは数体の死霊に押し倒されていた。馬乗りになった死霊が、首の骨めがけ刀を横に振るう。

がしゃの首は、胴体から斬り離されてしまった。

離れた場所でこの光景を見ていた瑠璃たちは声を詰まらせた。

「嘘だろ……」

一同の顔から血の気が引いていく。頭蓋骨は見間違いようもなく、胴体から離れた場所に転がっている。

が、頭蓋骨はカタカタと独りでに動いた。

「痛《い》ってえなちくしょおっ」

がしゃの胴体が火事場の馬鹿力を発揮し、馬乗りになっていた死霊を押しのける。

右手で己の頭蓋骨をつかんだかと思いきや、かぽ、と首の骨に繋ぎあわせた。

思い返せばがしゃは、これまでも頭蓋骨のみの状態で動いていた。たびたび瑠璃の怒りを買い、首と胴体を離されても、何事もなく動きまわっていたのである。

焦りに駆られて髑髏の性質を失念していた一同は、ほっと胸を撫で下ろした。

だが髑髏は、背後から飛びかかってくる死霊に気づいていなかった。

「あうっ」

がしゃが再び地面に押し倒された時、不意に上空から怒声が聞こえた。

「怨毒の矢だ、全員よけろっ」

上を仰いだ瑠璃は、将門が先ほどと同じように無数の矢を発現させる様を見た。

矢じりは地上を指している。標的を定めかねているのだろう、向きはばらばらだが、またも瑠璃を狙っているに違いない。

「九郎助、榎本、陣をもっと固めろっ」

開運狐の声に応じ、稲荷神たちが即座に念をこめ始める。半透明の結界が厚みを増していく。

無数の矢が地上に向かって放たれた。

「お前ら、逃げろっ」

瑠璃は妖たちに向かって叫ぶ。妖たちはいずれも離れた場所にいて、今からでは庇えない。

「きゃあっ」

一本の矢が結界に突き刺さり、露葉は頭を抱えてうずくまる。次いで無数の矢が剣山のごとく、続けざまに結界を刺した。ぴし、とひびが入っていく。稲荷神がさらに念をこめる。

瑠璃は妖たちへと目を走らせた。

油坊は怪火を己の頭上へ集め、どうにか矢の軌道をそらしていた。白はといえば、猫の姿で器用に死霊たちの足元をくぐり、次々に降り注ぐ矢をよけている。

「がしゃ……」

髑髏は未だ死霊に組み敷かれたままだ。怨毒の矢が容赦なく降り注ぐ。

瑠璃たちの見ている前で、矢が数本、がしゃを押さえつける死霊を貫き——髑髏をも、貫いた。

矢の雨はやんだ。

瑠璃は髑髏の姿を凝視する。

——大丈夫。

ざわつく己の心を必死で静める。

——がしゃなら大丈夫だ。さっきみたいに、必ず起き上がるに決まってる。

果たして予想どおり、がしゃは死霊を押しのけて立ち上がった。頭蓋骨に突き刺さる幾本もの矢。全身の骨にひびが入っていてもなお、がしゃは陽気に笑ってみせた。

「へへ、こんなの、屁でもねえよ。俺ってば、不死身だから、さあ……」

しかし気丈に振る舞ったのも束の間、がしゃの頭蓋骨は粉々に砕け散った。体の骨も残らず灰となり、さらさらと、力なく風に流されていく。

広芝から、髑髏の姿が消えた。

「嫌、嘘よ……嘘だって言ってよ、がしゃっ」

露葉が泣き叫ぶ声がする。

——がしゃ……。本当に、死んだ、のか……？

いくら探しても、髑髏はどこにもいない。

強烈な不快感が腑を直になぞる。瑠璃の瞳は烈火のごとき激情に揺れ、逆流する血で全身が爆ぜるようだった。

上空に残った錠吉と権三は、将門に応戦し続けていた。

将門は新たな変化を遂げていた。

両腕は元どおり胴体にくっついている。だが手にはどこからともなく現れた、約十丈もあろうかという大太刀を握っているのだ。

胴体のひねりと遠心力が加えられた威力は絶大だった。二人がかりで大太刀を受け止めようとしても、あえなく弾かれるばかり。二人を背に乗せる稲荷神も宙に踏ん張りきることができない。

将門は瑠璃の姿を見つけたのか、地鳴りを響かせながら一歩、また一歩と足を進める。錠吉と権三は歩みを遅らせ、地上にいる妖たちへ注意を促すのがやっとだった。

そこにようやく、治療を終えた瑠璃が戻ってきた。

錠吉と権三は一旦、将門から距離を取る。

「頭、腕の具合はどうですか」

地上に放たれた矢を受けなかったのだと、権三は安堵した面持ちだ。

しかし瑠璃は質問には答えなかった。

赤獅子の背にまたがる瑠璃の顔には、言葉に尽くせぬ激昂が兆していた。

「がしゃが死んだ」

それだけ言うと、将門の顔面を憤怒の滾った双眸に据える。どれほどの力で柄を握り締めているのか、反りの浅い妖刀の刃に、生々しい鮮血が伝った。

将門が大太刀を振り上げる。瑠璃は将門をねめつけたまま言った。

「錠さん、権さん、頼みがある。ほんの少し……たった一瞬でいいから、隙を作ってくれ」

言うが早いか、瑠璃は炎に合図した。赤獅子が空を蹴って飛び上がる。将門は逃がすまいと大太刀を振るう。豪快な腕力で空を切り裂く。辺りに怨毒の飛沫が散る。

同時に稲荷神たちも動きだした。錠吉は左から、権三は右から。将門の腕や手首を狙い、法具を構える。

錫杖についた輪が金属音を鳴らす。尖った先端は将門の手首にある腱《けん》を傷つけた。

権三は腕力を振り絞り、将門の腕を金剛杵で打擲《ちょうちゃく》する。重い打撃を食らい、腕がびくんと痙攣する。

将門は瑠璃を執拗に追いつつも、迅速に動きまわる二人の攻撃を看過できなくなったのか、大太刀を二人に向けて振り抜いた。

稲荷神たちが速度を増す。将門の両腕まわりを縦横無尽に飛ぶ。錠吉と権三は体勢を変え、場所を変えながら休みなく攻撃を畳みかける。錫杖で突く。金剛杵で殴打する。さらには飛び道具の輪宝《りんぽう》を取り出して投擲《とうてき》する。

次第に将門の腕には無数の傷がつき、血の代わりに泥がぼたぼたとこぼれ落ちた。泥の合間から太い骨らしきものがのぞく。二人の攻撃が効き始めているのだ。その証拠に、将門が大太刀を振る動きはのろくなっていた。二人は骨めがけて攻勢を強めていく。

将門はなおも瑠璃へ顔を向けていたが、骨への攻撃は激痛をもたらすのだろう、おぞましい叫喚を響かせた。

錠吉と権三が攻撃をやめて後退する。大太刀をよけることに専念していた炎と瑠璃も、二人のそばに降り立った。

瑠璃は将門の顔面に改めて目を据える。

双眸は何かを覚悟したかのように、決然とした光を帯びていた。

「……正面から行く。援護してくれ」

「はい」

将門も瑠璃に、矢が刺さった空洞の眼窩を据えた。大太刀を構える。大きく一歩を踏み出す。

怨毒の泥をまき散らしながら、ぶん――と大太刀が左から右に振り抜かれる。

しかしこれを権三が受け止めた。体が軋み、権三は奥歯を食い縛る。権三を乗せる明石狐も神通力をまとって踏み止まる。

先刻は弾かれるばかりだった威力が、両腕につけた傷によって弱まっていた。権三はたった一人で大太刀の斬撃を受けきった。

とす。


「炎、今だっ」

瑠璃は赤獅子とともに正面から切りこんでいく。

とその時、眼前に三本の矢が出現した。矢は瑠璃に向かって水平に放たれる。

錠吉と玄徳狐が瑠璃たちの前を横切った。錠吉は錫杖を素早くまわして矢を弾き落とす。

赤獅子がさらに宙を疾駆する。

ついに瑠璃は、将門の首を間近に捉えた。妖刀を前に構える。

「準備はいいな、飛雷」

呼びかけに応じ、心の臓が激しく揺れた。

瑠璃は体勢を整えると炎の背から跳躍した。将門の首を真っ向から睨みつける。妖刀に力をこめる。

ところが将門はこれに気づき、顔を下に向けた。首を庇うようにして口をがばと開ける。

「頭、早く大蛇をっ」

錠吉と権三が叫ぶも、瑠璃は刃を変形させようとしない。そのまま妖刀を将門の口に差しこむ。

大きく開かれた口が、妖刀ごと、瑠璃の右腕を食いちぎった。

「う……っ」

腕の付け根から勢いよく血が噴き出して、宙に舞う。

錠吉と権三は一瞬で青ざめた。稲荷神たちを走らせ、地に向かって落ちていく瑠璃をつかもうとする。

瑠璃は落下しながら将門を見つめた。恍惚《こうこつ》とした笑みを浮かべる将門の口元が、右肩から止めどなく噴出する己の血で、赤く染まっているように見えた。内側からは勝利に酔いしれる惣之丞の高笑いが聞こえてくる。

地へと急降下していきながら、しかし、瑠璃はニヤリと笑った。

——がしゃの仇だ。しっかり食らいやがれ……。


次の瞬間、瑠璃は暗闇の中に立っていた。何が起こったのか把握できず、急いで体を確かめる。

食われたはずの右腕が、何事もなかったかのように肩に繋がっていた。

「わっちは、死んだのか……？」

まだ死ぬわけにはいかない。ともに戦ってくれる同志たちを残して死ぬわけにはいかないのに。

「ここは黄泉《よみ》ではない」

と、前方から声がした。

「どこかと問われれば難しいが、あえて言うなら余《よ》の心の中、といったところであろうか」

瑠璃は声のした方へ目を細めた。ぼんやりと霞がかった何かが立っている。凝視するうち、霞は徐々に人の形をなした。

それは甲冑《かっちゅう》に身を包んだ、一人の武士であった。

「もしや、あなたは……」

呆然とする瑠璃に対し、武士はゆっくり首肯した。

「余の名は平将門。その方らと今、刃をまじえる者なり」

瑠璃は瞠目した。つまり自分は、将門の思念に誘《いざな》われたということか。しかし、なぜ——。

将門の体は巨大でもなければ泥に覆われてもいない。明らかに人である。何よりも、目の前にいる将門からは怨毒の気を感じられなかった。今まさに戦っている鬼と同一人物とは、とても思えない。

瑠璃の混乱ぶりを察したのか、将門は静かに口を開いた。

「ここは余の心の一部に過ぎぬ。心の隅に追いやられし〝良心の小箱〟よ。あの惣之丞とかいう小僧は、この小箱の存在に気づいておらん」

「良心の小箱……そこになぜ、わっちをお呼びになったのですか」

問いかけを受けた将門は微かに目を伏せた。

「その方に、余の想いを聞いてもらいたかったのだ」

「あなたの想いを、わっちに？」

「ここからも戦の様子が手に取るようにわかる。その方こそが相手方の頭領であろうと、その方に神に似た力があろうと、わかったのだ。あの刀が余の体内に入ってきたことでな」

あの刀とは、どうやら飛雷のことを指しているらしい。

飛雷が将門の体内に呑みこまれたことで、両者の思念が繋がったのだ。そして飛雷と一心同体になっている瑠璃も、飛雷を介して将門と通じたのである。もっとも、飛雷が橋渡しをしたいと考えたのではないだろうが。

「将門公、わっちは神ではありません。人にございます……が、もし叶うならば、あなたのお話を聞かせてもらえませんか」

未だ混乱が消えないものの、この現状は瑠璃にとって好機だった。将門の恨みには自分の知らぬ根があるのではないか、このまま退治するばかりでいいのだろうかと、些か気がかりだったからだ。

瑠璃に聞く意思があると見た将門は、厳めしい面持ちで語り始めた。

「余は生前、志を持っていた。帝に仕え、世のために力を発揮せんとする、志を……」

しかし将門の志は、血縁のある親族たちの手で無情にも断たれてしまう。指弾された将門は坂東で兵を起こし、諸国を席捲《せっけん》しながら親族らと戦った。と、ここまでは瑠璃も物語で読んで承知している。重要なのは、この先だった。

「終わりの見えぬ戦に身を投じていたある時、余は、摩訶不思議な体験をした」

神々しい光を放つ一羽の鳩が、突然、将門のもとに現れたのだ。鳩は自らを八幡神《はちまんしん》の使いと称した。皇祖神、つまりは禁裏の祖とされる神に代わって、神託を授けに来たというのである。

お前は帝となるにふさわしい男。これからはお前が新たな帝となるべし。鳩はこう言って消えたそうだ。

将門はこの神託をありがたく受け取り、「新皇」と名乗ることを決めた。将門が迎え入れた食客《しょっかく》たちも、前々から彼が帝になるよう望んでいたため大いに喜び、かつ広く新皇の誕生を喧伝した。

「妙だと思っていたんです。今世に伝わる物語を読む限り、あなたには謀反の意がなかった。なのになぜ、禁裏をわざわざ刺激するようなことをしたのかと」

「余には皇族の血が流れている。帝の血族に連なる自負があったのだ」

いわく「新皇」となったのは「本皇」を支えんがためで、帝位を脅かそうとしたのではなかったという。

「なるほど。皇祖神からの直々の神託なら、無視する選択肢などあろうはずもないでしょうね」

「……あの鳩は、神の使いなどではなかった」

将門は苦虫を嚙み潰したような顔をした。

当時の将門は、鳩が真《まこと》の神使だと信じて疑わなかった。ところがこれは敵の謀略だったのである。

親族らは将門の抱える食客が、彼を新たな帝に祭り上げようと画策しているのを知り、密かに喜んだ。将門が新皇と名乗ったならば、腰の重い禁裏もさすがに危機感を覚え、将門を朝敵とみなすだろう。が、将門はなかなか踏み切ろうとしない。そこで敵は将門をけしかけるべく、加持祈禱による鳩の幻を見せたのだった。

目論見どおり将門が新皇と名乗ったのを知るや、敵は将門が禁裏を滅ぼそうとしている旨を、時の帝に吹きこんだ。ついに帝は将門を朝敵とみなし、彼を「悪鬼」と呼んで調伏せんとした。

帝の命を受けた僧が将門の名を記した札を修法壇の火炉で焼き、神官が将門の人形《ひとがた》をこしらえて茨《いばら》に吊るし、直ちに死滅せよと一心に念じる。要するに帝は神仏の力をもって、将門を祈り殺そうとしたのだ。

一方、親族はさらなる計を案じ、将門のもとに密偵を送りこんだ。その密偵こそが「桔梗」という名の美女である。

桔梗は美しいばかりでなく心根の優しい女でもあった。親族に迫害され、不遇の人生を歩んできた将門の孤独を察し、心に深く寄り添った。だが桔梗の優しさはまやかし、そうして将門に取り入り、彼が実は右目しか見えていないという弱点を探り出して、敵方に伝えたのである。

酸鼻を極める戦いの末、追い詰められた将門は右目を矢で射られて視力の一切を失い、反撃できずに命を落とした。最後に彼の首を斬り落としたのは、「小烏丸」という刀であった。

――だから惣之丞は、わっちを桔梗、飛雷を小烏丸と呼んだんだな。

義兄のささやきは、将門の怨恨を煽るに十分だったろう。

「余はいつか帝のお力になれればと、その一心で新皇と名乗ったのだ。だが帝は余を悪鬼と呼んだ。余の真意を知ろうともしてくださらなかった。その上、桔梗まで……」

将門は、右目から血の涙を流していた。

「余は桔梗を愛していた。戦に倦《う》み果てた胸の内を、桔梗が真心から癒してくれていると信じていた。されど桔梗は、余をたばかることしか、考えていなかった」

自身を「人ならざる者」と目され、愛する女に裏切られたことにこそ、将門は深い哀しみを抱いていたのだ。哀しみは変じて恨みとなり、かくして将門は鬼になったのである。

飛雷を介して思念が繋がっているからなのか、瑠璃は将門の心の痛みが直接、己の心をえぐるような感覚を覚えた。

「将門公、一つ教えてください。あなたの怨恨がいかにして生まれたかはわかりましたが、怨恨は一度、完全に鎮められたはずでしょう」

死後、奇《く》しくも本当に「悪鬼」となってしまった将門は、調伏の法を修した僧や神官を呪い殺し、さらには坂東の地に舞い戻って、災害や疫病をもたらした。しかし民らが丁重に供養をして荒ぶる霊魂をなだめ、将門を土地の鎮護神として崇め奉ったことで、怨念は収まったはずだ。江戸の氏神として尊ばれる現在に至るまで、将門は神として、この地を守ってきたのである。

では何ゆえ、再び恨みの念が戻ってしまったのか。惣之丞の魂呼だけで神たる将門を動かすことができたとは、瑠璃はどうしても思えなかった。

瑠璃の問う声を、将門は物憂げな様子で聞いていた。

「人として生きていた頃、余は日ごと神仏に祈っておった。戦に勝利し、敵を打ち滅ぼす力を授けたまえ、と。だが神と呼ばれるようになってから、いかに己が愚かだったかを思い知った」

神格化された将門はこれまで、人々の祈りを数えきれぬほど聞いてきたという。人の願いは多種多様で、純粋なものばかりとは限らない。祈りと言えば響きはよいが、実際は混沌とした欲望か、または他者を呪う内容であることが多いのだ。時の帝が将門を神仏の力で殺そうとしたように、「祈り」と「呪い」は表裏一体と言えるだろう。

将門はそれらを長きにわたって、望むと望まざるとに関係なく聞かされ続けてきた。負の祈りは将門の心を徐々に、しかし着実に蝕んでいった。

――どうして神さまが人に崇められているか、わかる？

不意に九郎助の言葉が、瑠璃の耳にこだました。

人は救いを求め、心に溜まった思いを聞いてもらいたいがゆえ、神に祈る。しかしながら神は人の感情のはけ口ではない。それを理解している者は、一体どれくらいいるだろう。

負の祈りを聞き続けた将門は、知らず知らずのうちに、怨霊としての素質を以前にも増して高めていった。熟成された怨念が惣之丞によって刺激された折、残っていた良心はとうとう見る影もなく小さくなって、隅に追いやられてしまった。

生前、鳩によって運命を狂わされた将門は、再び「鳩」によって恨みの念を呼び起こされ、利用されることになったのである。この事実が彼の心を原形も留めぬほど歪めたことは言うまでもない。

「今まではこの良心の小箱が、余の心の大部分を占めておった。それが今ではかような有り様よ。ここの外に広がっているのは憤怒や恨みつらみの情ばかり。こうなってしまっては、余はどうすることもできぬ……この小箱も、間もなく消えるであろう」

将門の流す血の涙が、ぽつ、と暗闇に落ち、たちどころに消失した。

突如、地面がぐらりと揺らぎ、瑠璃は身を傾けた。将門の良心が今にも崩壊しようとしているのかもしれない。

「その方に頼みがある」

将門は重々しく嘆息すると、こう続けた。

「余の魂を、鎮めてほしいのだ……おそらくはその方にしか、できぬことであろう」

瑠璃は黙って目を閉じた。将門の想いが体中に満ちていく。

哀しい。苦しい。理解してほしい。もう誰も、殺《あや》めたくない——。

再び目を開けると、瑠璃は強い眼差しで将門を正視した。

「心得ました。わっちが持ちうるすべての力をもって、必ずや、あなたの御霊を鎮めましょう」

その答えに満足したらしく、将門は小さく微笑んだ。

「最後にその方、桔梗でないのなら、名を何と申す」

「瑠璃にございます、将門公」

なぜだろうか、将門は驚いたような表情をした。しばらくの沈黙の後、感慨深そうに首肯する。

「瑠璃、か。その方にふさわしい、よき名だ……」

辺りの空気が甚大に揺れる。視界がぼやけ、暗闇に包まれていく。

将門の声が、瑠璃の耳から遠くなっていった。


瑠璃の体は落下を続けていた。

瞳に映るのは巨大な鬼と、右腕の付け根から舞う血しぶき。暗雲に覆われた空が見る見るうちに離れていく。

ふと、瑠璃は背に温かな感触を覚えた。

「炎……」

模糊とする意識の中で横を見れば、赤獅子の毛並みが宙に波打っている。落ちていく瑠璃を、炎が背中で受け止めたのだ。

「露葉のところへ行く。気をしっかり持つのじゃぞ」

赤獅子は低い声で言った。

どうやら将門の思念での出来事はほんの一瞬だったようだ。瑠璃の右肩から先は、やはり何もない。

しかし瑠璃は絶望していなかった。

——将門公。想いを聞かせてくだすって、ありがとうございます。

「瑠璃っ。ああどうしよう、どうしたら……」

再び稲荷神の陣まで辿り着くと、露葉はひどく狼狽《ろうばい》した。双子の顔も今や蒼白になっている。

「そんな、飛雷ごと食われるなんて」

「頭、しっかりして、お願いだから死なないでっ」

栄二郎は泣いていた。

倒れこむようにして地面に膝をついた瑠璃は、血の気の失せた顔で露葉を見やる。

「血を、止めてくれ。失血死なんか、してる場合じゃない」

喘ぎながら懇願する瑠璃を見て、露葉は一瞬ためらった。だが瑠璃の眼差しに鬼気迫るものを感じたのだろう、無言で自らの着物を裂き、腕の付け根をきつく縛り始める。

「ああ駄目、これだけじゃ縛る力が足りない」

「わっちの髪紐を、使ってくれ」

瑠璃は言うと左手で髪紐をほどく。漆黒の髪がさら、と肩にかかった。

露葉は巻きつけた布きれの上から髪紐を縛りつける。が、手が震えてうまく力を入れられない。

すると双子が、露葉の手から髪紐の両端を取った。

「引くぞ栄、思いっきりだ」

「うんっ」

双子は掛け声を上げると、一気に髪紐の両端を引っ張った。ぎりぎりと締めつけられた傷口から血が滴り落ちて、地面を跳ねる。

瑠璃は激痛に叫んだ。

露葉が気つけ薬を取り出し、瑠璃の口に含ませる。血を増やす効力もあるのか、呑みこんだ瑠璃は、目に映る景色が少しずつ鮮明になっていくのに気がついた。

不意にぽた、と赤い血が、結界陣の天井に落ちてきた。

上空を見上げる。

頭領を炎に任せた錠吉と権三が、今なお将門と交戦していた。目を眇めて見れば、二人の着流しはずたずたに破けている。

「あの二人まで、将門公の攻撃を食らったのか」

落ちてきた血は錠吉と権三のものだった。稲荷神の背に乗りながら戦い続ける二人は、明らかに疲弊して動きの切れが悪くなっている。

龍神の力がある瑠璃ならまだしも、普通の人間である二人はどれだけの激痛に襲われているだろう。おそらく今彼らを突き動かしているのは、気力だけだ。

「見ろよあれっ」

豊二郎が唐突に叫んだ。

「将門公の体が……」

動きが鈍っていたのは錠吉と権三だけではなかった。肝心の将門も、何やら苦しんでいる様子だ。忌々しげにうなり、大太刀を振る力は精彩を欠いている。

卒然と、将門の体に幾筋もの稲光が走った。目がくらむほどの閃光。飛雷が司る、雷の力である。

「頭、もしかして……このためにわざと、右腕を？」

瑠璃は頷いた。

右腕を食わせたのは瑠璃の決死の作戦。右腕ごと、飛雷を確実に呑みこませるためだった。瑠璃たちにとって将門の怨念が毒であるように、将門にとっては、成仏の力を持つ飛雷が毒になると考えたのだ。

果たして作戦は成功した。将門は腹の内から迸《ほとばし》る雷に悶《もだ》え苦しみ、呻吟《しんぎん》を放っている。叫べば叫ぶほど、雷はますます威力を増して将門の体を覆う。すると将門の声が、不祥な気配を帯び始めた。

将門は再び鬼哭を発した。

魂の慟哭。おどろおどろしい思念が一挙に大気を震わせる。万物を死へと誘うかのごとき暗澹《あんたん》たる鬼哭は、一同の心を非情なまでに削り取っていく。

瑠璃は重い圧に堪えかね俯いた。見えない力で頭を押さえつけられているようだ。ひざまずけ、頭《こうべ》を垂れろと言わんばかりに。

「……飛雷っ。お前の力はそんなモンなのか？　もっと本気を見せやがれっ」

腹の底から声を絞った途端、鳩尾《みぞおち》に響く雷鳴が轟いた。

猛威を振るう鬼哭が薄れていく。顔を上げると、将門の体をいっそう荒々しく稲妻が走っているのが見てとれた。

瑠璃は四方へと視線を走らせる。鬼哭を受けてうずくまっていた油坊と白が再度、立ち上がろうとしていた。妖は人よりも体力があるようだが、きっとそれも限界が近いはずだ。

上空に浮かぶ楓樹の仕掛。籠目紋の金糸は、死霊軍の度重なる攻撃、将門の鬼哭を受けて綻《ほころ》びが生じていた。仕掛が消失すれば金輪法も解けてしまうだろう。術者たる双子の両手からは血が流れ、黒扇子が不如意に震えている。言葉には出さないが、双子の心身にも多大な負荷がかかっているのは容易に想像できた。

――気力の強さで勝てる相手じゃねえ。

戦況は過酷を極めている。

――それでも……気持ちを切らしたが最後、待ってるのは確実に死だ。

瑠璃の心にともった戦意の焔《ほむら》は、決して消えてなどいなかった。

「炎、頼みがある」

瑠璃は赤獅子へと目を転じた。

「力を貸してほしいんだ。龍神の、廻炎の力を」

全身が軋む。ひりつくような空気を吸い続け、臓腑が張り裂けんばかりに悲鳴を上げる。

瑠璃は予感がしていた。おそらく次が、己の出せる最後の一撃になるだろうという予感が。生死の境にいる今なら、限界を超えた力を出し尽くせるという、確信が。

「……お前の頼みとあらば、そうしよう。乗れ」

瑠璃は立ち上がり、赤獅子の背に飛び乗った。炎は力強く足を踏み締め、空を駆けのぼっていく。

将門の顔面へと近づいていく中で、瑠璃は叫んだ。

「飛雷、ここへ来いっ」

将門が先ほどにも増して苦しみ始める。腹の一点が膨らんでいく。

泥の腹を突き破り、中から飛雷が飛び出してきた。瑠璃に向かってまっしぐらに空を切る。

瑠璃は妖刀の柄を、左手でつかみ取った。対する将門はがらんどうの眼窩を怒りに歪ませる。

次いで瑠璃は錠吉と権三へ視線を投げる。錠吉は背中と右脚に、権三は胸板と左脚に太刀傷を負っていた。ただの傷ではない、怨毒を帯びた太刀傷。二人の肌には傷口を中心に黒い筋が這い、早くも全身を覆いつつあった。

傷口から流れ続ける赤い鮮血。禍々しく脈打つ黒い筋。怨毒に冒された体に刻一刻と、死が迫っている。されど錠吉と権三の瞳に諦念の色はない。

将門が大太刀を宙に振りかざす。三人は素早く視線を交わして頷きあう。言葉はもう、いらなかった。

錠吉と権三が法具を構える。稲荷神が跳躍する。

激しい火花を散らしながら、二人は振りかざされた大太刀を、法具を交差させて受けきった。毒された腑に圧がかかり、おびただしい量の血を吐き出す。

鬼哭を発しようとしているのか、将門の口が大きく開かれていく。だが同時に、白い鎖が将門の顔に巻きついた。双子が結界で動きを封じているのだ。

将門の動きが止まるが早いか、炎がさらに速さを上げて疾駆する。瑠璃は赤獅子の背にまたがり、将門の首を一直線に見据える。

瑠璃の全身から青の旋風が爆ぜた。未だかつてないほどの暴風が、瑠璃を中心に渦を逆巻く。

炎が咆哮を轟かせる。青の旋風に赤がまじる。

飛雷の刃が閃光を放つ。青と赤に黄がまじる。三つの力は瞬く間に馴染み、渦の回転を速めていく。

三龍神の力を宿した旋風が、瑠璃の肌を伝い、左腕に結集した。

瑠璃は炎の背から跳んだ。漆黒の髪が激しく風にはためく。耳に聞こえていた音の一切、心の臓の拍動さえも消えた。双眸は瞬きを忘れている。全身に止めどなく膂力《りょりょく》が漲る。

己と、将門。この地にいるのは、たった二人のみ。

無音の世界。

無我の極致。

緩やかに流れる時の中で、ただ一心に将門の首を目指す。

瑠璃は妖刀を渾身の膂力で握り締め、横一線に振り抜いた。

黒刃が一閃し、つつ――と将門の首に太刀筋が走る。次の瞬間、傷口から怨毒の泥が噴き出した。

将門の首は宙を飛んだ。泥の飛沫が弧を描いて地に降り注ぐ。

首は天高く舞い上がり、やがて轟音とともに地に落ちた。震動が広芝の一帯を揺るがす。

炎の背に受け止められた瑠璃は、首を失った将門の胴体が、溶岩のように溶けだすのを見た。どろどろと覇気なく溶け、地に広がっていく。泥は徐々に黒砂へと変じ、軽やかな風に乗る。

地上にいた死霊たちも、次々に黒砂となり風に流れ始めた。

瑠璃は無言で空を見つめる。

——瑠璃、美しく勇敢なる女傑よ。

風の中から将門の声が微かに聞こえた。

——これでようやく、怨念から解放される……まこと感謝いたす。

叢雲の切れ間から差しこむ日の光が、血でまだらに染まった瑠璃の顔を、穏やかに照らし出すようだった。

七

戦の終焉《しゅうえん》は、何とも静かなものであった。

江戸城の上空から分厚い暗雲が消え失せ、代わりに優しい陽光を帯びた筋雲が広がる。勝鬨《かちどき》を上げる声とてなく、辺りに満ちるのは水を打ったような静けさばかりだ。物体としての限界を迎えたのだろう、金輪法の基になっていた楓樹の仕掛が、音もなく空中に霧散した。

吹上御庭の広芝に澄みきった秋風が吹き渡る。澱んだ空気を洗い清めるかのごとき風は木々を撫で、芝を撫で、そして血に汚れた瑠璃の頬を、そっと撫でた。

「頭、気を確かに」

「ああ瑠璃、よかった、生きてた……」

赤獅子が地上に降りるや否や、男衆と妖たちが一斉に駆け寄った。

錠吉と権三の負った傷は深いものの、将門の浄化に伴い黒い筋が消失している。だが一方、炎の背から降りた瑠璃は見るからに呼吸が浅く、顔は生気を失いかけているかのように青白い。

「医者のところへ連れていこう。一刻も早くきちんとした治療を受けさせないと」

「……待ってくれ」

口早に言い立てる男衆を、瑠璃は掠れた声で制す。

「まだ……まだ、終わってないんだ」

限界の向こう側にある力まで出し尽くし、体はもはや微塵たりとも動かせない。

しかし瑠璃の闘いは、むしろこれからであった。

「ちょ、ちょいと、見てくださいよあれっ、まだ怨毒が残ってます」

猫又の白が声を裏返す。

一同から少し離れた芝上には、小さな泥の塊が残っていた。泥の残滓《ざんし》は内側からもがき暴れるような動作を見せる。が、次第に黒い砂塵へと変わり、清澄な風に流され始めた。

泥の中に人の形を認めるや、男衆はたちまち目尻を吊り上げた。

「まだ生きてたか」

泥の内から姿を現したのは、惣之丞だった。

「殺す……全員、皆殺しにしてやる……」

惣之丞は立ち上がりながら、瑠璃たちをぎらぎら血走った目で睥睨《へいげい》する。着物は綻び、血や土で汚れて文様を確認することすらままならない。形相はさながら、目につく者を片っ端から嚙み殺さんとする手負いの獣だ。

「頭、いかがしますか」

「当然ここで仕留めるんだろ?」

「……いや、何も、しなくていい」

錠吉と豊二郎は予想外の答えに眉根を寄せた。

露葉に手を借り、動かせない半身を起こしてもらいながら、瑠璃は惣之丞と目をあわせる。

「あいつの体を、よく見ろ」

義兄の首には太刀筋があった。首と体は繫がってこそいるが、太刀筋はうっすら赤く滲み、血が胸元まで伝っている。

おそらくは将門と一体化していたのが徒《あだ》となったのだ。惣之丞は怨毒を直に浴びすぎた。その上、瑠璃が三龍神の力をもって将門を断ったことで、内側にいた惣之丞も痛手を受けたに違いない。

どれだけ危険な殺気を放っていても、惣之丞が虫の息なのは誰が見ても明らかだった。呼吸をするのがやっとだろうに、惣之丞は残った力を振り絞るようにして、瑠璃たちのもとへ近づこうとする。

その場で何度も膝をつき、うずくまっては、再度ぎこちない様子で立ち上がるのを繰り返していた。

——どうしてなんだ。どうして、そこまでするんだ。

満身創痍《まんしんそうい》なのは瑠璃も惣之丞も同じだ。が、惣之丞はなおも足掻くのをやめようとしない。あたかも心の内に巣くう、妄執《もうしゅう》に操られるかのように。

「よくも、俺の悲願を……殺してやる、ミズナ。お前さえ、お前さえ殺せれば、もうそれでいい……」

惣之丞の目には激憤が煮えたぎっていた。

切り札たる平将門を失い、鳩飼いとしての志が完全に断たれた今、どうやら彼を動かしているのは義妹への憎しみだけらしい。

「どうしてお前は、俺からすべてを奪っていくっ」

惣之丞は声を嗄らして咆える。

「お前が俺のすべてを奪ったんだ。お袋も、志も、親父も全部っ」

「……どういう意味だ」

瑠璃は虚を衝かれた。

実母、朱崎。差別撤廃の志。惣之丞がこの二つに執着していたのはよく心得ている。

では最後の「親父も」とは一体、どういうことなのか。

──まさかそれが、わっちを嫌う理由だったのか？

「惣之丞。お前は何か、思い違いをしてるんじゃないか。わっちが父さまを奪ったって、どうやったらそう捉えちまうんだよ……」

そもそも義父のことをうっとうしく思っていたのではないのか。そう喘ぎ喘ぎ問うも、惣之丞は無視して足を進めようとする。だがやはり力が入らないらしく、地面に膝をつく。

片手を口に当てて激しく咳きこむや、ごぼ、と大量の血が指の間から伝った。

「……うるせえんだよ」

自らの掌を見ながらぼやく義兄の表情。食い入るように見つめていた瑠璃はそこに、真実を垣間見た気がした。

「お前……わっちと同じくらい、父さまを愛していたんだな」

惣之丞は虚ろな目つきをするばかりで答えようとしない。義兄の心境へと思いを巡らすべく、瑠璃はまぶたを閉じた。

惣之丞は十歳の時、惣右衛門と血が繋がっていないことを知った。

「奪った」という言い草から察するに、血を分けた父親でないとわかっても、幼かった惣之丞は義父を信じたかったのではないだろうか。義父は同情心から自分を育てたのではない、たとえそうだったとしても、今もこれからも我が子同然に、自分を愛してくれるのだと。

ところが惣之丞の心をさらに揺るがす出来事が起こった。

惣右衛門が大川でミズナを拾い、椿座に連れ帰ってきたのだ。惣右衛門は瀕死の少女を救わんと懸命に看病をした。そして身寄りがない少女を、養女として育てることに決めた。

惣右衛門は娘をたいそう可愛がった。ミズナが記憶を失くしており、感情をまったく表に出さないのを案じたからだ。幼子らしい活気を取り戻させてやりたいという惣右衛門の意図は、しかし、息子には伝わっていなかった。

思いがけずできた義理の妹に、惣之丞は困惑し、狼狽しただろう。なぜ義父はミズナばかり可愛がるのか。自分よりミズナの方が大切なのか。元から義父にべったりだった惣之丞が当時、それまで以上に義父の愛を欲していたであろうことは想像に難くない。

——きっと惣之丞は、実感を求めてたんだ。血の繫がりはなくても、自分は確かに父さまから愛されてるんだって、実感を。

内気な童子にとっての心の拠り所は、他の誰でもない、義父の存在だけだったはずだ。だがどこの馬の骨とも知れぬ女子ばかりを気にかける義父を見るうち、惣之丞の心はゆっくりと倒錯していった。

——なあ、ミズナ。家族ごっこは楽しいか?

あの嘲《あざけ》りは義妹に対してというより、むしろ彼自身に向けたものだったのかもしれない。

当時の瑠璃は、義父と義兄に血の繋がりがないことなど知る由もなかった。「兄さんはいいな」という言葉に悪意をこめたつもりはない。が、この発言は惣之丞の心の、最も柔い部分を刺激してしまったのだ。

「……お前は父さまを愛してた。だからこそ、わっちを憎むようになったんだろう」

瑠璃は閉じていたまぶたを開く。長らく自身に向けられていた怒りの根源を、ようやく悟り得た心持ちがした。

憶測はどうやら間違っていなかったようだ。それが証拠に、惣之丞は肯定こそしないが、否定をする素振りもない。

今なら——否、今だからこそ——義兄の本心を知ることができるのではないか。瑠璃は残りわずかな気力を奮い立たせた。

「惣之丞。慈鏡寺でも言ったが、父さまがお前の芝居に文句をつけなかったのは、お前の才能を誰より認めてたからだ。でもきっと、それだけじゃない」

惣之丞は成長に伴い、人の痛みに鈍感になってしまった。息子の心に残忍性が兆しているると悟った惣右衛門は、ゆえに父親として彼に厳しく接したのだろう。

とはいえ惣右衛門の忙しない性分を考えると、息子を叱ってばかりの己を省みて、後悔することも多かったに違いない。普段の生活で厳しい分、調和を取ろうとして、芝居では息子の演技を褒め称えたのではなかろうか。おそらくは、無意識のうちに。

「……詭弁《きべん》だな。親父は、俺を認めてなんかいなかった」

惣之丞が苦々しく口を挟んだ。

「違う、惣之丞、違うんだ」

「何が違うっ。どれだけ言っても親父は俺が立役を務めるのを許さなかった。それは俺に、座元を継がせたくなかったからだろうが」

瑠璃はできる限りの力で首を横に振った。

「お前も知ってるだろう、女形っていうのは、人の心の機微をいかに表現するかが肝の役だ」

惣之丞の演じる女形は座元になれない。序列も立役に劣るというのが世の通念だ。しかしながら、芝居というのは型や形式を重視する反面、大変に自由で、実力が何よりものを言う世界だ。現に女形が座元になった例も存在する。

自由をこよなく好んだ義父が、なぜ頑なに惣之丞を立役にしようとしなかったのか。この理由を、瑠璃は知っていた。

「父さまは、お前が人の心を本当の意味で理解した時に、晴れて立役をさせようと思ってたんだ。その時が来たら、座元を正式に継がせようってさ」

目をかけた役者の卵を初めは女形として鍛え、後に立役へ転向させるのは、芝居でよく取られる手段であった。あらゆる年齢、性別、気質を斟酌《しんしゃく》し、かつ演じ分ける「名優」となるには、まず人の心を体現する女形から始めるべしと。

惣右衛門は生前、こうした自身の考えを、瑠璃だけにこっそり話していたのだった。肝心の息子にこの話をしなかったのは、彼がゆくゆくは座元になれると慢心してしまうのを危惧したからだ。義兄の苦悩を知らなかった瑠璃も、話す必要はないと思っていた。

「そうか。親父は、父親としてのご立派な考えを持ってたんだな」

と、惣之丞は口の端を歪めた。

「……で、それが何だってんだ？　親父の印象が変わっただろう、ってか？　しゃらくせえ、俺が親父に失望した思い出は、そんな綺麗事を聞かされたところで消えやしねえんだよ」

惣右衛門は三人の男から侮蔑され、石を投げられても何も行動しなかった。親父は弱虫だった、と惣之丞は苦りきった声で繰り返す。

——父さまのことを拒絶するようになったのは、やっぱりこれが一番の要因だったんだな。

瑠璃は途切れそうになる意識を押し留め、ようよう言葉を繋いだ。

「……慈鏡寺でお前と話した後、安徳さまと一緒に考えてたんだ。何で父さまは、男たちにやり返さなかったんだろうって」

この事件は安徳にとって初耳であったが、老和尚の記憶には一つだけ、思い当たる出来事があった。

ある日、例のごとくふらりと慈鏡寺にやってきた惣右衛門は、体にいくつもの青あざを作っていたそうだ。和尚が慌てて何があったのか尋ねると、「喧嘩の後払いだ」

と笑いながら答える。

聞けば複数で喧嘩を売ってきた輩に対し、その時はゆえあって手出しできなかったため、日を改めてやり返してきたのだという。

とはいえ、顔を傷つけられてしまうと舞台に障りがある。そのため頭巾で顔を隠した上で、背後から奇襲をかけたらしい。つい「卑怯じゃないか」とたしなめる安徳に対し、惣右衛門は「卑怯モンには卑怯で返す、馬鹿正直なやり方じゃなくてもいい」と語っていた。

安徳いわく、これは惣之丞が話していた時期と一致するらしい。

惣之丞の瞳が揺れた。

「それって、もしかして……」

「ああ。多分お前に石を投げてきた連中に、後で仕返ししに行ったんだ。顔を隠したのは傷がつかないようにじゃなくて、誰だか気づかれたら、また同じことをされると思ったからだろう……きっと惣之丞、お前を守るためだ」

輩が狙うのはより弱い者、つまりは幼い息子であると考えて。

惣右衛門は理不尽な仕打ちに降参した振りをして、後できっちり息子の仕返しを果たしたのである。

「まるで子どもみてえな人だよな」

カッとなりやすい義父がよく我慢できたものだ。息子を傷つけられた憤りや悔しさをぐっとこらえ、孤軍奮闘、男たちに向かって大立ちまわりをする姿を想像すると、瑠璃は可笑しみと同時に、義父をいっそう誇らしく思う気持ちがこみ上げてくるのを感じた。

義父は差別に屈してなどいなかった。身分の違いを盾にする輩に臆することも、己を卑下することも、一切なかったのだ。

「馬鹿じゃねえの、親父の奴……」

惣之丞は義父の心根に改めて気づかされたのか、弱々しい笑い声を漏らした。吊り上がった目尻を下げ、どこか切なげに笑う義兄を見て、瑠璃は唇を引き結ぶ。

——ああ、そうだったのか。

惣之丞の顔からは残忍さや憎悪が薄れ、代わりにまろやかな空気をまとっていた。女形を演じる時と同じ、まろやかな空気を。

——こいつが女形をあれほど美しく演じられてたのは、ただ演技がうまいからじゃない。

惣之丞は自身でも気づかぬまま、心の根の、さらに奥深くに、まろやかさを秘めていたのかもしれない。だとすればそれは実の母、朱崎から受け継いだものであろう。

――だからわっちは、こいつのことが……羨ましかったんだ。

己の中で否定し続けてきた想念を、瑠璃はこの時になってようやっと、受け止めることができた。

片や惣之丞は、再び立ち上がろうと背を丸めていた。

「待て。お前にどうしても、確かめたいことがある」

これを止めたのは権三だった。惣之丞が苦しげな面持ちで、大きな権三の体躯を目に留める。

「お前は咲良《さくら》を、俺の娘の亡骸《なきがら》を蹴り飛ばした。あの子の献身を甘んじて受けておきながら、亡骸に向かって聞くに堪えない暴言を吐いた」

権三は金剛杵を固く握り締めた。

できることなら、娘と同じ目にあわせてやりたい。しかし娘の遺志を思えばそうするべきでない。権三の胸中にせめぎあう葛藤が、瑠璃の心にまで伝わってくるようであった。

権三はしばし黙した後、ふっ、と金剛杵を握る力を緩めた。

「あの時、お前は咲良の襟首をつかんでた。あの子を盾にしようとして……だがよくよく思い返せば、まったく逆の見方もできる」

もしや惣之丞は咲良を後方へ引っ張り、一つ目鬼の攻撃から守ろうとしたのではないか。権三がこう考えたのには理由があった。

惣之丞は咲良に苛立っていたと述べていた。咲良が女子であるにもかかわらず男の格好をしていたのが、かつて瑠璃が男として舞台に立っていたのを彷彿とさせたからで、これは本心だろう。

だがそれまでの惣之丞の言動を思えば、目障りなものは即座に排除していたはずだ。彼自身も結界役はもはや不要と嘯《うそぶ》いていたのに、何ゆえ、咲良をそばに置き続けていたのか。

「お前は咲良を、本心では大事な存在だと思ってたんじゃないか。だから咄嗟《とっさ》に守ろうとした。違うなら、はっきりそう言え」

権三は見定めるような目で惣之丞を鋭く睨む。

するとと惣之丞はぼそ、とつぶやいた。

「柚月《ゆづき》の奴、いつもいつも、犬みてえに俺の後をついてまわってさ。俺ぁガキの甲高い声が嫌いだってのに、惣之丞さま、惣之丞さまって、乳臭え顔で笑いやがって……」

地面に目を落として笑う。が、そこに今までのような嘲笑はなかった。

「柚月……うざったかったけど、あいつにはもう少し、いい思いをさせてやるべきだったかもな」

相も変わらずはぐらかすような口ぶりだが、権三には惣之丞の本心が伝わったらしい。それ以上の問いかけはしなかった。

一方で瑠璃も、義兄が密かに抱えていた孤独と、彼の中に唯一残っていた良心が、透けて見えた気がした。

――惣之丞がああなってしまったのは、わっちのせいなの。

と、耳の奥に声が蘇った。自分を守って消滅してしまった傀儡、朱崎の声が。

――わっちがあの子に、自分の復讐を託してしまったから……瑠璃、わっちの守るべき友。どうかお願い、あの子を許してあげて……わっちの大切な、かけがえのない息子なのよ。

あの時、瑠璃と惣之丞は互いを殺しあう寸前だった。瑠璃を抱き締める格好になった朱崎を見て、惣之丞は、母が血縁者である自分ではなく瑠璃のために身を挺したことを嘆いた。

だが朱崎は瑠璃だけを守ろうとしたのではない。自身が腹を痛めて産んだ我が子、惣之丞をも守ろうとして、二人の中間に飛び出してきたのだった。

「お袋、俺は……俺は今まで……」

朱崎の最期の言葉を伝え聞いた惣之丞は、唇を弓なりに反らした。均整のとれた顔立ちをくしゃくしゃに歪め、彼は心に今、何を思うのだろう。

「惣之丞……」

瑠璃も義兄と同じくらい顔を歪めながら、息も絶え絶えに続けた。

「わっちは、お前を許す。だから」

ずっと、椿座にいた頃からずっと言いたかった言葉が、様々な感情に邪魔され言えなかった言葉が、瑠璃の喉から出ようとしていた。

「だから、仲直りしよう……なあ、兄さん」

もし時を巻き戻せたなら、瑠璃はどれだけ邪険にされようと、根気強く義兄の心に寄り添うだろう。もし惣之丞が義父や母の想いに気づこうとしていたなら、瑠璃と憎しみあうことも、命を奪いあうこともなかっただろう。

ほんのわずかでも運命が違っていたら、二人は支えあうことのできる兄妹になれていたかもしれない。惣右衛門の望んでいたような、仲のよい兄妹に――。

「ばあか。ガキみてえな生っちょろいこと言ってんなよ」

惣之丞は足をよろけさせつつ立ち上がった。

天を仰ぐ義兄の眼差しは、過ぎ去った日々を思い出しているかのように、遥か遠くを見ていた。

やがて惣之丞は瑠璃に背を向けた。聞こえるか聞こえぬかくらいの、微かなつぶやきを残しながら。

「……もう一度、親父とお前とで、あの舞台に立ちてえな……」

傷だらけの体に鞭打つようにして歩き去っていく惣之丞を、止める者はもはや誰もいなかった。

瑠璃は小さくなっていく義兄の背中を、心に焼きつけるがごとく見つめ、ゆっくりと瞳を閉じた。

数日後。

日本橋にある瓦版屋の前は、刷り上がったばかりの瓦版を求める者たちでごった返していた。女たちは涙に暮れ、男たちは悄然と肩を落とす。

瓦版に記されていたのは天下の女形、椿惣之丞の訃報。惣之丞は今戸に繋がる竹林の道で一人、突っ伏すように絶命しているのが発見されていた。

亡骸を発見した男の話は、何とも不思議なものであった。

男は惣之丞の亡骸に、女物の仕掛がかけられていたのを見たそうだ。しかし仕掛は男が近づいた途端、幻のように消えてしまった。

その仕掛には、色鮮やかな楓樹が描かれていたという。

八

根岸《ねぎし》にある黒羽屋の寮にて。

外を散歩していたさび猫の炎が、ひらりと縁側に飛び乗った。炎はゆっくり瞬きをしながら部屋の有り様を見巡らす。

部屋には色とりどりの錦絵が散乱していた。錦絵に描かれているのは天下の女形を讃える、追善の死絵《しにえ》だ。

さび猫は最後に部屋の中心へ目を留め、にゃあ、と一声鳴く。

布団の上で上体を起こしていた瑠璃は、はっと我に返った。

「ああ炎か……お帰り、遅かったな」

「お前、そろそろ片づけをせんと、またひまりに叱られるぞ」

猫に苦言を呈された瑠璃は小声で笑った。

江戸城での決戦の後、瑠璃は高熱に浮かされ、生と死の狭間をさまよった。男衆やひまり、露葉を初めとした妖たちの看病によって、三日前にやっと意識を取り戻したのだ。

「肩の具合はどうじゃ。まだ疼くか」

瑠璃は尋ねられるがまま、己の右肩を見やる。

右肩から先にあるのは中身のない袖ばかり。露葉のくれた薬で痛みは抑えられているが、瑠璃は傷口の疼きにひどく苛まれていた。

まるで右肩が、腕が失われたことを理解できないかのように、じくじくと疼いてたまらない。

「変な感じだよ。目が覚める度、もしかしたら龍神の治癒力で腕が生えてるんじゃないかって期待しちまうんだ。生えてこなくて当たり前なんだけどさ」

左利きに慣れるまで時間がかかるかあ、と瑠璃はため息をこぼす。

片や炎は、布団の上に広げられた瓦版を見ていた。

「またそれを眺めておったのか。いくら読んでも内容は変わらんというに」

「ああ、そうなんだけどさ……」

瑠璃も瓦版に目を落とす。

「安徳さまが、椿座へ遺品の整理に行ってくれたんだよ。昔はよく椿座に出入りしてたから、すんなり通してもらえたみたいでな」

炎が戻ってくる前、寮には老和尚が見舞いに来ており、椿座の様子をつぶさに教えてくれたのだった。

惣右衛門の亡き後、安徳が椿座の裏手にある住まいに行くのは、これが初めてであった。家主となった惣之丞が安徳はおろか、何人たりとも住まいに寄せつけようとしなかったからだ。

住まいに足を踏み入れた安徳は驚いた。

惣右衛門が生きていた頃、住まいは家長の無精な性格が起因して、物が散乱している状態だった。が、惣之丞が管理していた住まいは反対に物が少なく、うら寂しいほど殺風景だったらしい。

「惣之丞の奴、昔から変に潔癖っつうか、神経質なところがあったからな」

そう言って瑠璃は吐息を漏らす。

和尚の話には、瑠璃の胸をいたく打つものがあった。

庭に、椿の木が残っていたというのだ。惣右衛門が大切にしていた椿の木。惣之丞は草花に興味がなかったはずだが、どうやら義父の死後も手入れを欠かさなかったようだ。

味気ない家の中でただ一つ、椿の木だけが息吹と彩りをたたえているようであったと、老和尚はしみじみ述べていた。

「わっち、思うんだよ。惣之丞は最期に慈鏡寺へ向かってたんじゃないかって……父さまの墓がある、慈鏡寺に」

惣之丞が何を考え、どこに向かっていたかは、今となっては誰にもわからない。だがこの予想に、さび猫も頷いて同意を示した。

「なあ炎。実はわっち、椿座にいた頃、立役を降りるようにって父さまに言われてたんだ」

「何、そうだったのか？」

「うん。あれは、十五の春だったかな」

瑠璃は確かに惣之丞が望んだ立役だったが、成長するにつれ体は丸みを帯び、女子であることをいつまでも隠し通せないのは明白であった。

おまけに瑠璃は忠以と恋に落ちていた。娘の心身に女子としての幸せが目覚めつつあると気づいた惣右衛門は、十六になったら役者を降りるよう、瑠璃に告げたのだ。

さらに義父はこうも言った。惣之丞には内緒だぞ、と。瑠璃が性別を理由にいずれ立役を降りると知れば、息子はきっと図に乗ってしまうと考えてのことである。

したがって惣之丞が瑠璃を吉原に売った当時、瑠璃は義兄から厄介払いされるまでもなく、立役をやめる寸前だったのだ。

「あのさ、笑わないで聞いてくれよ……わっちはさ、惣之丞に憧れてたんだ」

瑠璃は幼い頃から惣之丞が羨ましかった。天性の美貌で人々を魅了する義兄を誇りに思うと同時に、自分では到底かなわないと思っていた。しかし義兄からあからさまな敵意を向けられるうち、羨望は次第に、競争心へと変わっていった。

女の身では役者を続けられない。惣右衛門からこの事実を突きつけられた時、瑠璃は悔しくてたまらなかった。そして男に生まれ、誰に咎められるでなく役者としての展望を持ち続けられる義兄が、憎らしくなった。憎しみの裏に憧れが根強く残っているのを、自戒するがごとく心の奥底に押しやったのである。

「笑いはせんよ。お前が惣之丞に憧れとるのは、ずっと前から知っておったからな」

「えっ」

「これを言うとお前が怒り狂うじゃろうと思って、言わなかっただけじゃ」

唖然としている瑠璃を尻目に、炎は涼しげな様子で続ける。

「惣右衛門はやかましいほどお喋りなくせに、重要なことほど隠す性分じゃった。それは瑠璃、お前も、惣之丞も一緒じゃ。さすがは親子といったところかの」

一人で思い詰めるところも、思い立ったら猪突猛進なところも然り。義父ゆずりの野放図か神経質かという差異はともかく、瑠璃と惣之丞は似たもの兄妹だった、と炎は結論づけた。

痛いところを突かれた瑠璃は反論できず、うめき声ばかりを漏らす。一方のさび猫はにんまりと笑ってみせた。

「惣之丞は敵ながら天晴《あっぱれ》な男じゃった。思想はさておき、志を貫く生き様がな。お前もそう思うじゃろ」

「……うん」

「素直でよろしい。近いうちに和尚が奴の墓を建ててくれるじゃろうからな、しっかり供養をしてやるといい」

言うと炎は立ち上がり、布団に足をかけた。瑠璃は布団の上に載せていた瓦版をどけ、さび猫の座る場所を作ってやる。

瑠璃の膝上に収まってから、炎は改まったように視線を上げた。

「……これは白から聞いた話なんじゃがな、猫という生き物は何でも、死の直前に姿を消すらしい」

「何だそれ、今の話と関係あんのか？」

唐突な話題に瑠璃は片眉を上げた。対するさび猫は目を伏せ、独り言ちるように言葉を継いだ。

「主《あるじ》からも仲間からも離れ、猫は独りきりで死ぬのだそうな。長らく猫として生きてきたからには、わからなくもない話じゃが……儂には到底、できそうもない」

なお話の意図をつかみかねている瑠璃の瞳を、炎は静かに眺めた。

「瑠璃。別れの時じゃ。儂はもう死ぬ」

一瞬、瑠璃はわけがわからず、固まった。

「……お前、何言ってるんだよ」

「人とともに、お前とともに生きるのはなかなか楽しかったぞ。のう瑠璃、儂が死んでも泣くなよ」

「冗談はやめろっ」

瑠璃は怒鳴るが早いか、炎の体に手を伸ばす。

しかし次の瞬間には言葉を失ってしまった。

指に触れたさび柄の毛が、はらりと落ち、霞のごとく消えたのだ。

「どうして……」

愕然と声を震わせる瑠璃を、炎はどこか侘しそうな面差しで見ていた。

「平将門との戦で力を使い果たしたんじゃ。儂にはもう、猫の体を留めておく力すら残っておらん」

「わっちが、力を貸してくれって、頼んだから……?」

違う、とさび猫はかぶりを振った。

「儂はな瑠璃、お前の故郷で救われた時に、本当であれば死んでおったんじゃ。じゃがお前の祖先、早蕨が儂を生き永らえさせてくれた」

さりとて猫の体は龍神の体と違って不安定だ。生き永らえてもその実、いつ消滅してもおかしくない状態が続いていたのだという。

「それがここまで命を繋いで来られたのは、奇跡と言えるじゃろう」

——炎が、死ぬ?

瑠璃は絶句していた。

今まで当たり前のようにそばにいたさび猫が、いなくなるというのか。自分の隣から、永遠に。

——何で。炎はこれからもわっちと一緒に生きていく。どんな辛いことも一緒に乗り越えてきたんだから。なのに、何で……。

炎がいなくなることなど、あるわけがない。そう頭で否定しようとしても、炎の眼差しが、瑠璃に変えられぬ事実を諭してくるようだった。

今や炎の毛は、一本、また一本と落ちて消えつつあった。

「聞け、瑠璃。儂はお前の実の父から今際《いまわ》の際《きわ》に託されておったんじゃ。〝ミズナを頼む〟と」

ただ炎は、東雲の遺言だけが理由で瑠璃に寄り添ってきたわけではない。瑠璃は炎の兄弟分、蒼流の生まれ変わり。これとて理由の一つに過ぎなかった。

「儂はお前の性分を、お前の存在を、この世のどんなものより好もしく思っておった。もし東雲に頼まれなくとも、お前が蒼流の宿世でなくとも、儂はお前に寄り添うことを選んだであろう」

だからこうして最期を一緒に過ごしたいのだ、と炎は言った。

深々と嘆息を一つして、今なお言葉が出ない瑠璃の、胸元へと目を据える。

「……飛雷よ。おぬしも無論、わかっておるな？」

と、瑠璃は自分の意思とは裏腹に、心の臓がざわめくのを感じた。

――死ぬのか、廻炎。

心の臓から聞こえてきたのは飛雷の声だ。

炎は小さく首肯した。

「これからはおぬしが瑠璃を守り、導くのじゃ。儂の代わりにな」

――この我が、それを気軽に承諾するとでも思うのか？

苛々となる飛雷。されど炎は、至って冷静だった。

「おぬしには瑠璃《こやつ》の生まれ里を壊滅させた罪がある。よもや忘れたわけではあるまいな」

——ふん、馬鹿馬鹿しい。我は龍神の志に従って愚かな人間どもを滅したのじゃ。何が罪なものか。

「龍神の志を履き違えるな」

炎の声は、瑠璃が聞いたこともないほど低く、厳然としていた。

「おぬしの気持ちはわかる。かくいう儂も、かつては人間を憎たらしく思うたものだ。じゃが飛雷、邪悪な想念を龍神の志と言うことは、いくらおぬしが儂の兄弟であろうと、断じて許さぬ」

炎の気迫がびりびりと部屋の空気を揺るがす。

瑠璃は己の心の臓が、奇妙に鼓動するのを感じた。怒りや苛立ちとは違う。炎の言葉が、飛雷の心に響いているかのようだった。

「儂らの兄弟、蒼流は瑠璃という人に転生した。人を慈しみ、命を懸けて人を守りきった。人が成り果てた鬼の魂を救わんと、心を砕いてきたのじゃ……飛雷よ、おぬしにも感じるものがあったはず」

心の臓がドクン、と揺れる。

「龍神の志が何たるか、本当は、もう思い出しておるんじゃないか」

だがそれきり、飛雷は何も言わなくなった。

「なあ、炎」

瑠璃は口をわななかせた。

何か言わねば。言葉を切らせば、炎の命はそこで尽きてしまうのではないか。根拠のない焦りが瑠璃の喉を急き立てる。

「わっちは、何もできないのか？　お前が生きられるなら何だってする。だからお願いだ、いなくなるなんて言わないでくれ」

懇願する瑠璃に、しかし、炎は首を横に振った。

「儂は長く生きすぎたんじゃ。もう旅立たねばならん」

膝上に乗る重みが、段々となくなっていく。瑠璃は矢も楯もたまらずさび猫の体に触れる。さび猫の重みを、命を、その場に押し留めようとするかのように。

「……お前に〝瑠璃〟という名がつけられたのは、不思議な偶然じゃ」

炎は卒然とつぶやいた。

ミズナ、惣右助という名を持っていた女子に、黒羽屋の楼主、幸兵衛は瑠璃と新たな名をつけた。

「でも瑠璃ってのは、単なる源氏名だ。わっちが遊女になった証でしかない」

瑠璃がそう返すと、炎は瞬きを一つしてみせた。

「お前もすでに知ってのとおり、三龍神は遠い昔、同じ志を共有しておった。人を守らんとする志。その究極の理想が、〝瑠璃の浄土〟じゃ」

「瑠璃の、浄土……？」

炎は言う。

龍神のみならず、八百万《やおよろず》の神々が希求する瑠璃の浄土。そこには救いの光が満ちあふれ、世界をまんべんなく照らし出すのだと。

貴賤《きせん》を問わず人々が支えあい、慈しみあう世界。虐げられてきた者たちにも、蔑まれる立場にあった者たちにも平等に光が当たり、誰もが心安らかに過ごせる世界。

「瑠璃、お前なら、きっと……」

言いかけて、炎は不意に言葉を切った。

消滅の時がついに来たのだ。瑠璃の心にさざ波が立った。

「炎、待て。行かないでくれ」

さび猫はまだ何か言いたげな面持ちをするも、もはや限界のようだ。瑠璃を今一度まっすぐに見上げ、にっと笑ってみせる。

炎の瞳には、死への恐れがなかった。

「さらばじゃ瑠璃、来世でまた会おう。儂の大切な兄弟分。儂の大切な、家族よ……」

これを最後に炎の姿は透けていき、あっという間に影形もなくなってしまった。

瑠璃の膝上にあった重みが、温もりが、完全に消えた。おそらく猫の体がとうの昔に限界を迎えていたためだろう、炎は骨の一本も、毛の一本すら遺すことなく逝ってしまった。

瑠璃はさび猫のいた場所を言葉なく見つめる。視界から、色が薄れていく。左手はさび猫を支える形に留めたまま、瑠璃は長い間、そうして動かなかった。

九

「近頃はめぼしい話題がなくて退屈だぜ。黒ずくめの五人衆も、とんと目撃されなくなっちまったしよう」

「ならあれはどうだ？　お上の御庭が荒らされたって話だよ」

「ありゃ落雷が原因だって言われてるじゃねえか。そういうのじゃなくてもっとこう、世間を賑わせるような話題が欲しいんだ。天下の女形の訃報みてえにな」

「お前なあ、退屈なら吉原で遊んでばっかいねえで、もっと気張って働きやがれってんだ。話題なんざなくても平和で何よりじゃねえか」

廓の外からぐだぐだと聞こえてくる男たちの与太話を、瑠璃はぼんやりした面持ちで、聞くともなしに耳に留める。

——平和で何より、か。

次いで妓楼の中庭から、禿たちのはしゃぐ声が響いてきた。

この日は「ふいご祭」、すなわち火除けの祭事が行われる日だった。火事の多い吉原ではふいご祭がことさら大切にされる。火除けのまじないと称して楼主が中庭に蜜《み》柑《かん》を投げ、幼い禿たちが競うようにして拾うのがお決まりだ。

瑠璃は楽しげな声を聞きながら、何の気なしに己の右肩を見やる。

豪華に襲《かさ》ねられた衣裳の上から見ても、右袖の中はがらんどうだった。

──そうだよな。平和のためにわっちらは戦ったんだから。平和で何よりだとも。

江戸中にはびこっていた鬼たちが平将門とともに浄化されたため、江戸には真の安寧が訪れた。

幕府と禁裏の対立。二つの権威の代理戦を請け負った、黒雲と鳩飼いの存在。江戸への脅威を水際で食い止めた瑠璃たちの活躍を知る者は、民草の中に誰ひとりとしていない。

とはいえ、瑠璃はそれでよいと思っていた。英雄として賞賛されるために戦ったのではない。己の魂に従って戦ったのだから、と。

出養生から復帰した瑠璃は、ついに太夫職に就くことを承諾した。

かつて朱崎が盲目でも太夫であったように、たとえ右腕を失っても、瑠璃ほどの人材とあらば吉原は決して逃がさない。奇異な目で見られることも懸念されたが、瑠璃の美しい顔は健在であり、人気は絶えないだろうと結論が出ていた。

「当分は、右腕がなくて気色悪いとか言われちまうのかな」

誰もいない部屋で独り言ち、瑠璃は空笑いをした。

ふと、部屋の有り様を眺め渡す。

ひまりが綺麗に維持してくれていた三間つづきの部屋には、見慣れた調度品があった。座敷の隅には「快気祝」の紙が貼られた大小の包み。馴染みの上客たちからの贈り物だ。

広々とした部屋に配された美しい調度品。様々な贈り物。贅の尽くされた部屋を見まわした瑠璃は、しかし、胸の内に不快な波風が起こるのを感じた。

見慣れた部屋なのに、なぜだか今までと違って見える。

足りない。何かが足りない。何かが、欠けている。

瑠璃は裾を引きずりながら床の間へと足を運んだ。菊の花びらが祥瑞《しょんずい》の花瓶の下敷きになっていると気づき、花瓶を左手で持ち上げる。

水で満たされた花瓶は思ったより重く、左利きに慣れていない瑠璃はつい手を滑らせてしまった。

ガシャン、と花瓶の割れる音。高価な花瓶はあっけなく粉々になり、破片とともに水が飛び散って衣裳の裾を濡らす。

瑠璃は虚ろな目で割れた花瓶を見つめた。

——ああやっちまった。これって、いくらするものだっけ……。

ガシャン。

耳障りな音が繰り返される。

ガシャン。ガシャン。

何度も、何度もしつこく、瑠璃の鼓膜を突く。

ガシャン。

無残なほど散り散りになった破片を見つつ、瑠璃は唇を震わせた。

「……いらない」

破片の一つを拾い上げると、ふらふらした足取りで鏡台に向かう。

鏡に映った己の顔が、右腕のない体が、無性に瑠璃の心を苛立たせた。

瑠璃は手にした破片を目いっぱい鏡に向かって投げつけた。一瞬で鏡が割れ、再び激しい音が鳴る。

「いらない、これも、これも」

瑠璃は文机《ふづくえ》へ向かい、上にあった硯や筆を一気に払い落とした。続けざまに布団の間へ向かう。羅紗《らしゃ》の三ツ布団を蹴散らし、堆朱《ついしゅ》の菓子箱や螺鈿《らでん》の煙草《たばこ》盆を畳に叩き落とす。衣桁《いこう》を引き倒し、簪《かんざし》で雀型の屛風《びょうぶ》を何度も突き刺す。燭台《しょくだい》を壁に投げつける。

「いらない、こんなもの、全部、全部いらないっ」

今度は納戸へ走り、越前箪笥《えちぜんだんす》から衣裳を次々に引っ張り出す。色鮮やかな前帯を踏みつけると、左手で片っ端から仕掛をつかみ、口を使って引き裂き始めた。

「ちょいと瑠璃、何を騒い、で……」

音を聞きつけたのだろう、遣手のお勢以《せい》が部屋の襖を開けた。

散乱した部屋の有り様と瑠璃の相貌を見たお勢以は、見る見るうちに青くなった。

「誰か、誰かっ。こっちに来とくれ、花魁の気が触れちまったよっ」

お勢以の引きつった声も、瑠璃の耳には入っていなかった。形が残っているものを手当たり次第に壊し、引き裂き、投げつける。

「ああああああっ」

言葉にならぬ情動が、叫びとなって喉から吐き出される。瑠璃はいつしか涙を流していた。目に映るものすべてが、歪んで見えた。

どれだけ叫んでも、瑠璃の心は満たされなかった。どれだけ壊しても、心の渇きは止まらなかった。

いつの間にやら廊下には朋輩たちが集まり、錯乱した花魁を遠巻きに見ている。

これに気づいた汐音《しおん》と夕辻《ゆうつじ》が、何事かと顔をのぞかせた。

「な、瑠璃さん、何してるんですかっ」

「落ち着いてよ瑠璃、どうしてこんな……」

「汐音さん、夕辻さん、下がってて。おいらが行くから」

部屋に入ろうとした二人を、栄二郎が止めた。

二人の遊女は暴れ続ける瑠璃と栄二郎とを見比べる。栄二郎は、大丈夫だから、と集まった遊女たちに言い置いて、襖を閉めた。

栄二郎の姿も目に入らず、瑠璃は泣き叫び、破壊を続ける。何かの破片で傷ついたのだろう、手足からは血が滴っていた。

それでも瑠璃は止まらなかった。体の痛みなど毛ほども感じない。ただ心の傷ばかりが膿み、痛みを訴える。

「わっちは、何のために戦ったんだ。何のためにっ」

栄二郎は口を噤み、瑠璃の思うようにさせていた。

「戦に勝ったから何だっていうんだ？　こんなものを守るためか」

素足で蒔絵《まきえ》を施した塗枕を踏みつける。瑠璃の足からだらだらと血が流れる。

この傷は数日もあれば治るだろう。だがいくら高い治癒力があっても、心までをも癒してはくれない。

黒雲は確かに勝利した。が、勝利は一体、瑠璃に何をもたらしてくれたのだろう。義兄は死んだ。心を寄せあった男とも二度と会えない。心の支えであり続けてくれたさび猫は——もういない。

結局、勝利が瑠璃の心にもたらしたものはたった一つ。

空しさだけだった。

「炎……何でいなくなったんだよ……わっちを置いて……」

とうとう壊すものがなくなった瑠璃は、その場にくずおれた。畳の上に爪を立てる。ぎち、と爪と肉の間が裂けて血が流れれども、そんなことはどうでもよかった。

胸の内に、いくら注意しても畳での爪とぎをやめなかったさび猫を思い出す。三ツ布団の上でともに眠り、飯を食った日々。互いに悪態をつきあうことも多かったが、それでも一人と一匹は付かず離れず毎日、一緒だった。瑠璃が産まれた時から毎日、ずっと。

炎は瑠璃にとっての相棒だった。分身だったといっても過言ではあるまい。時に意地悪く、時に温かく、さび猫はありのままの瑠璃を肯定し、愛してくれた。

我が身の半分が引き裂かれる感覚を味わった瑠璃は、滂沱《ぼうだ》と涙を流し続けた。

「花魁」

顔を上げると、栄二郎が、憂いを含んだ目で自分を見つめているのに気がついた。

「花魁、もう吉原を出よう。太夫になんかならなくていい。花魁はもう、ここにいるべきじゃない」

しかし瑠璃は覇気のない顔で首を振る。

「吉原に、骨を埋めるつもりなんだね」

瑠璃が己の意思で吉原を出ていくことはないと、栄二郎は聞かずとも察していたようだ。

「おいらは反対だよ。江戸から鬼がいなくなった以上、花魁は自由になるべきだ。嫌だって言っても、おいらが無理にでも引っ張り出してみせる」

「……吉原から出るには金がいるだろ。お前が身請け金を出すってのか？」

瑠璃の口からは乾いた笑い声しか出てこなかった。

花魁たる自分を請け出すともなれば、身請け金はどれほど膨大な額になることか。おそらく千両を優に超えるだろう。そのような大金を、一介の若い衆である栄二郎に出せるはずがない。

ところが栄二郎は、瑠璃の問いを意にも介していなかった。

「お金なら、花魁がたんまり持ってるじゃない。黒雲の報酬、全然使わないまま貯めてるんでしょ？」

栄二郎が指摘するとおり、瑠璃はこれまでの任務で得た報酬を使う当てのないまま貯めこんでいた。相当な額になっているのは確かで、なるほど身請け金に充てることができるかもしれない。

つまり栄二郎は、自分で自分を請け出せというのである。栄二郎ならではの独特な発想に、瑠璃は些か気が抜けるようであった。

そうそう、と栄二郎はつとめて明るく続ける。

「安徳さまから聞いたんだけどね、将軍さまも、〝身請け金が足りないようならできる限り援助する〟って言ってくれてるらしいよ」

「上様が？」

将軍が直々に花魁の身請け金を援助するなど前代未聞ではあるが、家治は江戸を守った瑠璃や男衆へ、何かしらの礼をしたいと望んでいるらしかった。

困惑する瑠璃に対し、栄二郎はようやく落ち着いて話ができると悟ったのだろう、畳の上に端座した。

瑠璃と正面から視線をあわせる。何事か思惟《しい》してから、腹を括ったように口を開いた。

「おいらは、花魁のことが好きだ」

束の間、瑠璃は時が止まった錯覚に陥った。

「お前、何を……」

「頭領として慕ってるってだけじゃないよ。男として、花魁のことが好きなんだ」

気づいてなかったでしょ、と栄二郎はやや寂しそうに笑う。

「花魁って人の色恋には敏感なくせに、自分のことはさっぱりだよね。まあそういうところも含めて好きなんだけど」

唐突すぎる告白に、瑠璃の涙は我知らず止まっていた。

思い返せば忠以も、栄二郎が瑠璃に恋心を寄せているのではないかと指摘していた。瑠璃は栄二郎の想いが若い衆として、黒雲の同志としての好意であろうと否定してきたのだが、どうやら忠以の指摘が正しかったようだ。

「前に花魁、〝権さんに何を相談してたんだ〟って聞いたでしょ？　あれね、実はこのことだったんだ。遊女と若い衆は結ばれちゃならないからずっと我慢してたんだけど、もう言っちゃったしいいよね」

栄二郎は赤くなっているものの、物言いはさっぱりとして清々しい。

反対に瑠璃は、何と返せばよいかわからなくなってしまった。栄二郎の気持ちはありがたい。されど瑠璃は立場や建前を抜きにしても、忠以への気持ちを捨てきれなかった。たとえもう二度と会えぬと、頭で承知していても。

なぜこれほど忠以に恋心を募らせるようになったか、理屈は自分でもわからない。

あのひょうきんな気質が少し義父に似ていたからだろうか。細く垂れがちな奥二重の目が優しく見えたからだろうか——否、瑠璃は忠以のすべてが好きだった。彼のまとう空気も含めてすべてが、狂おしいほどに。

「栄二郎、わっちは……」

「わかってるよ。花魁は、酒井の旦那が好きなんだよね。きっとこれからも酒井の旦那を忘れられないんだろうって、ちゃんとわかってるから」

栄二郎は屈託《くったく》ない笑みを浮かべ、そんな顔しないで、と手を振った。

「ごめん、いきなりこんなこと言われてびっくりしたよね。でも花魁を困らせたくて言ったんじゃないんだ……おいらが好きなのは、自由な花魁だって、知ってほしくて」

自由。その言葉は微かに瑠璃の胸を動かした。

「花魁の心はいつだって自由だった。けど今は、違う気がする」

それはあまりに多くを失ってしまったからだろうか。栄二郎は理由には言及しなかった。

「吉原を出たら、花魁には好きに生きてほしい。花魁の思うまま今度こそ、自由に生きてほしい」

栄二郎は決して「一緒になろう」とは言わなかった。忠以に対する瑠璃の気持ちを、深く斟酌しているからだろう。

少年の優しさは瑠璃の心に染み入るようだった。が、やはりどうしても、思いきることができなかった。

——自由って、何だ。

自由という響きはどことなく魅力的だ。とはいえ吉原を出た後、どう生きればいいのだろう。自分が何をしたいと望んでいるのかすら、わからなかった。

ここに至って瑠璃はようやく気がついた。自分が脱け殻になっていることを。気づかぬうちに、吉原という囲いに縛られてしまっていたことを。

——わっちはいつから、縛られていた？

自問をするまでもなく、答えはすでに、己の中にあった。

——もしかしたら最初から、わっちは吉原に縛られてたのかもしれない。黒羽屋にやってきたあの日から……。

張り巡らされた蜘蛛の巣が蝶を捕らえるがごとく、吉原は女の希望を搦《から》め取る場所だ。自分は自由だと思いこんでいられたのは、辛うじて自由な心でいられたのは、黒雲の任務があったから。男衆や妖たち、そして炎がいてくれたからだった。

喪失感に心を覆われてしまった今、蜘蛛は待ちかねていたかのように、瑠璃の心身を蝕もうとしていた。

──蒼流。聞こえるか。

不意に、胸の内から飛雷の声がした。瑠璃は冷えた指先を胸元にかざす。

──お前にはまだ、為すべきことがある。

瑠璃は栄二郎と視線を交わし、ごくりと唾を呑みこんだ。飛雷は今なお瑠璃の体を狙っているはずだ。だとしたら、安易に邪龍の言葉を聞くべきではないだろう。

警戒したのも束の間、次に発せられた飛雷の言葉は意外なものだった。

──日ノ本の各地に置かれた〝要石〟のことを、覚えておるな。

「要石？　確か、龍神の魂を圧する呪石だったか」

──ああ、まこと忌々しいがな……蒼流。要石のすべてに祈りを捧げよ。龍神への抑圧を取り除くのじゃ。さすれば龍神が本来持つ〝守護の力〟が、完全に解き放たれるじゃろう。

守護の力は、言わば龍神の真なる力。どんな魔にも打ち克つ可能性を秘めた力だという。

戸惑う瑠璃に対し、飛雷はさらにこう続けた。

日ノ本の各地を巡り、守護の力が隅々にまで行き渡るようにせよ、と。

――これは我だけでなく、廻炎の願いでもある。

「じゃあ炎が、最期に何か言おうとしてたのは……」

――左様。あやつも龍神の願いを、お前に託そうとしていたのじゃ。命尽きる方がちと早かったがな。

最期の最期まで瑠璃を慮《おもんぱか》り、自らの願いを後まわしにしたさび猫のことを考えると、瑠璃は胸が詰まった。

――我らの願いを引き受けると約束するならば、今後、お前に我の力を貸してやらんでもない。

「え……？」

瑠璃は眉をひそめた。

死にゆく自分の代わりに瑠璃を守り、導け。炎の遺言を、飛雷は無視していたのではなかったか。そもそも日ノ本に守護の力を行き届かせるという願いとて、これまでの言動にそぐわないものである。

「お前、何を考えてるんだ？」

きつく問い質してみても飛雷は答えない。

「急にそんなことを言うなんて、まさか妙なことを企んでるんじゃ……」

「待って花魁。おいら、飛雷の考えに心当たりがあるんだ」

そう声を上げたのは栄二郎だ。

十五の童子にどうして龍神の思念が推測できるというのだろう。疑わしげな様子の瑠璃をよそに、栄二郎は瑠璃の胸元に向かって話しかけた。

「ねえ飛雷。炎と花魁の行いを見てきて、色々と思うところがあったんでしょ。ほら、おいらにも兄さんがいるからわかるんだ」

兄の豊二郎は乱暴ともとれる振る舞いが多く、栄二郎は腹が立つこともあるそうだ。しかしながら、兄が何かを成し遂げようと奮起する時、不思議と栄二郎も同じ気持ちになる。

「兄弟を支えたり、思いやったりする気持ちは、人でも龍神でもそう変わらないんじゃないかな」

飛雷は兄弟分たちを疎んじていたが、それは人に裏切られ心が歪んでからの話。飛雷もかつては兄弟分と力をあわせて日ノ本を守ることに、矜持を持っていた。邪《よこしま》な思念に囚われるようになってからも、心の深層には、兄弟分を慮る気持ちが残っていたはずだ。

戦の果てに瑠璃は右腕を失い、廻炎は消滅した。兄弟分の心意気を切に感じ取った飛雷は、だからこそ瑠璃に力を貸し、さらには龍神の願いをも託すことに決めたのではないか。

「そうなのか、飛雷？」

瑠璃が尋ねると、心の臓が小さく揺れた。

——我の心がどうであろうと関係ないじゃろう。蒼流よ、約束するのかしないのか、早うはっきりせい。

きっぱり明言はしないものの、どうやら栄二郎の推測は当たらずとも遠からず、といったところのようだ。

「……決まってるじゃねえか」

瑠璃の瞳から、意図せず涙の粒が一つこぼれた。

「約束するよ。きっと、龍神の願いを果たしてみせる……ありがとな飛雷」

左手で頬をぬぐい、すっと立ち上がる。

瑠璃の面差しに熱い決意が迸る。双眸は喪失と虚無を乗り越えんとするように光り輝き、ただひたむきに、未来を見つめていた。

涙はすべて、流れ去った。

――炎、わっちは前を向き続ける。お前の想いを胸に進み続ける。だからお前も、お天道さまの上から、見ててくれよ……。

十

霜月《しもつき》は酉《とり》の日。真ん丸に近い月の光が、江戸に優しく降り注ぐ。

この日、吉原のすぐ裏手にある鷲《おおとり》神社では酉の市が開かれていた。江戸中から熊手を買い求める人々が集い、境内は大盛況だ。

この商機を吉原の楼主たちが見逃すわけもない。神社での用向きを終えた男たちが自由に入れるよう、西のお歯黒どぶに架かる非常用の跳ね橋を、この日だけは特別に降ろした。

果たして目論見どおり、男たちは吸い寄せられるようにして続々と吉原へ流れてくる。内の何人かは、橋が架かっているなら通ってみるか、ちょいと素見《ひやかし》に行くだけさ、と弁解がましい顔をして。

六ツの鐘を合図に、妓楼の内所で見世出しの鈴が鳴った。夜見世の始まりである。三味線による清掻《すががき》のさんざめきが客の心をいっそう騒がせる。

ある者は揚屋町で一杯引っかけながら、今宵はどの見世にしようかと舌なめずりをする。またある者は張見世の格子から熊手や小さなおかめを差しこみ、「お酉さま詣《もうで》なんて口実さ、俺ぁお前さんに会いに来たんだ」と妓を口説く。対する妓は口元に笑みを浮かべて「嬉しゅうおざんす」と返すのだった。

不夜城を照らす妖しげな灯りは、男の嘘、女の嘘をたっぷりの色香で隠し、あるいは浮き彫りにするかのように赤々と揺れる。

「聞いたか、右腕がなくなっちまったってよ」

江戸町一丁目にある大見世、黒羽屋の前にはささやき声が飛び交っていた。

「ああ、何でもおかしな病に罹《かか》って、腕が萎《な》えちまったんだとか」

「顔の美しさはそりゃあ確かなモンだけど、腕が一本ないなんて、はっきり言って不気味だよなあ。最近やっと復帰したらしいけどよ……」

花魁としてはお終いかもな、とひそひそ話をしていた男は眉を上げた。

と、妓楼の玄関に人影が動いた。男たちは会話をやめて玄関の方へ視線を向ける。

奇妙な沈黙が流れる中、暖簾《のれん》をくぐり、箱提灯を持った二人の童子が姿を見せた。

瓜二つの顔をした童子。豊二郎と栄二郎の双子である。

「おや？　いつもの若い衆と違うな。何で今日は二人なんだ」

「おい、提灯を見てみろよ」

平素であれば、道中の先頭に立つ若い衆は黒羽屋の定紋が入った提灯を手にする。

だが双子が持つ提灯には一つに「天」、もう一つには「地」の字が浮き上がっていた。

双子の後ろから、熨斗《のし》文様の衣裳に身を包んだ禿のひまりが出てくる。ひまりの後ろからは錠吉が、そして半歩ほど遅れ、錠吉の肩に左手を置いた瑠璃が、表へと姿を現した。

花魁の出で立ちを見た観衆は息を呑んだ。

黒地の仕掛を縦に流れる流水には、緩やかにたゆたう梅、菊、竹の丸紋。これまた黒地の前帯には一面に金の雷文が広がり、中心には勇壮な赤獅子が躍動している。横《よこ》兵庫《ひょうご》に結われた髪に挿しこまれた、椿の咲く扇型簪が、目の覚めるような赤を際立たせていた。

噂にあったとおり花魁の右袖は空っぽで、動くたび力なく宙に揺れている。

だが紅を差した口も目元も凛として、瞳からは悲愴な色など些かも見受けられない。それどころか未だかつてないほどの妖艶さと、神々しさにも似た空気を漂わせ、見る者すべてを圧倒した。

花魁の後ろには黒塗りの長柄傘を差しかける権三と、お喜久が続く。いつもなら遣手や引手茶屋のお内儀が続くのだが、この日はこれで全員だった。

瑠璃はぐっと腰を落としてから、八寸の高下駄を地に転がした。

右脚でゆったり半円を描き、柳腰をしならせて手前に引き寄せる。今度は左足で半円を描き、また引き寄せる。

カラコロロ。カラコロロ。

右腕がないことなど大した問題ではないとばかり、瑠璃は堂々たる外八文字の足捌きを披露した。先ほどの陰口はどこへやら、観衆は花魁の姿を呆けたように矯《た》めつ眇めつ眺め、毒気を抜かれている。

すると突然、二人の男が声高に野次を飛ばした。

「何でえつまらん、腕を失くしたならもっと悲しそうにしてみせろよ」

「ああそうだ、遊女には可愛げってモンがなくちゃいけねえ」

酒に酔っているのだろう、言うなり二人はげらげらと笑いだした。

辺りの空気がいっぺんに張り詰める。

黒羽屋の男衆は何も言わなかった。反論もせず、酔っ払いを睨むこともせず、ただ進む先のみを見つめる。

当の瑠璃も黙って歩を進めていく。ぶつけられた野次に何を思うのか、無表情に前方を見据えるばかりで、その胸中を観衆がうかがい知ることはできない。

不意に、瑠璃は右足で半円を描きながら、つつ、と二人の男に向けて顔を傾けた。

　誰哉行灯《たそやあんどん》の灯に浮かぶ無言の流し目。紅色に艶《つや》めくふんわりとした微笑。心の恥部まで見通すかのような嫋々《じょうじょう》たる花魁の瞳に、見つめられた男たちはたじろぎ、見る見る顔を真っ赤にした。

　はっとして四方を見まわす。他の観衆たちが一様に、白けた視線を二人へと向けていた。

　全身を隙間なく刺す視線に堪えきれなくなったのだろう、二人は苦し紛れに捨て台詞を吐いてその場から逃げだした。

　通りには、割れんばかりの歓声が上がった。

「瑠璃花魁、お見事っ」

　遊客たちが口々に快哉を叫ぶ。

「お前さんは日ノ本一の花魁だ」

「天晴、黒羽屋。天晴、瑠璃花魁っ」

　尽きぬ称賛を浴びながら、道中一行は瑠璃の外八文字にあわせて仲之町へと差しかかる。

　仲之町を歩いていた客も引手茶屋の者も、瑠璃の道中と気づくや誰が言うでもなく道の中央を空けた。

カラコロロ。カラコロロ。

道の両側から見つめる視線。引手茶屋の二階から見つめる視線。熱のこもった視線が道中一行に集中する。

「……藤十郎《とうじゅうろう》さまには、感謝しねえとな。この道中を許してくれたことをさ」

瑠璃は楚々《そそ》とした微笑みを保ちながら、ごく小さな声で半歩先を行く錠吉に話しかけた。

「ええ、あの方は本当に理解のある御仁です。藤十郎さまのようなお方を、真の粋人《すいじん》と言うのでしょうね」

瑠璃は赤く染まった仲之町の夜景を眺めた。大通りは数えきれないほどの人で埋め尽くされ、誰もが瑠璃の道中に感嘆の吐息をこぼしている。

この日は吉原の一年を通して唯一、西河岸の跳ね橋が降ろされる日。参詣客が自由に入ってこられるということは、転じて自由に出ていけるということでもある。

遊女は大門からの出入りを断じて許されない。当然ながら跳ね橋から抜け出すことも禁じられている。が、出口が開かれているという一点において、瑠璃は遊女たちの自由をそこに見ていた。

カラコロロ。

瑠璃は仲之町の中心で立ち止まった。

双子と権三、ひまり、お喜久が瑠璃から離れて道の端に寄る。地面には「天」と「地」の箱提灯が残された。

瑠璃は錠吉の手を借り、静かに黒塗りの高下駄を脱いだ。

花魁が道中の途中で高下駄を脱ぐことなどまずもってない。観衆は視線を交わしあい、息を詰めて成り行きを見守っている。

高下駄を持った錠吉が自分から離れたのを確認して、瑠璃は息を吸いこみ、肺いっぱいにひんやりとした空気を満たした。

目を閉じ細く、長く、息を吐き出す。不思議と緊張はしていなかった。まぶたを開き、胸元に左手をかざす。

――飛雷、始めるぞ。

すると胸にある三点の印が刀傷を中心に渦を巻いていき、渦の中から、妖刀の柄が出現した。

瑠璃は左手で柄を握り、体内から刀身を引き抜く。

たちまち観衆の間にざわめきが広がった。何の演出か、手妻だろうかと騒ぐ声。それらを静めるかのように、瑠璃はす、と左腕を上げ、妖刀の刃を天にかざした。

〽北方へ渡る寒雁《かんがん》よ　常盤《ときわ》の国へゆく燕《つばめ》らよ
浮世に住まふ者たちへ　冥府におはします神々へ
我の祈りを届けたまへ

夜気を揺らすような瑠璃の歌声に、観衆がしん、と静まり返る。
瑠璃は素足を地面に伝わせ、左手で妖刀を操りながら剣舞《けんぶ》を始めた。

〽我に罪ありしこと
苦界《くがい》に惑ふ魂を　我が手で切り裂き冥府へ送る
この罪　悔ひは永久《とこしえ》なれど　天空海闊《てんくうかいかつ》の御心をもって
我が言霊《ことだま》を聞きたまへ

観衆は瑠璃の舞いに釘付けになった。
熱視線を一身に受けながら、瑠璃はしなやかに妖刀を振り、素足を地に滑らせ、ゆったりと全身をひねる。右腕がなくとも、瑠璃の舞いはこの上なく自由であった。

時に哀しく、時に荒々しく。瑠璃は思いの丈を言霊に乗せて舞いを続けた。

〽想ひが一つありき　人を慈しみ　愛づる心
想ひが一つありき　人を妬み　憎む心
人が人を卑しむ心　人が人を尊ぶ心　どちらも人のあはれなり
人の心に貴賤なく　貴賤を定むる権は人になし
されど人は優劣を定めんと欲し　かくして鬼が生まれ出づる

〽我が魂は古よりあり　人を愛し　人に謀《たばか》られし魂なり
我が一族は今にあり　人に虐げられ　人に殺められし一族なり
我が職は華《はな》と憧憬されて　かつ春ひさぐ職と人は言ふ
世に問ふ　貴賤は誰ぞ定むるもの
相容れぬ異形と言ふでなく　ともに生きる道のあるやなしやを
真の鬼とは誰を言ふ　いかなる罪が鬼にある
我この問ひを答へるに能《あた》はず
さりとて鬼の哀しみを知り　鬼の苦しみを知り

かく思ふに至る
わからぬならば悠久に　答へを求め歩み続けんと
浮世に住まふ者たちよ　冥府におはします神々よ
いかに思《おぼ》し召しつるか

瑠璃は妖刀で風を切り、自身を中心にして地面に円を描く。

瞬間、切っ先が掻いた地面から、幾匹もの蝶が出現した。

小さな蝶。大きな蝶。大小も色も様々な蝶たちが仲之町に舞い上がり、瑠璃に寄り添うようにして美しい翅を羽ばたかせる。

瑠璃はさらに力強く舞った。

〽人の心に繭はあり　繭の内に醜き虫あり
されど思ふ　かの虫はまこと醜きものかと
遡りて「悪」なるは　古　優れし力を持つ者への賛辞なり
時を下りて人の心は変はり　「悪」は悪鬼羅刹《あっきらせつ》に転ず
捉えやうの変じては　憂ふ　善悪の曖昧なりしことを

柔と剛の織り成す舞いを見つめ、歌声を聞く者たちは、不思議な胸の昂《たかぶ》りを感じていた。隣の者も、そのまた隣にいる者も同様であろうと感じあう、不思議な連帯感を覚えていた。

辺りの空気が、一体となった。

〽真の鬼とは誰を言ふ　かく問ひほど遣る瀬なきものはなし
なれど我はかく誓ふ
鬼の心　人の心より　ゆめゆめ目を背けぬことを
なぜなら浮世なりしもの　誰もが鬼となりうる世
人の情念は限りなし
愛憎《あいぞう》　羞悪《しゅうお》　弐心《ふたごころ》　あらゆる恨みつらみの情
いづれも万人の持ちうる情念なれば
何が端となり　何が鬼となる　誰も占ふこと能はず
かやうな情念のひとたび兆す　人は容易く狂ひ
かくして人は鬼となる

藺の虫を恐ろしう思ふ心　愛おしう思ふ心
どちらも人の持ちうる心
さればこそ我　鬼の心を見つめ　傍《かたえ》に立ちて
さやけき地へ導く光とならん

〽冥府におはします神々よ　我が想ひを聞き届けたまへ
無辜《むこ》なる鬼の魂の　いつの日か天空に向かひ
羽ばたける時の来るやうに
自由になる時の来るやうに
嗚呼　尊厳なる神々よ
此処炉《こころ》に火を　眼《まなこ》に慈悲を　唇に賛美を
すべての魂に光あれ
美しき心を持ちし鬼たちの　魂の苦患をまぬかれるやう
慈雨《じう》で涙を洗ひ流し
まなぶたを優しう撫で下ろし
迷ひ苦しむ魂を　一切すべて済度したまへ

蝶とともに舞いながら、瑠璃は妖刀を前に構え、静かに目を閉じた。

「願わくは天と地が……瑠璃の浄土と、ならんことを」

最後の文言を紡ぐと同時に、一条の月光が瑠璃の立つ地点に注ぎ始めた。まばゆく、どこか温もりのある光。蝶たちは光に導かれ、緩やかに天へと昇っていく。

儚い煙のようにして連なる蝶の中から、ふと、瑠璃は声を聞いた気がした。

もう流すまいと思っていた涙が、つつ、と白い頰を伝った。

「……礼を言うのは、わっちの方だよ」

瑠璃は蝶たちの昇天を見送りながら、己の左手へと目をやる。

──蒼流……いや、瑠璃よ。龍神の志を、守護の志を、この先も忘れるでないぞ。

飛雷の声に、もちろんだ、と瑠璃は微笑む。

天へと羽ばたいていった蝶たちは、やがて姿が見えなくなった。月光がまるで何事もなかったかのように江戸の全体を淡く照らす。

肌に瑞々しい風のそよぎを感じながら、瑠璃はいつまでも、天空を見つめ続けた。

これが世に「天下の花魁」と称賛された瑠璃の、最後の花魁道中であった。

終

五年後。

稲がたわわに実り、風に吹かれて黄金色に波打つ季節が来た。

「わふ、わふうっ。ちょこざいな飛蝗《ばった》なのだ、拙者の方がもっと高く跳べるぞ、見てみろっ」

狛犬のこまは、畦道で飛蝗と跳躍力を競っていた。図体の大きさは圧倒的に勝っているにもかかわらず、こまは全力で跳んでみせてから、したり顔で飛蝗を見やる。

「どうだ、拙者の方が高く跳べたで……ふぁ？」

一方の飛蝗は競いあいなど興味がないとでも言うように、すでに狛犬の視界から消えていた。

「ははぁん。さては拙者に勝てぬと思って逃げ……はぁっ？」

ふと、自分は何のためにここにいるのか思い出し、再び素っ頓狂な声を上げる。

「しし、しまったのだ。こんなことをしてる場合じゃない、早く龍海院《りゅうかいいん》に行かねばっ」

大声で独り言を叫びながら、こまは慌てて走りだした。

息せき切って辿り着いたのは、桜の古木が立ち並ぶ荘厳な寺院、龍海院。広々とした境内を駆け抜け、こまは墓地へと急ぐ。

目当ての墓にはすでに先客がいた。鴉の濡れ羽色の髪を胸元で緩く結び、横段の麻小袖に片喰《かたばみ》を散らした帯を締めた女子。

「あい遅くなったのだ、かたじけないっ」

ぜえぜえ息を吐きつつ呼びかけると、相手はくるりと振り向いた。

「よぉこま、久しぶりだな」

鍔のない黒刀を背負った瑠璃は、にっと白い歯を見せる。

五年ぶりに会う瑠璃は質素な装いをしているものの、醸し出す雰囲気は、妖のこまから見ても美しいままであった。

「花魁どののおおっ」

こまは涙声で叫ぶなり瑠璃に向かって飛び上がった。突進してきた狛犬を、瑠璃は左腕で受け止める。

「もう花魁じゃねえって言っただろ、ったく」

ちぎれんばかりに尾を振って顔中を舐めまわしてくる狛犬に、瑠璃は呆れた笑みをこぼした。

「わっちも今着いたばっかでな。悪いがお前、その辺でもう少し時間を潰しててくれないか？　そんなに長くはかからねえから」

「合点承知の助なのだ。では門の前で待ってるぞ」

威勢よく請けあうと、こまは墓地から駆け去っていく。

狛犬の舌でべちゃべちゃになった顔面を手ぬぐいで拭きつつ、瑠璃は墓へと向き直った。

「こまの奴、ほんと暑苦しいよな……忠さんも退屈しなかったろ？」

口元に笑みを浮かべ、墓に向かって語りかける。

龍海院は江戸の北西、前橋藩にある酒井雅楽頭《うたのかみ》家の菩提寺だ。瑠璃が見つめる墓には播磨姫路藩の前当主、忠以が眠っていた。

花魁の職を辞してもやはり、瑠璃と忠以が会うことはかなわなかった。忠以が病に倒れてしまったからである。

そこで江戸を旅立つ際、瑠璃は彼のもとにこまを送りこんだ。帝や忠以がまたも不穏な動きを見せないか監視させるため、というのは建前で、狛犬に、傷心の忠以に寄り添う相手となってもらおうと考えたのだ。

こまは忠以が昔飼っていた狆、まるに雰囲気が似ていた。瑠璃たっての頼みならと、こまは喜んで忠以のそばにいることを約束し、彼が亡くなる最期の時まで隣に居続けた。

死の間際、「瑠璃によろしゅうな」と狛犬に伝言を託して、忠以は江戸の上屋敷で静かに息を引き取った。三十五という早すぎる死であった。

「なあ忠さん、一緒になれたら旅をしようって話したの、覚えてるか？　わっちが富士山に登ってみたいって言ったら、忠さんは登れるか不安だってぼやいてたな」

確かにそのとおりだったかも、と瑠璃は小さく笑った。

江戸を出た後、瑠璃は真っ先に生まれ故郷へと向かった。山脈の中にある滝野一族の隠れ里。記憶を頼りに里へ入るも、中には侘しいくらい、何も残っていなかった。

里の民が住んでいた小屋も、鍛冶場も、祭壇も、まるですべてが土に還されたかのように、故郷だった場所は緑であふれていた。里の民たちの骨すら、見つけることができなかった。

瑠璃は同郷の民を偲《しの》び、後ろ髪を引かれながら故郷を後にした。愛すべき生みの父母が、せめて安らかに眠れるよう、祈りを捧げて。

次に向かったのは富士の山。幼い頃、遥か遠くに望んではいつか登ってみようと心に決めていた、日ノ本一の山だ。

富士山には仙元大菩薩《せんげんだいぼさつ》という女神が鎮座し、女人を救う霊験があると伝えられている。山頂から日ノ本の美しい景色を見晴るかした瑠璃は、吉原の遊女たちの心が少しでも穏やかなものになることを願い、かつ、果たされなかった忠以との約束を思ったのだった。

「忠さんは、わっちに何度も想いを伝えてくれたよな。好き好きって、馬鹿の一つ覚えみたいにさ……思えばわっちは一度も、忠さんの好意に言葉で応えなかった」

墓地に一陣の風が吹き抜けていく。瑠璃は全身で爽やかな秋の空気を感じながら、すうっと息を吸いこんだ。

「わっちも忠さんのことが、好きだったよ。大好きだった。ずっと一緒にいられたらって、本気で思ってたんだ……きっとこれからも、この想いは変わらない」

なぜ忠以が生きている時にはっきり言葉にしなかったのだろう。瑠璃は己を責めていた。

忠以が応えてくれることはもうない。言葉にしても敵同士であるのは変わらなかったろうが、それでも、たった一言でもよいから、想いを伝えるべきだった。

地面に目を落としていると、遠くの方から犬の遠吠えが聞こえてきた。門前にいるこまが待ちくたびれているのに違いない。

瑠璃は苦いものが喉元を通り過ぎるのを感じつつ、再び視線を上げた。

「もしかしたら〝榊原高尾《さかきばらたかお》〟みたいに、尼になって男を想い続けるのがいい女なのかもな」

が、おそらくは忠以も承知していたように、瑠璃には尼になるつもりなどない。性にあわないというのが大きいが、それ以外にも理由があった。

「だってわっちには、まだまだやらなきゃならねえことがあるんだもの」

にこ、と悪戯っぽく笑うと、瑠璃は墓に目礼して踵を返した。

龍海院の門前では案の定、こまが待ちわびたと言わんばかりに舌を出していた。遅くなったことを詫びてから、瑠璃は最後にもう一度だけ、門の内を振り返る。

――忠さん、また来るよ。

心の中でつぶやいて、瑠璃はこまとともに歩きだした。

日が落ち、夕闇が落ちてくる頃。龍海院の墓地に淡く光を放つ蛍が数匹、戯《たわむ》れるように飛んでいたのを、瑠璃は知らない。

休み休み並んで歩きながら、瑠璃はこまと様々な話をした。

「……そっか。家治さまも、今は安らかに眠ってるといいな」

「お恋どのが寂しがっていたぞ。一度きりだったけど、いい将棋友だちができたと喜んでたからな」

瑠璃は心で思慮深い将軍の面差しを思い起こす。

第十代将軍、徳川家治は、瑠璃が江戸を去った翌年に身罷《みまか》っていた。今こうして瑠璃が自由に旅をしていられるのは、家治が特別な手形を贈ってくれたからだ。

無情なことに次の将軍、徳川家斉《いえなり》は、家治の打ち立てた政策を引き継がなかった。飢饉の対策である土地の開拓も頓挫し、世に流れていた自由な気風もまた、厳しく規制されるようになった。

民らは家治の治世がどれだけありがたいものであったか、批判はお門違いだったのではとようやく気づいたのだが、今となってはもう遅い。

「わっちには政のことなんてさっぱりだけど、家治さまのお人柄を見た限り、無能だなんてこれっぽっちも思わなかった。お恋も〝気さくなおじさん〟なんて失礼ぶっこいてたしな」

瑠璃は狸の発言を思い返して破顔した。

実は決戦の後、瑠璃は将棋が好きだった家治のため、信楽焼の付喪神であるお恋を江戸城に忍びこませていた。

喋る狸が将棋相手としてやってきたことに、家治がどれだけ度肝を抜かれたか、その驚きようは言わずもがなだ。が、瑠璃の友であることをお恋が伝えると、家治は戸惑いつつも一緒に将棋を指した。

結果はお恋の圧勝。相手が将軍であろうが何だろうが、妖のお恋には関係ないらしかった。おそらく家治はそれまで対戦する家臣らに気を遣われ、手を抜かれてばかりだったのだろう。こてんぱんにされて「参りました」と降参した家治はどこか嬉しそうだったと、狸は得意満面に話していた。

「いつか家治さまのお考えが、世間に広く称えられる日が来ることを願ってやまないよ……そういやこま、帝の情報は何かないのか？」

「うむ。何やら病に臥せってしまわれたと酒井の屋敷で聞いたが、もうぴんぴんしてるらしいぞ」

ひょっとすると帝は江戸を視察した折に、将門の怨毒に触れたのではないか。病の原因はそれだったのかもしれない。とはいえ今は全快し、禁裏でまた辣腕を振るっているようだ。

病を乗り越えた兼仁天皇は、飢饉に窮した民らを救済するよう幕府に強く求めた。禁裏が幕府に指図するのは、幕府の決めた法度に反する行為。だが事態の深刻さを鑑みた幕府は要請に応じ、かつ帝の行いを不問とした。

どうやら幕府転覆の野望を折られても、禁裏の権威を取り戻そうとする帝の志は、消えていないらしかった。

「ま、あのガキんちょなら、まだまだ諦めねえだろうなあ」

そう苦笑する反面、瑠璃は確信を持ってもいた。

鬼を利用したり、民草を危険に陥れたりといった真似を、兼仁天皇は二度としないだろうと。惣之丞や忠以を喪《うしな》ったことで、帝も少なからず、自省する節があったであろうと。

いつしか瑠璃たちは、見慣れた風景の中を歩いていた。今戸へと繋がる竹林の道だ。

「あっ、花魁どのあそこっ」

こまが嬉々として声を弾ませる。

薄暗い竹林の一本道を抜けた先には、複数の人影があった。中には明らかに人でない者もまじっている。

「うぉぃいらぁあああんっ」

間延びした嬌声を上げながら、お恋が瑠璃めがけ駆けてきた。

短足を駆使して飛び上がり、顔にへばりつかんとしたお恋の頭を、瑠璃は左手でむんずとつかむ。

「顔はやめろ。毛がつくとめんどくせえから」

「ぐ、ぐふ、花魁、首が……っ」

瑠璃は狸を脇で絞めながら先を進んだ。

竹林から出た瑠璃の顔を、暖かな光が照らす。

黒雲の同志、錠吉、権三と豊二郎がそこにいた。

「息災のようで何よりです」

錠吉は五年が経っても表情が乏しいままだ。法衣に袈裟《けさ》をつけた姿をまじまじと見た瑠璃は、輝く丸坊主を突っこむべきか否か、寸の間ためらった。

「お帰りなさい。こまもお迎えご苦労だったな」

権三は温和な笑顔で瑠璃と狛犬を迎える。

「おい瑠璃、土産はねえのかよっ」

照れ臭さを隠すような豊二郎の物言いも、変わっていない。

「お前なあ、久しぶりに会って第一声がそれって……土産話で我慢しやがれっての」

瑠璃はぼふ、と脇に持っていた狸を豊二郎の顔面に押しつける。

息苦しそうにうめく豊二郎はすっかり声変わりして、五年前よりさらに背が伸びていた。見下ろす格好が逆にやや見上げる形になったのに気づき、瑠璃は感慨深い心持ちになる。

「あれ、栄は？」

もう一人の姿がないことを問うと、権三が笑って答えた。

「鳥文斎《ちょうぶんさい》先生のお手伝いで色々と忙しいらしくって。慈鏡寺で合流すると言ってましたよ」

「そうか、じゃあさっそく行こ……」

「お待ちっ。瑠璃ったら、あたしらのことは無視なの？　ひどいじゃないかえっ」

男衆の横にいた露葉が、声を引っくり返して訴える。いつ声をかけられるかとそわそわ待っている姿に、瑠璃はもちろん気づいていた。

「冗談だって、んな怒るなよ」

山姥に向かってニヤリと笑ってみせる。すると露葉の隣にいた油すまし、その足元に座る猫又が口々に声を上げた。

「わはは、そうこなくっちゃな。今日はとっておきの酒を持ってきたんだ。久しぶりの再会を祝して後で飲もう」

「はあ、土産に色んな肴を持ってきてくれるモンだと思ってたのに。アタシの楽しみを返してくださいよねぇ」

露骨に不満そうな白の言い分に、瑠璃は思わず吹き出した。妖たちとのこうした掛けあいも五年ぶりのことだったが、離れていた時間など、少しも感じなかった。

と、大笑いしている瑠璃の袖を、ちょいちょいと引く者がいる。

袖引き小僧の長助だった。

「花魁、また会えて嬉しいよ。一人旅は寂しくなかった?」

瑠璃は腰を屈め、ほっかむりをした頭をぐりぐり撫でまわす。

「寂しく感じる時もあったけど、お前たちに会ったら寂しさなんか吹っ飛んじまったよ」

長助はつぶらな瞳で瑠璃を見つめ、大きな顔いっぱいに笑みを広げた。

慈鏡寺までの道行きを、瑠璃は男衆の現状について尋ねながら歩く。

鬼がいなくなった以上、戦う必要はもはやない。五年前、最後の花魁道中を終えた瑠璃は、黒雲を解体すると決断した。

錠吉は年老いた安徳を僧侶として支えるべく慈鏡寺に戻り、今は住職の座を継いでいた。

安徳は隠居したのかと思いきや、何と元いた京の教王護国寺《きょうおうごこくじ》で、再び高僧の地位に就いたという。仲介役の務めを終えた安徳が元の地位に復帰するのは、ごく自然な成り行きだろう。が、「昔は真面目だった」という自負が本当だったのかと、瑠璃は驚きを隠せなかった。

黒羽屋の料理番を辞した権三は、紺屋町《こんやちょう》に自身の料理屋を開いた。開業するなりたちまち大繁盛となったそうで、小さな店では収まりきらず、今は大店を構えるべく準備をしているらしい。

元の店は、権三のもとで修業を積んでいた豊二郎が姉妹店として引き継ぐことになった。

「聞いてくれよ瑠璃、俺さ、ひまりと夫婦になったんだぜ」

「……は？」

瑠璃は口を半開きにした。二人が両想いなのは前々から承知していたものの、実際に添い遂げたというのを聞いて何やら複雑な心持ちになるのは、二人を弟や妹のように思っていたからなのだろうか。

花魁を辞める折、瑠璃はお喜久にひまりを託していた。妓楼の仕事に関わらせても、客は取らせないでほしいと念を押して。お喜久は後に豊二郎とひまりの仲を知り、夫婦になることを許してくれたのだった。

次いで豊二郎は、黒羽屋の顚末を瑠璃に話して聞かせた。

瑠璃が抜けた一年後、黒羽屋は見世を畳んだそうだ。

太夫職への期待をかけていた花魁や、有望な若い衆たちを一度に失った幸兵衛の気落ちぶりは並でなく、見る見るうちに気力を失い、ついには妓楼を手放すと決めたのであった。

黒羽屋にいた遊女たちの内、数人は元いた故郷に帰り、他のほとんどが客の言い値で身請けされた。

瑠璃が特に案じていた夕辻と汐音も、無事に吉原を出たらしい。夕辻は熱心に通っていた馴染み客と、汐音は間夫《まぶ》だった男と。二人とも新たな生活に苦戦しつつ、自由を謳歌しているようだ。きっと遊女揚がりだと嘲る声にも、あの二人なら立ち向かえるだろう。

「いずれ夕辻と汐音さんのとこにも顔を出さなきゃな……で、お内儀さんと楼主《おやじ》さまは？　今どうしてるんだ」

「お二人は今、お遍路の真っ最中ですよ」

権三の返答に瑠璃は仰天した。金儲けばかりに注力していたあの幸兵衛とお遍路が、とても結びつかないように思われたからだ。

権三の話によると、お遍路へ行くことを提案したのは妻、お喜久だった。意気消沈してしまった夫を促し、お喜久は四国へ旅立った。

——お内儀さんの気持ち、何となくわかる気がするな。お内儀さんはきっと償いをしたかったんだ。苦痛を強いてきた遊女たちへ、せめてもの償いを……。

仮に黒羽屋だけでなくすべての妓楼がなくなれば、吉原の女たち全員が自由になれるだろう。しかし吉原がなくなったところで、浮世から色欲が消えることはない。環境の悪い岡場所や飯盛旅籠《めしもりはたご》が増えるだけだ。

瑠璃は吉原を出て初めて得心した。吉原が遊郭として幕府から認可を受けたのは、女を酷使することを是としたからではない。権威をもって遊郭を統制し、江戸の風紀を維持し、引いてはできる限り、女たちを守るためだったのだと。希望的な推測に過ぎないが、まったく的外れとも言いきれないだろう。

「じゃあさ、権さん……椿座は？」

やや間があってから、権三はためらい気味に答えた。

「なくなりました。椿座があった場所には今、別の一座が入っています」

「……そっか」

本当は聞くまでもなく、わかっていたことだった。されど思い出の詰まった場所がまた一つなくなったのだと知って、瑠璃は胃がしくしくと痛むのを感じた。

慈鏡寺には曼珠沙華《まんじゅしゃげ》が咲きあふれていた。

古寺であることには変わりないが、錠吉が管理しているからだろうか、境内は隅々まで掃き清められ、まるで若返ったような空気をたたえている。

一行が境内に足を踏み入れた時、潑溂《はつらつ》とした声が上がった。

「花魁っ」

瑠璃は視線を巡らせる。左側にある墓地の間に、栄二郎が立っていた。なぜか右手に狗尾草《えのころぐさ》を携えつつ、潤んだ瞳で瑠璃を見つめる。

栄二郎は、絵の師匠である鳥文斎栄之《えいし》の養子になっていた。兄と同様、瑠璃よりも背丈が高くなり、顔には雄々しさが増している。

「お前ももう、花魁って呼ぶのはやめろよな……って〝わっち〟が言うのも何だけどさ」

瑠璃も自身を「わっち」と言う癖が抜けきっていなかった。へへ、と照れ笑いをして栄二郎の肩を小突く。

熨斗目に袴を穿き、綺麗に月代を剃った栄二郎はもはや少年ではなかったが、面立ちに広がる人懐っこさは少しも変わっていないように思われた。

「うーん、俺にとって花魁は花魁だからなあ……じゃあこれからは何て呼んだらいい?」

瑠璃でいいよ、と返すと、栄二郎はうっすら頬を赤くした。

「じゃ、じゃあ〝瑠璃さん〟にしよっかな。あ、そうだ、瑠璃さんに見せたいものがあってさ」

はてと首をひねる瑠璃に背を向けるや、栄二郎は屈みこみ、地面にいた小さな毛玉を抱き上げた。

「見てっ。この子、炎にそっくりじゃない?」

瑠璃は胸を衝かれた。

栄二郎が抱く子猫は、赤と茶がまじったさび柄で、模様も顔つきも、なるほど炎によく似ていた。

聞けば栄二郎は三日ほど前、道端でこの子猫を拾ったそうだ。親や兄弟とはぐれてしまったのかもしれない。子猫はたった一匹で鳴いていたという。

みぃみぃ、と細い声で懸命に鳴く子猫を、瑠璃は恐る恐る指先で撫でた。子猫は気持ちよさそうに喉を鳴らす。が、しばらくすると栄二郎の手の中で暴れだした。どうやら離せと訴えたいらしい。気紛れな性分は猫ならではだ。

栄二郎が地面に下ろしてやると、子猫は仲間を見つけたと言わんばかりに白に近寄り、何度も鳴いた。

「ええ？　腹が減ったから乳を寄越せですって？　んまぁたくましいというか、図々しい子猫ですねえ」

雄猫の白は乳を出せない。自分で魚でも見つけたらあ、と意地悪が半分で言うと、子猫はいきなり白めがけて前足を振るった。

「にゃおあっ」

「痛ああいっ。この子猫、アタシを殴ったっ。見た？　ねえ皆さん見ましたっ？」

「うっせえなあ。おい豊、寺の台所を借りて猫まんまでも作ってやんな」

子猫から逃げまわる白を見て、他の妖たちが一様に大笑いする。

瑠璃は妖たちの様子を見渡してから、ふっと顔を曇らせた。

「がしゃはやっぱり、もういないんだよな。やかましいだけが取り柄みたいな奴だったけど、いなくなったら何だか……」

寂しいな、と沈んだ声でつぶやく。

激しい決戦の最中、灰となって消えてしまったがしゃ。瑠璃はもっと髑髏に優しくするべきだった、とこの場にいない友を心で思った。

妖たちは笑うのをやめていた。瑠璃と同じく潮垂れ、友を偲ぶ——かと思いきや、妖たちだけでなく男衆までもが、何やら笑いを噛み殺すような表情をしている。

「ほっほおう？　お前って奴は、そぉんなに俺のことが好きだったのか。いやはや、男冥利に尽きるぜぃ」

背後から聞こえてきた声に、瑠璃はがばっと顔を上げる。

振り向いた視線の先には、あの髑髏が、両手を頭の後ろに組んで佇んでいた。

「が、しゃ……？　何で……」

「言っただろ？　俺は不死身だってよ、かーっかっか」

驚いたことに、灰になったがしゃは、三年もの年月をかけて元どおりに復活したのだという。以前も瑠璃に幾度となく殴られ、砕かれてもけろりとしていた髑髏は、灰になるだけでは死なななかったのだ。

「お、おま、お前……」

瑠璃はわなわなと唇を震わせ、肩を怒らせた。

また殴られると危険を察したのだろう、髑髏がさっと身がまえる。

「お前、最高だなっ」

と、瑠璃はがしゃに駆け寄り、首の骨に抱きついた。

「お、おお？」

予想を裏切る熱い抱擁に骸骨はうろたえる。が、すぐにでれでれした様子になり、瑠璃の尻を撫でまわした。

「……調子のってんじゃねえぞ」

低くうなるが早いか、瑠璃は身をひるがえす。右脚を高々と振りまわして頭蓋骨に蹴りを炸裂させる。それでは収まらず左腕を首の骨に引っかけ、地面に勢いよくねじ伏せる。

髑髏が情けない悲鳴を上げると同時に、他の一同の笑い声がどっ、と境内に響き渡った。

月明かりのもと、瑠璃は慈鏡寺の墓地に立った。

本堂の方からは酒宴で目いっぱいに笑い疲れた妖たちの、騒々しい鼾《いびき》が聞こえてくる。離れたところでもよく聞こえる鼾を耳にして、瑠璃はくすりと笑みを漏らした。

目の前にあるのは義父と、義兄の墓。惣之丞の墓石には義父と同じ椿の花が彫ってある。

「父さまごめんな。椿座は、他の人の手に渡っちまったってさ」

惣右衛門の墓に向かって詫びつつも、瑠璃は、義父が椿座を維持できなかったことを責めるような男でないと心得ていた。

「惣之丞、兄さん……」

瑠璃は義兄の墓を見つめ、その先の言葉を迷った。

言いたいことは山ほどある。しかし種々の感情が頭を駆け巡り、いかんともしがたく喉をつっかえさせる。

──何を言っても、野暮になっちまうかな。

もし死後の世界というものが本当にあるならば、惣之丞はきっとそこで、惣右衛門とともにいるだろう。義父はしばしと背を叩きながら目の端に涙を浮かべ、息子に愛のこもった言葉をかけるに違いない。

自分の言いたいことは義父に任せよう。惣之丞はようやく、魂に安らぎを得ることができたのだから。瑠璃はそう思い直して立ち上がった。

「……お前の成し遂げたかったことは、わっちが引き継ぐ。だから安心して成仏しやがれ」

惣之丞が果たしたかった差別撤廃。虐げられる者たち全員を真の意味で救う方法は、未だわからぬままだ。

だからこそ瑠璃は心に決めていた。たとえ微力でも、目に見えるものを救おうと。謂《い》われなく虐げられる者たちの「想い」を守り、彼らの尊厳を取り戻すべく戦い続けようと。

綺麗事だ、無意味だと人は笑うかもしれない。だが綺麗事がなくば何も変わらない。無意味かどうかはやってみなければわからないことだ。

——どれだけ無謀だとしても、茨の道であろうとも……わっちは、抗う心を持ち続ける。

不条理に涙する者がいる限り。瑠璃はそう、固く己に誓った。

簡単な荷物と妖刀だけを持ち、慈鏡寺の門をくぐる。

澄んだ空気の中に邪気は感じられなかった。おそらくは平将門が、鎮護神としての力をいかんなく発揮して、江戸を守ってくれているからだろう。

瑠璃は月のほのかな光を仰ぎ、意を決して一歩を踏み出した。

「やはりもう、行ってしまわれるんですね」

錠吉の声が瑠璃を呼び止めた。

「もう少しゆっくりなさったらいいのに。朝起きてあなたがいないとわかったら、妖たちが大泣きしますよ？」

「俺の料理を食いもしねえで行くなんて、せっかちな奴だよなあ」

権三と豊二郎がため息まじりに言い募る。

誰にも告げず発つつもりだったが、瑠璃の考えは例によって男衆に筒抜けだったようだ。

「惣之丞の墓参りも済んだからな、悪いがもう行くよ……久々に皆の顔を見られてよかった」

「次はどこに行くの？」

寂しさを押し隠そうとしているのだろう、栄二郎がぎゅっと口を引き結ぶ。

「次は西に……京に行こうと思ってる」

関八州の要石に祈りを捧げる旅の最中、瑠璃は風の噂でこんな話を聞いた。

京で何やら、不自然な怪死が相次いでいるらしいと。

「これは勘に過ぎないけど、鬼の仕業なんじゃないかと思うんだよ。それに京なら、生き鬼たちの魂を救う手立てが見つかる気がしてさ」

瑠璃と主従関係にあった朱崎。四君子《しくんし》と呼ばれていた花扇《はなおうぎ》、花紫《はなむらさき》、そして瑠璃の友、雛鶴《ひなづる》。黄泉の地獄界と契約し、囚われてしまった彼女たちの魂を救い出す方法を、瑠璃は探し続けていた。

「江戸から鬼はいなくなった。けれど江戸の外にも鬼がいる。救うべき魂がある限り、わっちは旅を続けるよ」

これまで斬ってきた鬼たちのために。

亡き友や、家族のために。

「……今後も、旅先からの文を欠かさないでくださいね」

錠吉の言葉に、権三と豊二郎が頷いて同調する。

一方で栄二郎は、声に力をこめて念を押す。

「約束だよ瑠璃さん、困ったことがあったら必ず俺たちを頼ってね。どこであっても何があっても、すぐに駆けつけるから」

瑠璃は同志らの顔を一人ひとり目に留め、深く頷き返した。

「ああ、約束するよ。皆ありがとう」

ふと寂しさが、胸に押し寄せる。しかし瑠璃は己に問いかけた。

——何を寂しく思うことがある？

帰る場所があるならば、心は丈夫であり続けるだろう。心の縁《よすが》はこれからも、己の道標《みちしるべ》となってくれるだろう。

——わっちはもう、独りじゃないんだから。

しばらくの間を置いて、瑠璃は笑顔を見せた。

「皆、達者でな。また会う日まで」

そして瑠璃は、再び歩き始めた。心に信念と、確かな温もりを抱きながら。


その後、江戸から遥か西にて、奇妙な噂がささやかれるようになった。

額に角を生やした異形を、どこからか颯爽と現れた者が鮮やかに退治したという噂である。人々はその者を英雄と呼んだ。

英雄は一体、何者なのか。人か妖か、あるいは神かと、様々な憶測が飛び交った。

ただ英雄を実際に目にした者たちは、口を揃えてこう述べる。

かの人は名乗らなかった。天女《てんにょ》のごとく美しい、隻腕《せきわん》の女子であった、と――。

（了）

あとがき

なぜ、吉原に心惹かれるのか。

これは私が吉原という世界に出会った学生時代から、当シリーズ『Cocoon』を執筆している間もずっと持ち続けてきた問いです。

十代の終わり、松井今朝子《まついけさこ》氏の小説『吉原手引草』を読んだ私は衝撃を受けました。「何と美しい世界があるのだろう」と。ですが吉原に魅了されたのは、単に美しいから、という理由だけではないように思えたのです。真の理由を探るべく、私は大学の図書館に通っては、自分の専攻とはまったく関係のない歴史専門のコーナーに足を運び、吉原に関する資料を読み漁《あさ》るようになりました。

赤い提灯がともる夜、見目麗しき花魁《おいらん》が外八文字を踏み道中をする——が、おそらくは当シリーズを読んでくださった皆様もすでにご承知の通り、吉原はこうした美しくまばゆい印象の裏に、目を背けたくなるほどの闇を抱えていました。

遊女には人権というものがほとんどありません。何より痛ましいのは、彼女たちを吉原に送りこむのが親や夫、つまりは近親者であった、ということでしょう。

大学に在学中、吉原のことを調べ続けるうちにこんな詩《うた》を知りました。九重《ここのえ》という実在の遊女が詠《よ》んだ詩です。

《限りなく遠きあづまに隅田川たへぬ流《ながれ》をいつまでかくむ》

故郷から遠く離れたこの地で、一体いつまで、憂き川の流れを汲まねばならないのだろう──まだ学生だった私は、泥水稼業に身を落とさざるを得なかった彼女らの心情を思い、どうにもやりきれなくなってしまいました。

そんなある日。私が吉原の資料を読んでいるのを見た同級生が、笑いながらこう言い放ったのです。

「何でそんなのに興味あんの？　吉原なんて、所詮はフーゾクじゃん」

私は怒りました。遊女たちは単なる性産業の場に留《とど》まらず、江戸における文化発祥の地でもあった。吉原は己の身上を嘆きながらも懸命に日々を生きていた。なのに「所詮」とは、あまりに乱暴な言い草ではないか、と。

彼はきっと当時のことを忘れているでしょうが、振り返ってみるとこの出来事が、吉原への思いの強さを私に気づかせてくれたのかもしれません。

時は天明《てんめい》。元は人であった鬼を妖刀で斬り伏せる花魁、瑠璃。その脇を固める四人の男衆。タイトルは『Cocoon』──本作の構想が自然と生まれ始めたのもこの頃でした。大事なゼミの最中に、第一巻のクライマックスである「瑠璃と津笠の死闘」まで妄想を膨らませていたのですから我ながら呆れます。それでも実際に筆を執るには、長い時を経ることになるのですが……。

作家という職業に幼い頃から漠然とした憧れがあったものの、「いつか書けたらいいな」と思うくらいで、当時の私は何も行動を起こそうとはしませんでした。もし作家になったら、と想像を楽しむだけで満足していたのでしょう。

しかし転機は唐突にやってきました。社会人生活にも人間関係にも疲れきり、何もかもが嫌になっていた二十六歳の夏、「書かなければ」という考えが、突如として湧き起こってきたのです。今思えば現実逃避だったのかもしれません。ですが、大学時代から常に頭の片隅に存在していた瑠璃という人物、錠吉、権三、豊二郎に栄二郎、そして『Cocoon』という物語を世に出せるのは、当然ながら自分しかいない。今書かなければ一生、後悔する――この強い衝動（あるいは強迫観念）に背中を押されて第一巻を一気に書き上げ、小説現代長編新人賞に応募。もし駄目なら一回きりで諦めようと思っていたところ、何とも幸運なことに奨励賞を受賞し、デビューさせていただけることに。吉原と出会い、構想が生まれてから、すでに約八年もの時が経っていました。

その後はシリーズ化が決定し（本来、新人賞にシリーズものを応募するのはよろしくなかったらしく、己の無知におののいたのも思い出です）、三ヵ月おきの刊行を開始。本格的に物語と向きあう日々が始まりました。

吉原、そして鬼――『Cocoon』はこの二つの軸によって成り立っています。

前述した通り、吉原を舞台にすると決めた段階で、鬼は敵役として存在していました。吉原の業《ごう》の深さを思えば、恨みの果てに異形が生まれても何ら不思議ではないと考えたからです。とはいえ鬼が生まれるのは吉原だけではありません。

例えば第二巻に登場した「祟り堂の鬼」。これはデマの暴力に苦しむ人がいたという、実際に江戸で起きた事件を基に書いた話です。現代でもSNS上で好き勝手な誹《ひ》謗《ぼう》中傷が横行していますが、遥か昔の江戸でも似たようなことが起きていた。人の本質というのは、時代を経ても変わらないのかもしれません。

また、江戸時代、女性は存在そのものが明らかな冷遇を受けていました。当シリーズに出てくる鬼のうち、鬼女が圧倒的に多いのはこのためです。当時の女性は生きている間はひたすら我慢を強いられ、死んでも成仏できないとされていたのですから、行き場のない念がこの世に留まってしまったとしても無理からぬことでしょう。

鬼となり、生者に復讐をする。当シリーズの鬼たちはいずれも、江戸に実在した魂の成れの果てである——そう思いながら書き続けてきました。

苦労話を列挙するつもりはありませんが、シリーズ執筆中は困難の連続でした。どうやら作家という職業は、昔の私が想像していたよりも遥かに大変なものだったようです。そうして怒濤《どとう》のスケジュールに時に白目を剝き、時にノイローゼになりながら、ようやく最終巻を書き終えた瞬間。安堵と同時に、不思議な感情が胸に迫ってきました。

この感情の正体が何なのかは、未だに判りません。黒雲の面々への「お疲れ様」かもしれないし、終わってしまった寂しさかもしれない。文章が意図どおりに読者の方々へ届きますように、という祈りかもしれないし、書きたいことを書ききった、という達成感だったかもしれない。

このような摑みきれない感情に身を委ねながら、私はようやく理解しました。

なぜ、吉原に心惹かれるのか。

匂いやかな吉原は虚構でしかありません。惚れたふり、怒ったふり、嬉しいふり——嘘で塗り固められた夢、幻の世界と言えるでしょう。ですがその中には、ほんの僅かだったかもしれないけれど、「誠」が存在していたはずなのです。それは遊女と客との愛であり、遊女同士の友情でもありました。

いつの世も、人を苦しめるのは人。それでも人は、他者との繋がりなくして生きてはいけません。そして人を救うことができるのも、やはり人なのです。

嘘や欺瞞《ぎまん》だらけの闇の中で、「誠」は強い光を放つ――私はこの光にこそ、得も言われぬ魅力を感じていたのでした。

余談ですが私は登場人物、および主要なシーンにそれぞれテーマソングを設定しておりまして、シリーズ全体のテーマソングにはFear, and Loathing in Las Vegasの“Let Me Hear”、最後の剣舞シーンを執筆中はフジコ・ヘミング氏の『ラ・カンパネラ』を聴いていました。よろしければこれらの曲を聴きながら今一度、当シリーズの登場人物たち、また吉原に生きた人々へと、鬼と呼ばれた人々へと、思いを馳《は》せていただけたなら幸いです。

さて、吉原を舞台にした『第一部』はこれにて幕引きとなります。が、瑠璃の物語はまだ続きます（！）。『第二部　京都・不死編』にて、瑠璃を待ち受ける運命とは果たして――。

思い返せば『Cocoon』はつくづく幸運に恵まれた作品でした。コミカライズの決定に（現在コミックDAYSにて連載）、『第一部』の外伝集（妖たちの日常や、若い衆の仕事風景など、全六編の短編をお届けします）も刊行されることになりました。どうぞ併せてご期待ください。

　最後に、当シリーズに関わってくださった皆様へ。編集担当であり常に『Cocoon』の第一の理解者でいてくださった王怜舒《ワンリンシュウ》さん、髙谷夏未《たかやなつみ》さん、文庫を担当してくださった落合萌衣《おちあいめい》さん、装幀を手掛けていただいた坂野公一《さかのこういち》さん、装画を引き受けてくださったマツオヒロミさん、キャラクターデザインをご担当いただいた皐《さ》月《つき》にくさん、文庫版の解説にご協力いただいた縄田《なわた》一男《かずお》さん、白川紺子《しらかわこうこ》さん。他にも書ききれないほど、『Cocoon』は多くの方々に支えられてきました。大変お世話になりました。今後ともよろしくお願いします。

　そして、ここまで読んでくださった読者の皆様へ、心からの感謝を。本当にありがとうございました。これからも『Cocoon』の世界を覗きに来ていただけたなら、作者としては望外の喜びです。

　また物語の中でお会いしましょう。

二〇二一年四月　夏原エキジ

本書は、二〇一九年八月に小社より単行本として刊行されました。

|著者|夏原エヰジ　1991年千葉県生まれ。上智大学法学部卒業。石川県在住。2017年に第13回小説現代長編新人賞奨励賞を受賞した『Cocoon－修羅の目覚め－』でいきなりシリーズ化が決定。その後、『Cocoon2－蠱惑の焰－』『Cocoon3－幽世の祈り－』『Cocoon4－宿縁の大樹－』『Cocoon5－瑠璃の浄土－』（本書）と次々に刊行し、人気を博している。

Cocoon《コクーン》5　瑠璃《るり》の浄土《じょうど》

夏原《なつばら》エヰジ

2021年8月12日第1刷発行

発行者──鈴木章一
発行所──株式会社　講談社
東京都文京区音羽2-12-21　〒112-8001
電話　出版（03）5395-3510
　　　販売（03）5395-5817
　　　業務（03）5395-3615

Printed in Japan

講談社文庫
定価はカバーに
表示してあります

KODANSHA

デザイン─菊地信義
本文データ制作─講談社デジタル製作
印刷───豊国印刷株式会社
製本───株式会社国宝社

ISBN978-4-06-523527-0

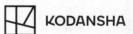

講談社文庫刊行の辞

二十一世紀の到来を目睫に望みながら、われわれはいま、人類史上かつて例を見ない巨大な転換期をむかえようとしている。

世界も、日本も、激動の予兆に対する期待とおののきを内に蔵して、未知の時代に歩み入ろうとしている。このときにあたり、創業の人野間清治の「ナショナル・エデュケイター」への志を現代に甦らせようと意図して、われわれはここに古今の文芸作品はいうまでもなく、ひろく人文・社会・自然の諸科学から東西の名著を網羅する、新しい綜合文庫の発刊を決意した。

激動の転換期はまた断絶の時代である。われわれは戦後二十五年間の出版文化のありかたへの深い反省をこめて、この断絶の時代にあえて人間的な持続を求めようとする。いたずらに浮薄な商業主義のあだ花を追い求めることなく、長期にわたって良書に生命をあたえようとつとめるところにしか、今後の出版文化の真の繁栄はあり得ないと信じるからである。

同時にわれわれはこの綜合文庫の刊行を通じて、人文・社会・自然の諸科学が、結局人間の学にほかならないことを立証しようと願っている。かつて知識とは、「汝自身を知る」ことにつきていた。現代社会の瑣末な情報の氾濫のなかから、力強い知識の源泉を掘り起し、技術文明のただなかに、生きた人間の姿を復活させること。それこそわれわれの切なる希求である。

われわれは権威に盲従せず、俗流に媚びることなく、渾然一体となって日本の「草の根」をかたちづくる若く新しい世代の人々に、心をこめてこの新しい綜合文庫をおくり届けたい。それは知識の泉であるとともに感受性のふるさとであり、もっとも有機的に組織され、社会に開かれた万人のための大学をめざしている。大方の支援と協力を衷心より切望してやまない。

一九七一年七月

野間省一

講談社文芸文庫

成瀬櫻桃子

久保田万太郎の俳句

小説家・劇作家として大成した万太郎は生涯俳句を作り続けた。自ら主宰した俳誌「春燈」の継承者が哀惜を込めて綴る、万太郎俳句の魅力。俳人協会評論賞受賞作。

解説＝齋藤礎英　年譜＝編集部

なV1

978-4-06-524300-8

水原秋櫻子

高濱虚子　並に周囲の作者達

虚子を敬慕しながら、志の違いから「ホトトギス」を去り、独自の道を歩む決意をした秋櫻子の魂の遍歴。俳句に魅せられた若者達を生き生きと描く、自伝の名著。

解説＝秋尾 敏　年譜＝編集部

みN1

978-4-06-514324-7

中井英夫　新装版 虚無への供物(上)(下)
中島らも　僕にはわからない
中島らも　今夜、すべてのバーで〈新装版〉
鳴海　章　フェイスブレイカー
鳴海　章　謀略航路
鳴海　章　全能兵器AiCO《アイコ》
中嶋博行　ホカベン　ボクたちの正義
中嶋博行　新装版 検察捜査
中嶋博行　新検察捜査
中村天風　運命を拓く〈天風瞑想録〉
中山康樹　ジョン・レノンから始まるロック名盤
梨屋アリエ　でりばりぃAge
梨屋アリエ　ピアニッシシモ
中島京子　妻が椎茸だったころ
中島京子ほか　黒い結婚　白い結婚
奈須きのこ　空の境界(上)(中)(下)
中村彰彦　乱世の名将　治世の名臣
長野まゆみ　簞笥のなか
長野まゆみ　レモンタルト

長野まゆみ　チマチマ記
長野まゆみ　冥途あり
長野まゆみ　45°〈ここだけの話〉
長嶋　有　夕子ちゃんの近道
長嶋　有　佐渡の三人
永嶋恵美　擬態
永井　均 内田かずひろ 絵　子どものための哲学対話
なかにし礼　戦場のニーナ
なかにし礼　生きる力〈心でがんに克《か》つ〉
なかにし礼　夜の歌(上)(下)
中村文則　最後の命
中村文則　悪と仮面のルール
中田整一 編/解説　真珠湾攻撃総隊長の回想〈淵田美津雄自叙伝〉
中田整一　四月七日の桜〈戦艦「大和」と伊藤整一の最期〉
中村江里子　女四世代、ひとつ屋根の下
中野美代子　カスティリオーネの庭
中野孝次　すらすら読める方丈記
中野孝次　すらすら読める徒然草
中山七里　贖罪の奏鳴曲《ソナタ》

中山七里　追憶の夜想曲《ノクターン》
中山七里　恩讐の鎮魂曲《レクイエム》
中山七里　悪徳の輪舞曲《ロンド》
長島有里枝　背中の記憶
長浦　京　赤刃《セキジン》
長浦　京　リボルバー・リリー
中脇初枝　世界の果てのこどもたち
中脇初枝　神の島のこどもたち
中村ふみ　天空の翼　地上の星
中村ふみ　砂の城　風の姫
中村ふみ　月の都　海の果て
中村ふみ　雪の王　光の剣
中村ふみ　永遠《とわ》の旅人　天地の理《ことわり》
中村ふみ　大地の宝玉　黒翼《こくよく》の夢
夏原エヰジ　Cocoon〈修羅の目覚め〉
夏原エヰジ　Cocoon2〈蠱惑の焔〉
夏原エヰジ　Cocoon3〈幽世の祈り〉
夏原エヰジ　Cocoon4〈宿縁の大樹〉
西村京太郎　華麗なる誘拐

講談社文庫　目録

法月綸太郎　新装版 密閉教室
法月綸太郎　怪盗グリフィン、絶体絶命
法月綸太郎　怪盗グリフィン対ラトウィッジ機関
法月綸太郎　キングを探せ
法月綸太郎　名探偵傑作短篇集 法月綸太郎篇
法月綸太郎　新装版 頼子のために
法月綸太郎　誰彼《たそがれ》〈新装版〉
乃南アサ　不発弾
乃南アサ　地のはてから(上)(下)
乃南アサ　新装版 鍵
乃南アサ　新装版 窓
野沢尚　破線のマリス
野沢尚　深紅
野村克也 宮本慎也　師弟
橋本治　九十八歳になった私
原田泰治　わたしの信州
原田泰治 原田武雄　泰治が歩く〈原田泰治の物語〉
林真理子　幕はおりたのだろうか
林真理子　女のことわざ辞典
林真理子　みんなの秘密
林真理子　ミスキャスト
林真理子　ミルキー
林真理子　新装版 星に願いを
林真理子　野心と美貌〈中年心得帳〉
林真理子　正妻(上)(下)〈慶喜と美賀子〉
林真理子　大《お》原《はら》御《ご》幸《こう》〈帯に生きた家族の物語〉
林真理子　さくら、さくら〈おとなが恋して〈新装版〉〉
林真理子 見城徹　過剰な二人
原田宗典　スメル男〈新装版〉
帚木蓬生　日御子(上)(下)
帚木蓬生　襲来(上)(下)
坂東眞砂子　欲情
花村萬月　信長私記
花村萬月　續信長私記
畑村洋太郎　失敗学のすすめ
畑村洋太郎　失敗学実践講義〈文庫増補版〉
はやみねかおる　そして五人がいなくなる〈名探偵夢水清志郎事件ノート〉
はやみねかおる　都会《まち》のトム&ソーヤ(1)
はやみねかおる　都会《まち》のトム&ソーヤ(2)〈乱! RUN! ラン!〉
はやみねかおる　都会《まち》のトム&ソーヤ(3)〈いつになったら作戦《ミッション》終了?〉
はやみねかおる　都会《まち》のトム&ソーヤ(4)〈四重奏《カルテット》〉
はやみねかおる　都会《まち》のトム&ソーヤ(5)〈IN《イン》塀戸《VADE》〉(上)(下)
はやみねかおる　都会《まち》のトム&ソーヤ(6)〈ぼくの家へおいで〉
はやみねかおる　都会《まち》のトム&ソーヤ(7)《怪人は夢に舞う〈理論編〉》
はやみねかおる　都会《まち》のトム&ソーヤ(8)《怪人は夢に舞う〈実践編〉》
はやみねかおる　都会《まち》のトム&ソーヤ(9)〈前夜祭《EVE》 内人《ないと》side〉
はやみねかおる　都会《まち》のトム&ソーヤ(10)〈前夜祭《EVE》 創也《そうや》side〉
服部真澄　クラウド・ナイン
原武史　滝山コミューン一九七四
濱嘉之　警視庁情報官〈シークレット・オフィサー〉
濱嘉之　警視庁情報官 ハニートラップ
濱嘉之　警視庁情報官 トリックスター
濱嘉之　警視庁情報官 ブラックドナー
濱嘉之　警視庁情報官 サイバージハード
濱嘉之　警視庁情報官 ゴーストマネー
濱嘉之　警視庁情報官 ノースブリザード
濱嘉之　オメガ 対中工作

講談社文庫　目録

濱 嘉之　ヒトイチ　警視庁人事一課監察係
濱 嘉之　ヒトイチ　画像解析〈警視庁人事一課監察係〉
濱 嘉之　ヒトイチ　内部告発〈警視庁人事一課監察係〉
濱 嘉之　カルマ真仙教事件(上)(中)(下)
濱 嘉之　新装版　院内刑《デ》事《カ》
濱 嘉之　新装版　院内刑事〈ブラック・メディスン〉
濱 嘉之　院内刑事〈フェイク・レセプト〉
濱 嘉之　院内刑事　ザ・パンデミック
馳 星周　ラフ・アンド・タフ
畠中 恵　アイスクリン強し
畠中 恵　若様組まいる
畠中 恵　若様とロマン
葉室 麟　風渡る
葉室 麟　風の軍師〈黒田官兵衛〉
葉室 麟　星火瞬く
葉室 麟　陽《かげ》炎《ろう》の門
葉室 麟　紫匂う
葉室 麟　山月庵茶会記
葉室 麟　津軽双花

長谷川 卓　嶽《がく》神《じん》〈上・白《しろ》銀《がね》渡り〉〈下・湖底の黄金〉
長谷川 卓　嶽《がく》神《じん》伝《でん》　無《む》坂《さか》(上)(下)
長谷川 卓　嶽《がく》神《じん》伝《でん》　孤《こ》猿《えん》(上)(下)
長谷川 卓　嶽《がく》神《じん》伝《でん》　鬼《き》哭《こく》(上)(下)
長谷川 卓　嶽神列伝　逆《さか》渡《わた》り
長谷川 卓　嶽《がく》神《じん》伝《でん》　血路
長谷川 卓　嶽《がく》神《じん》伝《でん》　死地
長谷川 卓　嶽神伝　風花(上)(下)
原田マハ　夏を喪くす
原田マハ　風のマジム
原田マハ　あなたは、誰かの大切な人
羽田圭介　コンテクスト・オブ・ザ・デッド
花房観音　恋塚
畑野智美　海の見える街
畑野智美　南部芸能事務所
畑野智美　南部芸能事務所 season2 メリーランド
畑野智美　南部芸能事務所 season3 春の嵐
畑野智美　南部芸能事務所 season4 オーディション
畑野智美　南部芸能事務所 season5 コンビ

早見和真　東京ドーン
はあちゅう　半径5メートルの野望
はあちゅう　通りすがりのあなた
早坂 吝《やぶさか》　○○○○○○○○殺人事件
早坂 吝　虹の歯ブラシ〈上《かみ》木《き》らいち発散〉
早坂 吝　誰も僕を裁けない
早坂 吝　双《そう》蛇《じゃ》密室
浜口倫太郎　22年目の告白〈―私が殺人犯です―〉
浜口倫太郎　廃校先生
浜口倫太郎　AI崩壊
原田伊織　明治維新という過ち〈日本を滅ぼした吉田松陰と長州テロリスト〉
原田伊織　列強の侵略を防いだ幕臣たち〈続・明治維新という過ち〉
原田伊織　虚像の西郷隆盛　虚構の明治150年〈明治維新という過ち・完結編〉
原田伊織　三流の維新　一流の江戸〈明治は「徳川近代」の模倣に過ぎない〉
萩原はるな　50回目のファーストキス
葉《は》真《ま》中《なか》 顕《あき》　ブラック・ドッグ
原 雄一　宿命〈國松警察庁長官を狙撃した男・捜査完結〉
平岩弓枝　花嫁の日
平岩弓枝　花祭

2021年6月15日現在